ARAMIZDA KALSIN

Alişan Kapaklıkaya
Hatice Gürses

YEDİVEREN

ALİŞAN KAPAKLIKAYA

Annesiyle babası kendisine danışmadan onu dünyaya getirdi. Çocukken oyuncaklarını kendisi yapardı. Bazen çamuru biçimlendirip kurutur, bazen babasının eski ceketinin cebini çıkarır, içini yünle doldurup ağzını dikerek top yapardı. İmkânsızlıklara takılmaz ve koşullar ne olursa olsun yeni bir şey ortaya koyardı.

İlkokulda kuzu gütmeye başladı. Annesi ölen kuzuların içli melemelerini dinlerken insanların, özellikle de çocukların sahipsiz bırakılmamaları gerektiğini öğrendi.

Bütün dünyası, görebildiği kadar gökyüzü, birkaç komşu köy ve ilkokul öğretmeniyle sınırlıydı.

Lise birinci sınıftayken bir kış akşamı kar yağarken öğretmenlerinin, tek odalı evine gelip "Alişan yavrum, seni merak ettik, kar yağıyor da yakacağın var mı, üşüyor musun, diye sormaya geldik?" demeleriyle kendine ve hayata bakışı değişti. Çok sevinmişti çünkü öğretmenleri tarafından ilk defa insan yerine konulduğunu hissetmişti.

Ve öğretmen oldu. 16 yıllık öğretmenliği boyunca eşiyle birlikte bin beş yüz evi ziyaret etti. Öğrencilerinden on iki bin mektup aldı ve hepsini de el yazısıyla cevaplandırdı.

Araştırmalarında derinleştikçe bizim türkülerin yabancıların sazıyla söylenemeyeceğini anladı. Öğrendiklerini önce kendi hayatına uyguladı. Etkili olduğunu anlayınca yazmaya başladı.

Şu anda güzel ülkemizin her köşesini dolaşıp uyanmış güzellerin sayısını artırmak için çalışmalar yapıyor. Bugüne kadar 79 il, 430 ilçe ve 16 ülkeye giderek seminer ve konferanslar yaptı.

Kuzu çobanlığından başlayan, evrensel bir eğitmen olma yolunda gelişen hikâyesiyle, okuyucularını kahkahalar ve hıçkırıklar arasında götürüp getiriyor.

Yüreğine **"merhaba"** diyemediğin bir insanın beynine **"merhaba"** diyemezsin düşüncesiyle yaşıyor.

HATİCE GÜRSES

1983 doğumlu olan yazar ilk ve orta öğreniminin ardından öğretmen lisesinden mezun oldu. Üniversite ve yüksek lisansını sınıf öğretmenliği alanında tamamladı. Şu anda Maltepe Üniversitesi İletişim Fakültesi'nde doktora eğitimine devam etmektedir. Halen Antalya Konyaaltı Gazi Mustafa Kemal İlkokulu'nda müdür yardımcısı olarak çalışmakta olan yazar, akademisyen olarak kariyerine devam etmeyi hedeflemektedir. !3 yaşında bir erkek çocuk annesi olan Hatice Gürses, yakında doğacak olan kızını kucağına almanın heyecanını yaşamakta.

İNANIYORUM Kİ:

Bu kitabı okurken;
çok güleceksin,
heyecanlanacaksın,
uykusuz kalacaksın,
meraktan çatlayacaksın,
kimseyi kınamayacaksın,
kimseyi yargılamayacaksın,
artık engel tanımayacaksın,
hıçkıra hıçkıra ağlayacaksın,
asla elinden bırakmayacaksın,
bu kadar da olamaz diyeceksin,
çok kızacak hatta öfkeleneceksin,
artık hiç kimseyi suçlamayacaksın,
hayatını yeniden gözden geçireceksin,
Ve sonundaaaa....

Madem sen böyle bir kitap yazmışsın,
ben de niyet ettim
gözlerimi yüreğimin ve aklımın emrine verip
bu kitabı tüm ruhumla okumaya...

Okuduktan sonra görüşeceğiz sayın yazar,
beğenmezsem yandın...

Okuyucu

DİKKAT!!!

Bu kitabı okurken aşağıdaki yan etkiler görülebilir:
Uykusuz bırakır,
gözyaşı döktürür,
üzüntülerini bitirir,
gülmekten çatlatabilir,
başka işlerine engel olabilir,
kapıya, duvara yumruk attırır.
öfke ve nefretini sonlandırabilir,

Beklenmeyen etkiler görüldüğünde yazarına
başvurabilirsin.

www.alisankapaklikaya.com

YARALARIMI DEŞTİN, YÜREĞİMİ KANATTIN

Üniversitenin 600 kişilik salonunda öğretmenlere yaptığım konferans bitti. Misafirler dağılırken baktım ki bir bayan öğretmen hızlı adımlarla sahneye doğru geliyor. Sahnenin merdivenlerini adeta koşarak çıktı, yanıma yaklaştı. Ağzından çıkan sözler yüreğindeki duyguların tercümanı gibi geliyordu:

- Size sarılmak istiyorum.

- Anlattıklarım arasında Van'daki köy okulundan bölümler var mıydı hocam?

- Aaa nerden biliyorsunuz orada çalıştığımı?

- Sen söyledin ya.

- Anlamadım.

- Diyordun ya önce gelsin Van'da çalışsın, sonra çıkıp konuşsun.

- Evet, nereden biliyorsunuz?

- Konferans başlamadan önce oturduğun koltuğun tam arkasındaydım. Arkadaşınla konuşurken duydum.

- Demek bizi dinliyordunuz.

- Evet hocam, aranızda olmasam öğretmenleri bu kadar yakından tanıyabilir miydim, onların eğitime bakış açılarını öğrenebilir miydim? Sonra da çıkıp buradan atıp tutardım işte.

- Aynen öyle olurdu, bugüne kadar da hep öyle oldu.

- Nasıl geçti konferans, eğlenebildin mi biraz?

- Eğlenmek mi? İçim kanadı, yaralarımı deştiniz, yaşadıklarımı anlattınız. Evet hem çok düşündüm, hem çok güldüm, hem de birçok yeni bilgi öğrendim. Teşekkür ederim. Hayat hikâyem sizinkine çok benziyor.

- Soyadın ne, Melek Hocam?

- Demek adımı da öğrendiniz. Soyadım Güneş. Sınıf öğretmeniyim.

- Arkadaşınla 15 dakika dinleyip gitmek için anlaşmıştınız ama sen sonuna kadar kalmışsın.

- Evet hem çok beğendim çünkü anlattıklarınız harikaydı, hem de siz sahneye çıkıp adınızı söylediğinizde çok şaşırdım, kulaklarıma inanamadım.

- Neden?

- Bunu sonra söylemek istiyorum, çok özel bir durumum var da...

- Peki teşekkür ederim Melek Hocam ancak sen beni böyle övsersen gelişemem ki.

- Nasıl yani?

- Öldürürken keyif veren tek zehir iltifattır, diye bir söz okumuştum. Sen beni beğenip sadece övsersen ben de gelişme gereği hissetmem, nasıl olsa bu işi çok iyi biliyorum diye düşünürüm, hatta kendimi çok iyi biri zannedip şımarabilirim. O yüzden beni geliştirecek ve özellikle içimi acıtıp rahatsız edecek geribildirimler verirsen bana daha çok katkı sağlamış olursun.

- Tamam, vaktiniz varsa size bir çay ısmarlayabilir miyim? Sizinle ilgili anlatmak istediğim ilginç bir durum var, duyduğunuzda şaşıracaksınız.

- Yaa, neymiş merak ettim.

- Hep siz mi bizi meraklandıracaksınız? Anlatacaklarımın sizi nasıl etkileyeceğini ve mutlu edip etmeyeceğini de ben merak ediyorum.

O köydeki insanlar hiç görmedikleri halde gönül verdikleri ve yürekten sevdikleri Allah'ın, sözcüsü olan ilkokul mezunu imama inanıyorlardı da; gözle gördükleri devletin, kendilerine hizmet etmek için ayağına kadar gelen üniversite mezunu öğretmenlerine inanmıyorlardı.

İmam Allah'ın sözcüsüydü, biz devletin sözcüleriydik.

İMAM ALLAH'IN SÖZCÜSÜ, ÖĞRETMEN DEVLETİN...

- Hocam ben Dokuz Eylül Üniversitesi Eğitim Fakültesi Sınıf Öğretmenliği bölümünden mezun oldum. Eğitim sistemimiz ve öğretmenlerle ilgili gözlemlerinize tamamen katılıyorum. Bence az bile anlatıyorsunuz. Hani başlarken dediniz ya, bir çok çağdaş eğitim kuramı görüyorsunuz ama bunlar sahada işinize yarıyor mu ve hayatınızı kolaylaştırıyor mu bilmiyorum, diye.

- Evet.

- Yaramıyor hocam, daha doğrusu çoğu yaramıyor. İsterseniz size uzun uzun yaşadığım bir çok şeyi anlatabilirim, şimdilik ilginç olduğunu düşündüğüm bir tecrübemi paylaşmak istiyorum.

Üniversiteden mezun olduktan sonra Van'ın bir köyünde göreve başladım. O kadar hevesli, o kadar heyecanlıydım ki, bırakın sadece o köyün çocuklarını, tüm Türkiye'yi kurtaracağımı sanıyordum.

Köye gidip göreve başladığım ilk gün okula kimse gelmedi, ikinci ve üçüncü gün de kimse gelmedi. İlçe milli eğitim müdürüne gidip durumu anlattım. Ne dedi biliyor musunuz?

- Ne dedi?

- Gidip çocukları evlerden toplayın.

- Hocam sokaklarda kocaman kocaman köpekler var, nasıl gideyim?

- Olsun, eline bir sopa al, sokak sokak, ev ev gez ve çocukları topla.

Üniversitede dört yıl boyunca çektiğim sıkıntılar, aldığım dersler, dinlediğim hocalar geldi gözümün önüne. Okuduğum kitapların, öğrendiğim kuramların ve yaptığım araştırmaların hiçbirinde köyde elimde değnekle sokaktaki köpekleri kovalayarak öğrenci toplayacağıma dair bir bilgi ve yöntem yoktu.

Ertesi gün bir öğretmen arkadaşımla beraber elimde sopa ve ayağımda İzmir'de giydiğim topuklu ayakkabılarımla Van'ın bir dağ köyünde sokağa çıktım. İri bir köpeğin havlayarak üzerime gelişiyle çığlık atışım bir oldu. Geriye doğru kaçarken ayakkabımın topuğu kırıldı. Yine de vazgeçmedim. İlk evin kapısını çaldım. Kapıyı, yüzü peçeli bir kadın açtı. "Çocuğunuz okula gelecek mi?" dedim. Kürtçe bir şeyler söyledi anlamadım. Benim söylediklerimi de o anlamadı. Sonra ikinci eve geçtim. Yine anlaşamadık. Üçüncü, dördüncü ev derken hiç kimseyle anlaşamadan geri döndüm.

O an eğitim sistemimize öyle kızdım ki.

- Seni o kadar kızdıran neydi?

- Belki ömrümüzde hiç karşılaşmayacağımız bir İngilizin dilini ilkokuldan üniversite son sınıfa kadar öğreniyorduk da, her gün karşılaşacağımız, birlikte eğitim yapacağımız kendi vatandaşımızın konuştuğu dili öğrenmiyorduk.

- Vaavvv Melek Hocam harika bir tespit bu.

- Perşembe günü aklıma köyün imamı geldi. Türkçe biliyordur, diye düşündüm ve bir öğretmen arkadaşımla onun yanına gittim, kendisine dedim ki, 'Hocam biz bu köye öğretmen olarak yeni geldik. Okula kimse gelmiyor. Evlere gittik, Kürtçe bilmediğimiz için çoğuyla anlaşamadık, ailelere yalvardık kimse çocuğunu okula göndermiyor. Lütfen bize yardımcı olur musunuz?'

İmam bizi baştan aşağı süzdü ve gülümsedi:

- Kızım siz pazartesi okulu açın, ben gerekeni yapacağım.

Pazartesi okula bir gittik ki ne görelim, tam 120 çocuk gelmiş.

- Çok ilginç Melek Hocam.

- Bana daha ilginç gelen ve üzerinde çok düşündüğüm bir şey daha fark ettim.

- Neymiş.

- O köydeki insanlar hiç görmedikleri halde gönül verdikleri ve yürekten sevdikleri Allah'ın, güvendikleri sözcüsü olan ilkokul mezunu imama güveniyorlar ve onun her dediğine inanıyorlardı da; gözle gördükleri devletin, kendilerine hizmet etmek için ayağına kadar gelen üniversite mezunu öğretmenlerine güvenmiyorlar ve onların söylediklerine inanmıyorlardı.

- Neden acaba?

- İmam Allah'ın sözcüsüydü, biz devletin sözcüleriydik. Onlar, kitabını belki de açıp bir kere okumadıkları ve tanımadıkları Allah'ı seviyorlardı ama kendileri için her şeyi yapan, kömür veren, okul yapan, para veren, öğretmen yollayan hatta hayvanlarına bile teşvik veren devleti sevmiyorlardı.

- Hocam bunlar hem üzüntü verici hem de dikkate değer gözlemler ve bunlar üniversitede okuduğumuz kitapların çoğunda yok değil mi?

- Evet, ben hiçbirinde rastlamadım, bunları ancak yaşayanlar bilir. Siz çok yere gitmişsiniz ya, o yüzden sizinle paylaşıyorum. Bu anlattıklarım bazı arkadaşlara masal gibi geliyor.

- Aklıma şu takıldı Melek, onlar devleti sevmedikleri için mi öğretmenlere inanmıyorlardı, yoksa bunun altında başka nedenler mi vardı?

- Ne gibi nedenler?

- Şöyle bir durum var: Bir tarafta kendi dillerini konuşan, onları iyi anlayan, kendileri gibi giyinen, düğünlerine katılıp sevinçlerini, taziyelerine katılıp üzüntülerini paylaşan ve onlara güven veren bir imam veya öğretmen; diğer tarafta da onları anlamayan, hatta dilini bile konuşamayan, kendileri gibi giyinmeyen, düğün ve cenazelerine katılmayıp sevinç ve üzüntülerini paylaşmayan, kendilerine güven vermeyen bir imam veya öğretmen...

Şimdi bir düşün Melek, sen olsan hangisine inanırdın?

- Elbette beni dinleyen, anlayan, yanımda olan, sevincimi ve üzüntümü paylaşana, kısaca bana benzeyene...

- Oraya yeni atanan bir öğretmen eğer, ben her şeyin en iyisini bilirim gibi bir tavır sergiliyorsa ve çocukları küçümsüyorsa onların aileleri, devlete ve öğretmene karşı bir önyargı oluşturmuş olabilir mi?

- Bilmem, siz daha çok gezdiniz gördünüz oraları.

- 80'li yıllardan itibaren doğu ve güneydoğu zaten ihmal edilmiş, dışlanmış ve kaderine terkedilmiş. Oraya gönderilen memurlar kendilerini şark görevine giden sürgünler olarak algılamışlar. Devlete ve üstlerine gücü yetmeyince hıncını oradaki insanlardan almışlar. Dediğin gibi bu basında pek gündeme gelmez ve dışarıda pek konuşulmaz ama ben oradaki her il ve ilçeye gidip insanları dinlediğim için biliyorum bunları. Nice acılar yaşanmış, nice aileler şiddet görmüş, hele de nice küçük çocuk travmalar yaşamış.

Biliyor musun Melek, belki de o çocuklar öğretmenlerin kendilerine uzattığı şefkat elini, yıllar önce ana-babalarını döven, kendini bilmez birkaç polisin ve askerin eli olduğunu zannedip tutmuyorlardır ve hâlâ korkuyorlardır.

- Olabilir çünkü böyle birkaç olaya şahit oldum.

- Sen kaç yaşındasın?

- 28.

- Sen 28 yaşında gencecik bir öğretmen olmana rağmen bunları biliyorsun da bakanlık bilmiyor mu? Bu yaşadıklarını orada milli eğitimdeki müdürlere ya da bakanlık yetkililerine bildirdin mi?

- Ülkemizin birçok yerinde olduğu gibi oradaki müdürlerin çoğu zaten oranın insanı oluyor ve çoğunun da çocukların eğitimi gibi bir derdi yok. Yine birçok yerde ve kurumda olduğu gibi adamını bulan müdür oluyor. Bir müdüre söyledim de adam bana ne dedi biliyor musunuz: "Bu milletin çocuğunu kurtarmak sana mı kaldı?"

Daha anlatacak çok şey var da siz duyduklarınıza inanamazsınız, inansanız bile sahnelerde anlatmaya cesaret edemezsiniz.

- Melek Hocam şu anda beynimin tüm hücrelerini seni dinlemeye hazır hale getirdim çünkü merakımı gıdıkladın, ilgimi uyandırdın.

- Durun hocam daha başlamadım bile. Bu anlattıklarım ne ki...

- Sanırım sepette daha çok malzeme var.

- Var tabi.

- Ben şunu merak ettim. İmam ne yaptı ve köylülere ne dedi de okula 120 çocuk geldi.

- Minareden duyuru yaptı. Hem Türkçe, hem de Kürtçe dedi ki, çocuklarınızı okula gönderin, sevaptır. Allah'ın ilk emri 'oku'dur. Peygamber efendimiz sallallahu aleyhi ve sellem, beşikten mezara kadar öğrenin, iki günü eşit olan ziyandadır, buyurmuştur. Hiç bilenlerle, bilmeyenler bir olur mu? Allah rızası için çocuklarınızı mektebe gönderin.

- Vay be, milleti tam da gönül telinden yakalamış.

- Evet hocam.

- Melek Hocam, anladım ki üniversitelerde bizim sepetimize doldurulan bilgiler, vardığımız yerlerdeki sorunları çözmeye, o insanlarla iletişim kurmaya yetmiyor, onlarla iletişim kurmak ve oradaki sorunları çözmek için gerekli olan bilgiler de sepetimize doldurulmuyor.

- Çok haklısınız. Bunu birebir yaşamış birisiyim. Aslında İzmir'de, İstanbul'da, Ankara'da sırtımıza yüklendiğimiz donanım Sivas'ın, Kayseri'nin, Gaziantep'in ötesine varmadan yollarda döküldü. Görev yapacağımız yere ulaştığımızda da sepetimiz boştu.

- Van'da ne kadar kaldın?

- Üç yıl.

- O zaman sende günlerce dinleyebileceğimiz deneyim vardır.

- Var ama sizi sıkmak istemem.

- Ne sıkması, bilakis memnun olurum. Millet benim konferanslarda bir şeyler öğrettiğimi sanıyor. Halbuki ben gittiğim her yerde senin gibi kıymetli arkadaşları dinleyerek kendimi tazeliyorum. Gerçekleri birinci ağızdan öğreniyorum.

- Ben de ilk defa yaşadıklarımı birileriyle paylaşıyorum.

- Sence orada kaldığın sürede gördüğün kadarıyla eğitimin en başta gelen sorunları neler?

- Tabii ki çok var da, en çok dikkatimi çekenlerden biri ücretli öğretmenlik. Doğu'da ücretli öğretmenlik batıdaki gibi değil. Çok yoğun. Bir okulda iki tane kadrolu, yedi tane ücretli öğretmen oluyordu. Orada çocuk çok ama öğretmen yok. İdareciler de açığı kapatmak için önüne geleni öğretmen yapıyorlar. Öğretmen yaptıklarının tamamı da ne hikmetse kendi yakın akrabaları oluyor.

Mesela benim üniversite mezunu olarak birinci sınıfları okuttuğum okulda, çocuklar ikiye geçtiğinde onları iki yıllık Hayvan Terbiyeciliği bölümü mezunu biri okutuyordu. Bir sınıfa muhasebeci giriyordu, bir başka sınıfa tarım il müdürlüğünden biri giriyordu. Şimdi, çocuk psikolojisini bilen bir öğretmenden sonra, hayvanları bilen birinin girdiği bir sınıftan ne beklersin? Böyle bir eğitimden geçen çocuğun geleceği nasıl olur?

Gerçi üniversiteden mezun olan bizlerin de o çocuklara ne kadar ulaştığı, onları ne kadar anladığı ve geliştirdiği de ayrı bir tartışma konusu...

Hiç kahveden çıkmayan, çocuğunun gelişimini fark etmeyen, veli toplantısına bir kere bile gitmeyen bir babanın çocuğu psikolojik yetim, ya da o gün senin, bu gün benim diye gezen, televizyondaki dizileri takip ettiği kadar çocuğunun okulunu, eğitimini takip etmeyen bir annenin çocuğu da psikolojik öksüzdür. O anne-baba yaşıyor olsa da çocuk için ölüdür aslında.

SENİN KAPORTA GÜZEL AMA MOTOR ÇÜRÜK

-Melek Hocam sen çok zarif bir insansın.

Gülümsedi, başını hafifçe önüne eğdi. Yüzüne baktım, gözlerine odaklandım.

- Dışarıdan tatlı görünen insanların, kimseyle paylaşamadıkları büyük acıları olabilir.

Başını kaldırıp hayretle yüzüme baktı.

- Senin de kaporta güzel ama motorda bazı sıkıntılar var gibi geliyor bana. Ne dersin, içte bazı çürük taraflar var mı?

Yeniden gülümsedi.

- Söylediklerim yanlış da olabilir ama ben insanları bazen kokusundan, bazen birkaç cümlesinden, bazen bakışındaki anlamlardan, bazen de anlatmadıklarından anlarım ve onların iç dünyalarını tanırım.

- ...

- Bazen de yürekten gelen sessiz çığlıkları duyarım. Dudakların kilitleyip dışarı çıkmasına izin vermediği, parmak kaldırıp gözlerden dışarıya el sallayan feryatları, iniltileri, haykırışları...

Melek sessizleşti, konuşmadı bir süre. O sırada yanımızdan konferansa katıldığını tahmin ettiğim biri geçti. Melek Öğretmen o adamı görünce önce irkildi, sonra titremeye başladı. Benzi sarardı, bakışları donuklaştı ve sabit bir noktaya takılıp kaldı.

- Seni üzecek bir şey mi söyledim Melek Hocam?

- Yok hocam.

- Ne oldu sana, birdenbire üzüldün sanki.

- Bir şey yok.

- Var var. Ne bileyim sanki bir yarana dokundum, ya da canını sıkacak bir şey söyledim.

- Önemli değil hocam, sizinle ilgili değil.

- Peki ısrar etmeyeyim.

Melek Öğretmen'le birer çay daha içtik. Biraz daha rahatlamıştı. Konuşmamızın başlangıcındaki gibi tatlı tatlı gülümserken sordu:

- Çocuklarınız var mı hocam?

- Evet, üç tane.

- Okuyorlar mı?

- Büyük kızım psikolog, oğlum üniversitede, küçük kızım da ortaokulda.

- Onları seviyor musunuz?

- Evet seviyorum.

- Laf olsun diye sormadım, gerçekten seviyor musunuz? Daha doğrusu sevginizi gösterebiliyor musunuz?

- ...

- Bence seviyorsunuz çünkü konferansta en çok sevgi ve ilgiden bahsettiniz. Çocuklarınız küçükken onları yeterince sevdiniz mi?

- ...

Şimdi susma sırası bana gelmişti. Evliliğimin ilk yıllarına gittim. Eşimle tartışırken çocuklarımın korku içinde bir köşeye çekilip büzüştüğü, minicik bedenleriyle bağırmayın diye aramıza girdiği, sesimiz yükseldiğinde mis kokulu ellerini ağzımıza götürüp lütfen susun dediği günler geldi gözümün önüne.

Daha da öncesine gitti hayalim. Annemin beni dövdüğü, babamın el âlem ne der diye adımı bile söylemekten çekindiği, büyüklerin yanında ayıp olur diye bana sarılmadığı, sevgisini gösteremediği çocukluğum geldi gözümün önüne.

Ve daha da öncesine gittim. On bir kardeşin en küçüğü olan babamın, kendi babasını tanımadan kaybettiği, baba sevgisi ve şefkati almadığı, sevmeyi ve sevilmeyi bilmediği, babamın çocukluk günlerine...

Babam, dedemden sevgi almış mıydı ki bana verebilsin.

Ben babamdan sevgi ve şefkati görmüş müydüm ki kendi çocuklarıma gösterebileyim.

- Galiba yeterince sevemedim çocuklarımı.

- Benim babam da beni yeterince sevmedi. Kamyon şoförüydü, uzaklara giderdi ve ben günlerce onun gelmesini beklerdim.

- Aslında çoğumuz psikolojik yetim ve öksüz gibiyiz.

- Konferansta kullandığınız bu psikolojik yetim sözünüzü çok beğendim.

- Sen de evli misin, çocuğun var mı?

- Çocuğum var ama evlilik durumum biraz karışık.

- Paylaşmak istersen dinlerim.

- Uzun hikâye be hocam.

- Tamam.

- Öğretmenlerin bazılarının çocukları psikolojik yetim ve öksüz gibidir, dediniz ya, çok doğru.

- Hiç kahveden çıkmayan, çocuğunun gelişimini fark etmeyen, veli toplantısına bir kere bile gitmeyen bir babanın çocuğu psikolojik yetim, ya da o gün senin, bu gün benim diye gezen, televizyondaki dizileri takip ettiği kadar çocuğunun okulunu, eğitimini takip etmeyen bir annenin çocuğu da psikolojik öksüzdür. O anne-baba yaşıyor olsa da çocuk için ölüdür aslında.

Öğretmenler ülkemizin çocuklarını eğitmek için yüreklerini alıp okula giderlerken kendi çocuklarını evde bırakıyorlar ya, onların çocukları da psikolojik yetimdir diye düşünüyorum.

- Çok doğru söylüyorsunuz, benim çocuğum da aynı durumda. Küçüklüğünde sevgiyi yeteri kadar alamayan çocuklar büyüdüklerinde başka arayışlara giriyorlar.

- Ne gibi arayışlar?

- Mesela, ben.

Durakladı Melek Öğretmen, gözleri doldu ve uzaklara dalıp gitti.

- Özür dilerim hocam, kendi özel sorunlarımla sizi de meşgul ediyorum.

- Lütfen Melek Hocam, ne güzel sohbet ediyoruz.

- Konferansa başlarken Mevlana'dan bir söz aktardınız: Aynı dili konuşanlar değil, aynı duyguları paylaşanlar daha iyi anlaşırlar.

- Evet, Mevlana ne güzel söylemiş değil mi?

- Bence de. Öğretmen arkadaşlar hiçbir konferansta böyle sonuna kadar kalmazlar ama sizinkinde kaldılar. Niye?

- Sence niye?

- Siz bizim yüreğimize dokundunuz, ruhumuza indiniz, bizi rahatlattınız ve ondan sonra bilgi paylaştınız, deyim yerindeyse önce nadas yaptınız, sonra tohum saçtınız.

- Ne güzel bir benzetme, teşekkür ederim. Yeterli sevgiyi alamayan çocukların başka arayışlara girdiğinden söz ediyordun.

- Evet hocam, mesela ben. Sevgiye aç, sevgiye susuz, sevgiye hasret büyüdüm. Sonuç?

- Evet sonuç?

- Çokça taciz, sürgün, tecavüz, ölümcül bir kazaya sebebiyet, dağılan bir yuva, maruz kalınan tehditler, yalana başvurmalar, sürekli içki ve sigara.

- Anlamadım, sen?

- Evet ben. Dahası da var; şantajlar, hapse girme, aşağılanma, iftiraya uğrama.... Daha sayayım mı hocam?

- Dur bir dakika. 28 yaşındayım diyorsun ve sadece başlıklarını söylediğin olaylara bak. Facia gibi bir şey bu, hatta gibisi fazla, resmen facia. Bu gencecik yaşta bunların hepsini yaşamış olamazsın.

- Yaşadım hocam, yaşadım. Eksiği var, fazlası yok.

- Ve sen bütün bu olumsuz durumlara rağmen öğretmenliğe devam ediyorsun.

- Evet, yaptığıma öğretmenlik denirse tabi. Daha ağır olanların bundan sonra geleceğinden korkuyorum ve ben bunlara nasıl dayanabileceğimi bilmiyorum. Bakmak zorunda olduğum bir oğlum var ve ben onun da benim gibi olmasını istemiyorum.

- Nasıl?

- Rüzgârın önünde savrulan kurumuş bir yaprak gibi, ya da akıntıya kapılıp sürüklenen bir çöp gibi.

Ben ilgisiz ve sevgisiz büyüdüğüm için kendi ayaklarım üzerinde durmakta zorlandım, hep tepkisel yaşadım. Kendimi yaşamadım. Kendimi bulamadım ki yaşayabileyim. O yüzden neyin doğru, neyin yanlış olduğunu bilemiyorum.

Bir kaza yaptım ve onunla ilgili mahkemem devam ediyor. Sonuç ne olur, yüklü miktarda bir tazminat mı, yoksa hapis mi bilmiyorum. Doğrusunu isterseniz çok korkuyorum.

- Melek Hocam ben iki gün daha buradayım. Uygunsanız birlikte bu akşam bir yemek yiyelim. Ardından da oturup uzun uzun sohbet ederiz.

- Bunu çok isterdim ancak oğlum beni bekliyor ve ona bakabilecek kimsem yok.

- Anlıyorum. Paylaştıklarından çok etkilendim. Yüreğini paylaştın, içinden geldiği gibi.

- Siz de sadece kulaklarınızla değil, yüreğinizle dinliyorsunuz.

- Anladığım kadarıyla bu sadece bir girişti, hatta önsöz, galiba sen içindekiler bölümünü anlattın, yalnızca başlıkları söyledin.

- Evet doğru, gelişme bölümü var ama sonuç bölümü daha belli değil.

- Vitrindekiler güzel görünüyor ama bakalım depoda neler var henüz onları bilmiyorum. Yapabileceğim bir şey varsa işte kartım. Tüm iletişim bilgilerim burada var.

- Teşekkür ederim.

- Ankara'ya gelme imkânın var mı Melek Hocam?

- Niçin?

- Ankara'da, İnsan Bakım ve Onarım Merkezi var. Zaman zaman seminerler oluyor. Bir hafta sonu gelebilirsen belki sana bir katkısı olur.

- Bugüne kadar birçok insanla tanıştım hocam, sürekli nasihat ediyorlar, akıl veriyorlar, boş ver gitsin diyorlar, geleceğine bak diyorlar. O yüzden böyle şeylere inanmıyorum.

- Bence sen geçmişe üzülmekten ve geleceğe kaygılanmaktan bugününü ıskalıyorsun.

- Nasıl yani?

- Anladığım kadarıyla senin bugünün, yani şimdiki anın yok. Geçmişin ve geleceğin var. Geçmişte yaşadıklarının üzüntüsü ya da pişmanlığı seni esir almış ve geleceğinin kaygıları da bugünkü mutluluğunu, başarını perdelemiş olabilir.

Şöyle bir örnek vereyim: Bir kavşaktasın, bir sağa bakıyorsun, bir sola, sonra yine bir sağa bir sola. Ve karşıdan gelen bir araba sana çarpıyor. Geldiğin yolda değilsin çünkü orayı geçtin, gitmeyi düşündüğün yolda değilsin çünkü daha oraya gitmedin. Şu anda bulunduğun yerde yaralısın.

- Söylediğiniz seminerlerin benim gibi ağır vakalara faydası oluyor mu?

- Ben istersem hayır, sen istersen evet. Sadece sana haber veriyorum. Gelip gelmemek senin tercihin. Ayrıca sana verecek bir garantim de yok. Gelirsen seni biraz silkelerim, sarsılırsın, darmadağın olursun. İzin verirsen içindeki kısıtlayıcı ve zehirleyici duyguların etkisi de durdurulabilir.

- Geçmişim silinebilir mi?

- Hayır, geçmişte yaşadıkların, ki ben onların ne olduğunu bilmiyorum, orada duruyor. Onları yok sayamazsın. Sana zarar veren şey, yaşadıklarına verdiğin anlam, onların seni etkilemesine, üzmesine, enerjini çalmasına izin vermendir. Bugüne kadar birçok kişiyle yaptığımız uygulamada şunu gördüm ki, önceki olayların bugünümüzü olumsuz anlamda etkilemesine dur diyebiliriz.

- Bu mümkün mü hocam?

- Denemeye değmez mi?

- Tabii ki değer ancak geçmişe çare bulamazsın.

- Nesine çare arıyorsun geçmişin?

- Yaşadığım onca korku, üzüntü, hayal kırıklığı, incinmişlik, hakaret, döktüğüm onca gözyaşı var. Şimdi bunlar ne olacak, boşa geçen günlerim geri gelecek mi?

- Gelmeyecek. Anladığım kadarıyla senin için geçmiş, daha geçmemiş ve sen orada takılı kalmışsın. Şimdiki zamanda geçmişi yaşıyorsun. Bunun da ne anlama geldiğini biliyorsun?

- Mutsuz bir hayat.

- Bununla birlikte saplanıp kaldığın geçmişini, yaşamayı hiç istemeyeceğin geleceğin yaptığının farkında bile olmuyorsun. Bence bundan daha tehlikeli bir şey de yok. Tarih tekerrürden ibaret değildir.

- Peki çözüm?

- Yaşamayı hiçbir zaman istemeyeceğin ancak seni aşan durumlar dolayısıyla geçmişte yaşamak zorunda kaldığın acı olaylarla ilgili olumsuz duygularını beyninin içine doldurursan, onlar bir asit gibi tüm güzelliklerini eritmeye devam eder. Seçeneklerinden biri bu.

- Bu benim yaşadığım durum, peki ya diğer seçenek?

- Geçmişle olan ve sana üzüntü veren her şeyle bağlarını koparır, dikkatini yaşamak istediğin duygulara ve pozitif durumlara odaklarsan, eskiden başına gelen kötü durumlardaki iyi olabilecek sonuçları görürsün ve hayalindeki geleceğinin temeli olabilecek güzel duyguları beynine doldurursun. Bu da sana muhteşem bir güç olarak yansır ve beynin seni güçlendiren bir enerji üretmeye başlar.

- Bunun bir örneği var mı hocam?

- Şu anda karşında oturan adam bunun en somut örneği. Bana hasar veren zor bir çocukluğum, pısırık bir gençliğim, bilinçsiz bir evliliğim oldu. 40 yaşımda enkaz halinde olan bir ben vardım. Yıkıldım, parçalandım, dağıldım. Ve bir gün kendi enkazımdan bugünkü kendimi doğurdum. Geçmişte yaşadığım tüm olumsuzlukları, yeni diktiğim Alişan Kapaklıkaya'nın dallarında ağırlık olarak taşımak yerine, köklerine gübre olarak döktüm ve onlar bana büyük bir güç verdi.

- Sonuç?

- Sonuç az önce sahnede konuşan ve şimdi karşında oturan adam.

- Ayy hocam valla çok etkilendim ve heyecanlandım. İçimde olumlu bir şeyler kıpırdamaya başladı.

- Ben yaşadığın olumsuzlukları tam olarak bilsem, o kıpırtılar mutluluk şimşeklerine dönüşür.

- Tamam hocam, ben şimdi müsaadenizi istiyorum. Tanıştığımıza çok memnun oldum. Anlattıklarınızı değerlendireceğim. Uygun zamanı, ortamı ve imkânları ayarlayabilirsem gelmek isterim.

- Biliyor musun Melek Hocam, asıl benim senden öğreneceğim çok şey var gibi geliyor. Buradan gitmeden seninle biraz daha sohbet etmek ve deneyimlerini dinlemek isterim. Yarın akşam aile konferansı var ama bu akşam uygunum, herhangi bir programım yok.

- Şimdi eve gideyim, oğlumu bırakabileceğim bir arkadaş ayarlayayım, gelirim.

- Onu da getir, tanışmış oluruz.

- Anlatacaklarımı onun yanında konuşamam.

- Anladım hocam, bekleyeceğim seni.

Gittiğim yerlerde şunu gördüm ki, birçok kurumda vitrindekiler güzel ama depodakiler çürük. Bazı kurumlar çok gösterişli bir bina gibi: Dıştan bakıyorsun boyası göz alıcı, bahçesi göz kamaştırıcı ama içeri giriyor ve bir de bakıyorsun ki dışarıdan görünmeyen taraflar küflenmiş, yani vaziyet göz boyayıcı. Dış cephesi güzel olan o bina aslında bir viraneye dönmüş.

VİTRİNDEKİLER GÜZEL, YA DEPODAKİLER...

Konferans, eğitim ve seminer için gittiğim hemen hemen her yerde oranın liderleri bana o kurumun çok güzel, başarılı, güçlü ve mükemmel olduğunu anlatır.

Bir gün bir ilin emniyet müdürü aradı:

- Hocam sizi televizyonda seyrettim, emniyet teşkilatına çok yakın olduğunuzu ve bizi sevdiğinizi biliyorum. Kitaplarınızın bazılarını da okudum. Bizim size çok ihtiyacımız var.

- Hayırdır müdürüm, buyurun lütfen.

- Hocam ben sıkıntılı bir ildeyim. Çok başarılı işler yapmama rağmen bazen tükeniyorum. Strese giriyorum. Personelimizde ciddi sıkıntılar var, çalışmıyorlar.

- Sizin için ne yapabilirim müdürüm, müdürlük olarak neye ihtiyacınız var?

- Bizim buraya bir gelseniz diyorum, personelin moralini düzeltseniz, motivasyonunu yükseltseniz, stresini azaltsanız.

- Tamam müdürüm seve seve gelirim.

- Hocam yalnız bizim bu eğitim işlerine ayıracak ödeneğimiz yok. Gelirseniz sizi polis evinde misafir ederiz, yediririz, içiririz ancak ücret veremeyiz.

Müdürün konuşmasından bir sıkıntısının olduğunu hissettim ama ne olduğunu bilemedim.

Kararlaştırdığım günde gittim.

- Hocam ne iyi ettiniz de geldiniz.

- Yüreğimle geldim müdürüm, konferanslardan önce bana söylemek istediğiniz bir şeyler var mı?

- Ben çok çalışıyorum ama bizim memurlar fazla çalışmıyorlar çünkü motivasyonları düşük. İnşallah konuşmalarınızla polislerimizin iş konusundaki heveslerini artırırsınız.

- Müdürüm, ben arkadaşlarla sohbet ederim, onları birazcık rahatlatırım. Eğer uygun görürseniz personelin aile ve çocuklarına da ayrı ayrı konferanslar yaparım.

- Yok hocam yok, şimdi onları organize edecek bir durumumuz yok, siz personelin çalışma hevesini artırın yeter. İşini adam gibi yapsınlar.

Konferans salonuna geçtik. Sunucu beni sahneye davet etti. Konferansa başlamayı beklerken sunucu emniyet müdürünü de davet etti:

- Konuşmacımıza çiçek vermek ve plaket takdim etmek üzere il emniyet müdürümüz Sayın K. Savaş'ın sahneye teşriflerini arz ederim.

Şaşırdım çünkü o güne kadar plaket ve çiçeğin konferanstan önce verildiğini daha önce hiç görmemiştim. Müdür bey sahneye geldi, önce bana vereceği çiçeği bir eline, sonra da mikrofonu diğer eline aldı. Şakaya getirip sordum:

- Müdürüm çiçeği peşin mi veriyorsunuz? Konferanstan sonra verseydiniz, bakalım hak ediyor muyum, hak etmiyor muyum, bir baksaydınız.

- Hak ediyorsunuz hocam, ben konferansı dinleyemeyeceğim, önemli bazı işlerim var da, şimdi ayrılacağım. O yüzden çiçeği başta vermek istedim.

Emniyet müdürü sahneden indi, kapıya döndü, çıkıp gitti. Müdür bey gidince, oraya gelen müdür yardımcıları ve şube müdürlerinin de çoğu kalkıp gitti.

Tıklım tıklım dolu olan koca salonun ön tarafındaki ilk üç sırası boşalmış vaziyette başladım konferansa. Tabi çiçeği peşin almak gibi olmasa da böyle sıra dışı ve can sıkıcı durumlara alışık olduğum için duygularımın kontrolünü kaybetmeden ve moralimi bozmadan huzurumuzun kahramanı olan polislerle üç saat sohbet ettik. Bazen güldük, bazen ağladık...

Çıkışta kitap imzalarken bir grup polis yanıma geldi:

- Hocam Allah sizden razı olsun. Ne iyi ettiniz de geldiniz yaa?

- Neden?

- Bizim arkadaşlar canla başla çalışırlar ama bizim müdür çalışmalarımızı pek görmez, arkadaşlarımızı fazla takdir etmez.

O polisin yüzüne bakıp gülümsedim.

- Aile demez, çocuk demez, eline bir düdük alır, mesai biter ama o düdük çalmadan kimse gidemez. Bazen unutur ve eşimiz, çoluk çocuğumuz evde bizi beklerken biz uzun zaman müdürün düdüğünü bekleriz.

Gittiğim yerlerde şunu gördüm ki, birçok kurumda vitrinde görünenler güzel ama depodakiler çürük. Bazı kurumlar çok gösterişli bir bina gibi: Dıştan bakıyorsun boyası göz alıcı, bahçesi göz kamaştırıcı ama içeri giriyorsun ve bir de bakıyorsun ki dışardan görünmeyen bazı taraflar küflenmiş, yani vaziyet göz boyayıcı. Dış cephesi güzel olan o bina aslında bir viraneye dönmüş.

Hangisinden başlasam bilmiyorum. Çok özlediği babasının gelişini pencerede bekleyen minik Melek'ten mi, lisede öğretmeni tarafından taciz edilen ve bunu ispatlayamadığı için orospu damgasını yiyen Melek'ten mi, üniversitede tanımadığı birinin tecavüzüne uğrayan Melek'ten mi, evli olduğu halde içindeki boşluğu doldurmak için başkalarında sevgi ve aşk arayan Melek'ten mi...

AH BİR YÜREĞİME BAKSAN

Melek Öğretmen konuşurken eğitim sistemimizin güzelliklerin ön plana çıkarıp vitrin yapmak yerine, içeride yaşananları olduğu gibi anlatıyordu. Kol kırılır yen içinde kalır, deyip sorunların üstünü örtmek yerine, kolun kırık olduğunu haber vererek onun tedavisini istiyordu.

O akşam onu tekrar dinleyebilmeyi yürekten istedim. Ve akşam yemeğindeyken telefon çaldı.

- Hocam ben oğlumu bırakacak bir arkadaş ayarladım, siz de uygunsanız görüşebiliriz.

- Çok sevindim Melek Hocam, buyurun gelin lütfen, ben öğretmen evindeyim.

Heyecanlıydım çünkü öğleden sonra öğretmenlerle buluşmuş ve dilimin döndüğü kadarıyla birikimlerimi, gözlemlerimi ve öğrencilere ilham vermekle ilgili düşüncelerimi o insan sanatkârlarıyla paylaşmıştım. Buradan dönerken ben de eğitim alarak gitmeliydim. Melek

Öğretmen'in içtenlikle anlattıkları ilgimi çekmişti. Bundan sonra anlatacakları beni tazeleyecek ve eğitimde ülkemizin durumu ile ilgili algılarımın gerçeğe biraz daha yaklaşmasına katkı sağlayacaktı.

- Hocam ben geldim ama zamanınız uygun mu, başka işiniz varsa engel olmayayım.

- Gelmene çok sevindim hocam, herhangi bir işim yok.

- Bana ne kadar zaman ayırabilirsiniz?

- Gece yarısına kadar, hatta istersen sabaha kadar.

- Hocam sizde beni çeken bir şeyler var?

- Ne gibi?

- Kendinizi eğitime adamışlığınız mı, eğitimin sorunlarına hâkimiyetiniz mi, bize bir baba sevecenliğiyle yaklaşımınız mı, yoksa kibirli olmayan, çok bilmişlik yapmayan, alçak gönüllü tavırlarınız mı bilmiyorum.

- Ben sadece bir aynayım Melek, bana bakan bende kendini görüyor. Bu arada sana Melek desem olur mu? Bana daha samimi geliyor bir insana ismiyle hitap etmek.

- Ben de doğallığı seviyorum.

- İnsanın içinde ne varsa karşıdaki insanda onu görürmüş. Bu söylediğin güzel nitelikler sende olmalı.

- Ah bir bilsem içimde neler olduğunu, bir çözebilsem içimdeki düğümleri... Keşke size söylediğim güzel özellikler bende olsa. O zaman dünyanın en mutlu insanı olurdum galiba.

- Hayırdır, seni derinden üzen ve mutsuz eden bir derdin galiba.

- Konferanstan sonra dediniz ya, kaporta güzel ama motor çürük galiba.

- Evet.

- İki saattir o sözünüzü düşünüyorum.

- Eee.

- Tam isabet. Haklısınız. İçinde bulunduğum durumu en güzel anlatan sözü söylediniz.

Baktım Melek Öğretmenin içi çok dolu. Hani derler ya dokunsan ağlayacak. Gencecik yaşına rağmen yaşadıklarının ağırlığını taşımak kendisini çok yormuş. Kim bilir belki de beni kendine yakın hissettiği ve onu anlayabileceğimi düşündüğü için geldi. Belki de yüreğini açmak, yaşadığı birçok olumsuzluğu bana anlatmak ve rahatlamak için buradaydı. Belki de babasında bile bulamadığı sevgiyi, ailesinde yaşamadığı huzuru arıyordu.

Halbuki ben ne düşünüyordum: Ülkemizin en doğusunda, kuş uçmaz kervan geçmez bir köyde öğretmenlik yapmış, üniversitede öğrendikleriyle gerçek hayatta karşısına çıkanlar karşısında şaşırıp kalmış, karşılaştığı bu yaman çelişkiyi yaşarken farkında olmadan yeniden donanmış ve kitaplarda okumadığı, hocalardan duymadığı ve daha önce başka yerde görmediği bir başka dünyanın içinde yoğrulurken tatlanmış bir öğretmenle sohbet edersem çok faydalanacağımı...

İşte o an içimde yaşadığım çelişki beni düşündürdü: Melek Öğretmeni eğitimle ilgili konuşturup bilgilerimi mi çoğaltsam, yoksa sanki tonlarca yükün altında kaldığı için attığı sessiz çığlıkları kimseye duyuramayan ve kendisini o durumdan çıkaracak güvenli bir el arayan o güzel insanı dinleyip ona yardımcı mı olsam...

- Şu şarkıyı duydun mu Melek?

- Hangisini?

- Aynı çatı altında aşkımız bir yalanmış,

döndüm baktım maziye söylenecek ne kalmış...

- Duydum tabii ki. Tam benim yaşadıklarımın bir kısmını dile getiriyor. Yalnız ben maziye dönüp baktığımda görüyorum ki söylenecek çok şey kalmış.

- Demek ki çok şey yaşamışsın.

- Çoooook hem de.

- Söylemedin mi kimseye, anlatamadın mı?

- Hayır, çok değil.

- Neden?

- Pek soran olmadı ki. Soranların bazılarına anlatmaya kalktım, hemen yargılamaya başladılar. Bazıları uzaklaşıp gitti, bazıları suçlayıp gitti, bazıları çokça akıl verdi, bazıları üzüldü, bazıları da anlattıklarıma inanmadı.

- İnanmadılar mı?

- Kimi abarttığımı düşündü, kimi yalan söylediğimi düşündü, kimi hasta olduğumu zannetti, kimi de anlattıklarımın ilginçliğinden inandırıcı bulmadı ve senaryo ürettiğimi söyledi.

- Yaşadıkların seni çok etkilemiş olmalı.

- Artık bana o kadar ilginç gelmiyor çünkü milletin dinlemeye bile tahammül edemediği pek çok şey yaşadım, hem de çocukluğumdan beri.

- Ben dinlemek isterim, tabii sen de paylaşmak istersen.

Durdu Melek Öğretmen. Başı hafif sola ve gözleri aşağıya bakar bir şekilde dalıp gitti. Belli ki o günlere, o anlara, o yaşananlara gitmişti hayali, bedeni yanımda olsa da. Bir süre sustuk.

- Sanırım hâlâ yaşadıklarının etkisi altındasın, belki de onların sende bugüne kadar oluşturduğu tahribata dur demek istiyorsun..

- Evet hocam, çok bitkin ve yorgunum.

- Üzerinde bu kadar yük varken...

- Sanki tonlarca ağırlık var üzerimde ve ben onun altında eziliyorum. Bazen nefes alamıyormuşum gibi geliyor.

- Şimdi eğitim sistemi, okul, öğrenci, başarı-maşarı, bırakalım bunları, iki arkadaş gibi sohbet edelim. İçinden, yaşadıklarını paylaşmak geliyorsa seni dinlemek istiyorum. Sadece kulaklarımla değil, yüreğimle. Seni olduğun gibi anlar mıyım bilmiyorum, en azından anlamaya çaba gösteririm.

- Sanırım o yüzden geldim yanınıza.

- ...

- Samimiyetiniz.

- Hangisinden başlasam bilmiyorum. Çok özlediği babasının gelişini pencerede bekleyen minik Melek'ten mi, istediği okula gönderilmeyen Melek'ten mi, lisede öğretmeni tarafından taciz edilen ve bunu ispatlayamadığı için orospu damgasını yiyen, sahipsiz olduğu için sonra da başka bir şehre sürgün edilen Melek'ten mi, üniversitede tanımadığı birinin tecavüzüne uğrayan Melek'ten mi, evli olduğu halde içindeki boşluğu doldurmak için başkalarında sevgi ve aşk arayan Melek'ten mi, cezaevinde duydukları ve şahit oldukları karşısında aklını oynatacak kadar şok olan Melek'ten mi... Söyleyin hocam hangisinden başlayayım?

- Bence bana değil de içindeki o duru, o masum çocuğa sor hangisinden başlamak istediğini.

- Hani derler ya hayatımı yazsam roman olur diye.

- Bence de hayatın sinemaya çekilse bunların her biri ayrı bir film olur.

- Evet. Ben cezaevine girdikten ve oradaki insanlarla konuşup hikâyelerini dinledikten sonra kendimi yeniden sorguladım. Oradaki insanları dinlediğimde, yaşadıklarının gerçek olamayacağını düşündüm.

- O kadar yani...

- Durun şimdi size birini anlatayım da bakın bakalım siz inanacak mısınız, inanmayacak mısınız?

- Buyur Melek anlat, sonra da senin yaşadıklarını dinlemek istiyorum.

VAHŞET

-Ziynet 19 yaşındaydı cezaevinde tanıştığımızda. Kendine danışmadan ve isteyip istemediğini sormadan 13 yaşındayken evlendiriyorlar bir akrabasıyla. Oralarda seviyor veya sevmiyor olmasının zaten hiçbir değeri yok. Küçük olduğundan birkaç yıl çocuğu olmuyor. Çocuğu olmadığı için sürekli dayak yiyor. Sonra 15 yaşına geldiğinde bir kız çocuğu oluyor. Büyüklerin beklediği gibi erkek değil. Kızı olduğu için kocası birkaç sene sonra kendine başka bir kadın buluyor. Ziynet bunu biliyor ama çaresizlikten sesini çıkaramıyor.

Kocası çalışmak için İstanbul'a gidiyor. Adam İstanbul'dayken evlerinin hemen yanında oturan kocasının dayısı ona tecavüz ediyor. "Birine söylersen, iftira atıyor," derim. "Seni öldürtürüm." diye tehdit ediyor. Tabi okuma-yazması, eğitimi olmadığı ve adli tıp denen kurumu bilmediği için adamdan korkuyor. Ve tecavüz uzun süre defalarca devam ediyor. O kocasının tecavüz olayını bilmediğini sanıyor. Halbuki kocasının durumdan haberi var.

Bir gün tecavüz eden dayının çocuğuyla Ziynet'in kızı oynarken kavga ediyorlar. Ziynet de dayıya öfkeli ya, dayının kızını itiyor. Kız düşüp kafasını çarpıyor, bayılıyor. Çocuğu alıp eve geliyor. Bakıyor ki ölmüş. Onu alıp sandığa saklıyor. Önce sandığı boşaltıyor, çocuğun ölüsünü alta koyuyor. Sonra da üstüne yorgan ve yastıkları koyuyor.

Bütün mahalle ve köy çocuğu arıyor, bulamıyorlar. Bir hafta sonra kokudan rahatsız olan komşuları kayınpederine haber veriyorlar ve beraber eve geliyorlar. Kayınpederi içeri girer girmez daha hiçbir yere bakmadan sandığı açmasını söylüyor. Açıyorlar, çocuğu buluyorlar. Çocuğun her tarafı çürüyüp kurtlanmış. Gözlerinde göz yerine kurtlar var. Herkes Ziynet'e saldırıyor. Öldüresiye dövüyorlar. Özellikle kayınpederiyle dayısı. Jandarma gelip Ziynet'i alıyor. Olayın vahameti karşısında bir de onlar dövüyor. Mahkemeye çıkıyor. Tutuklanıp cezaevine gidiyor. İki yıldan beri hâlâ mahkemesi açılmamıştı.

Bunlar tutanaklarda yazanlardı. Ziynet'le konuşurken anlattıkları karşısında dehşete düştüm.

İstanbul'daki kocası bir gün gizlice köye geliyor. Ziynet'e boşanmak istediğini söylüyor. Kadın, boşanmam, deyince kocası onu dövüyor. Kocası ve kayınpederi Ziynet'i öldürseler hapse girerler. Bunun yerine ona tuzak kurmayı seçiyorlar. Dayının çocuğunu öldürüp eve getiriyorlar. Sandığa koyuyorlar. Ziynet sandıktaki ölü çocukla üç-dört gün aynı evde kalıyor. Ne yapacağını bilmiyor. Kayınpeder eve gelip "Çocuğu ben öldürdüm diyeceksin!" diye defalarca tehdit ediyor. Hani tecavüz olayını biliyorlar ya. "Sebebin de var." diyor. Ziynet kabul etmek zorunda kalıyor ve hapse giriyor. Böylece adam da Ziynet'ten kurtulmuş oluyor.

Adam dışarıdayken dava açıp boşanıyor. "Ziynet'in şu anda hamile olduğu çocuk benden değil." diyor. Mahkemenin istediği DNA testinden sonra çocuğun kocasından olduğu anlaşılıyor. Adam büyük çocuğu alıyor. Sonra yeniyi de almak için dava açıyor. İstanbul'da bulduğu başka bir kadınla evleniyor ve ondan da bir çocuğu oluyor.

İki yıl önce bu olay gazetelerde çıkmıştı. Ben gazetede okuduğumda. "Böyle insanlar da mı var, Allah belalarını versin." demiştim.

Benim üst ranzamda yatıyordu. Parası olmadığı için kantin alışverişlerini yapıyordu. Koğuştakiler de ona para veriyorlardı. Ben de onun çocuğuna süt alıyordum. Gazetelerde "Muradiye'nin köyünde bir kadın komşusunun beş yaşındaki çocuğunu boğarak öldürdü. Çocuk, jandarmanın araması sırasında kadının yatak odasındaki sandıkta çürümüş olarak bulundu." yazıyordu.

Ziynet olayları anlatınca her duyduğuma, okuduğuma, hatta gördüğüme bile inanmamayı öğrendim.

- Bu nasıl bir vahşettir Melek? Dinlerken bile ürperdim, tüylerim diken diken oldu, insanlığımdan utandım. Öğretmen olarak en ücra köylerde yaşayan insanlara kadar gidip insanca yaşamayı anlatmak ne kadar önemli değil mi?

- En ücra köylerdeki insanlar öyle de şehirdekiler çok mu iyi sanki...

- Bunun köyde ya da kentte yaşamakla değil, insan olmak ya da insan olmamakla ilgisi var bence. İnsan olan zindanda da insandır, insan olmayan, en güzel kentte de insan değildir.

- Bir tane daha anlatayım mı hocam, dinlemeye dayanabilecek misiniz, gözleriniz yaşardı da.

- Dur dur şimdi anlatma, dayanamıyorum. Ben de bir çok il ve ilçeye gittim ama bu derece ağırını duymamıştım.

- Duyamazsınız çünkü kimse cesaret edip de başkasına anlatamaz bunları.

- Ben eğitim ve konferanslar için gidiyorum, konferansları yaptıktan sonra da dönüyorum. Aslında orada bir süre kalıp o insanlarla sohbet etsem, anlattığın olaya benzer durumları öğrenebilirim.

- Öğrenemezsiniz hocam çünkü dışarıdan gelen birine asla yansıtmazlar.

- Orada evlerini ziyaret ettiğimde çok misafirperver olduklarını görüyorum.

- Evet dışarıya karşı öyleler, ellerinde ve evlerinde ne var ne yok ikram ederler, aşırı ilgi gösterirler ve değer verirler ancak aile içinde yaşadıkları bir sorunu asla yabancı biriyle paylaşmazlar. Kol kırılır yen içinde kalır...

- Ben seni dinleyip içindeki küçük çocukla tanışacaktım.

- Belki bu kadar değil ama ben de katlanamayacağım durumlar yaşadım. Şimdi hepsini anlatsam uzun sürer.

- İstersen küçüklüğünden başla anlatmaya, gelebildiğin yere kadar gel, ne dersin?

Nişanlıyken babam annemi bir kere dudaklarından öpmüş. Annem, kendi kendine "Acaba hamile kaldım mı?" diye düşünüp günlerce ağlamış. Babama da söyleyememiş. Annemin üzgün olduğu bir gün babam "Neyin var?" diye sormuş. Annem "Sen beni öptün ya, ya hamile kalırsam ne olacak benim halim?" deyince babam gülme krizine girmiş ve çocuğun nasıl doğduğunu anlatmış.

DÜNYAYA GELMEMEK İÇİN DİRENMİŞİM

-Bodrum katta bulunan ve bir camı ahıra bakan küçük bir evde yaşıyormuş ailem.

Annemin doğum sancıları uzun sürmesine rağmen bir türlü doğmuyormuşum. Belki de doğduktan sonra yaşayacağım felaketleri hissedip gelmek istememişimdir, kirli insanların işgal ettiği tertemiz dünyaya. Tam üç gün direnmişim doğmamak için ve sonunda beni oradan çıkarmak için uğraşan hemşirenin gücü karşısında pes etmişim.

Babam kamyon şoförü. Annem 16 yaşındayken evlenmiş babamla. Kazandığı halde annemi okutmamışlar. İstanbul'daki abisi "Okuyup da ne olacaksın, büyük şehirlere gidip elin oğlanlarıyla mı gezeceksin, tanımadığımız yabancılarla oynaşıp koca mı bulacaksın?" diye okutmamış annemi. Sürekli görücüler gelip gidiyormuş. Annemin abisi cezaevindeymiş. Bunun benimle doğrudan bir ilgisi yok ama ilginç olduğu için başka bir zamanda anlatmak istiyorum.

Annemi görmeye gelenlerden okuyanları eleyip okumayanları soruşturuyorlarmış. Şurada bir kız var, diye oğlu olanlara söylerlermiş. Annemi de babaanneme söylemişler. Onlar da anneme bakmaya gelmişler. Annemin elleri ve ayakları çok küçükmüş. Babaannem annemi çok seviyor ve tekrar gelmek için söz veriyor. 'Şu gün geleceğiz.' diye.

Durumu babama söylediğinde babam "Ben evlenmek istemiyorum, benim adıma niye hareket ediyorsun?" diye kıyameti koparıyor.

Dedem, kendi başına iş yapıyor diye babaannemi dövüp kafasında sürahi kırıyor.

Söz verirken annem "Oğlunuz da gelsin, bir göreyim." diyor. Anneannem "Erkeğin güzeli çirkini olmaz, koca kocadır." diyor. Misafirler gidince annem annesinden çok şiddetli bir dayak yiyor. Bir yandan anneme vuruyor, bir yandan da, "Sen orospu mu olacaksın, elin adamını ne diye çağırıyorsun?" diye bağırıyor.

Söz verdikleri için gidiyorlar annemi istemeye. Babam uzun yoldan geldiği için üzerine güzel bir şey giymeye fırsat bulamadan saç sakal karışmış bir vaziyette kamyoncu kıyafetiyle gidiyor. Babamı üst kattaki komşuya çağırıyorlar. Hep beraber orada görüşüyorlar. Babam evlenmek istemediği için beş karış suratla oturuyor. Annem babamın halasına "Oğlanı öbür odaya çağır." diyor. Babam sigara için çağırıldığını sanıyor. Gidiyor ve sigarasını yakıp oturuyor. Annem geliyor ve "Yanındaki koltuğa oturabilir miyim?" diyor. Babam da "Utanmayacaksan otur." diyor. Annem "Utanacak olsam seni bu odaya çağırmazdım." diyor. Babam hayretle bakıp "Sen mi çağırdın?" diyor. Annem,"Evet ben çağırdım, ne bu suratın seni zorla mı getirdim?" diyor ve muhabbet başlıyor.

Babam şoför olduğu için sık sık Antalya'ya gidip geldiğini söylüyor. Annem, "Ben hiç Antalya'yı görmedim." deyince babam, "Kısmet olup da bu iş olursa seni götürürüm." diyor.

Sonra içeri giriyorlar. İkramlar sırasında anneannem annemi gözüyle bir güzel dövüyor. Ayrılacakları sırada babam annemle tokalaşırken "Verseler de olacak bu iş, vermeseler de." diyor.

Dedem yolda babama bağırıyor: "İstemeden geldin, senin yüzünden karım bir ton dayak yedi, şimdi de kalkmış bu iş olacak diyorsun."

Anneannem anneme, içeride elin oğluyla ne karıştırdın, diye bir güzel dayak atıyor. Dizden aşağı bir bacağı olmayan anneannem kızını koltuk değneğiyle döverken annem hiç kıpırdamıyor. Eskiden anneler döverken çocuklar özellikle de kızlar yerinden kımıldayamazmış, kaçmayı bırak, bulunduğu yerden başka bir yere bir adım bile atamazmış.

Sonunda nişanlanıyorlar. Bu dönemde annemle babamın baş başa görüşmesi yasakmış ancak yanlarında anneannem olursa görüşebilirlermiş.

Evimizin biri önde ve diğeri arkada olmak üzere iki kapısı varmış. Annemle babam ön kapıda yalnız görüşürlerken anneannem gelince babam arka kapıdan çıkıp ön kapıya gelir, "Buralardan geçiyordum da uğradım." der ve yine görüşürlermiş.

Nişanlıyken babam annemi bir kere dudaklarından öpmüş. Annem, kendi kendine "Acaba hamile kaldım mı?" diye düşünüp günlerce ağlamış. Babama da söyleyememiş. Annemin yine üzgün olduğu bir gün babam "Neyin var?" diye sormuş. Annem "Sen beni öptün ya, ya hamile kalırsam ne olacak benim halim?" deyince babam gülme krizine girmiş ve anneme çocuğun nasıl doğduğunu anlatmış.

Düğün günü annem hayatında ilk defa kuaföre gidiyor. Kaşları alınıyor, saçları yapılıyor, makyaj yapılıyor ve öyle bir süsleniyor ki aynaya baktığında kendini tanıyamıyor annem.

Gerdeğe girdikleri gecenin sabahında erkenden uyanıyorlar ve hemen üst kata, dedemlerin yanına çıkıyorlar.

- Neden?

- O zaman çok meşhur olan Dallas, Vadideki Hayat ve Küçük Ev adlı diziler varmış ve annemle babam sevdikleri diziyi kaçırmak istememişler çünkü önceki hafta en heyecanlı yerinde bitmiş.

Biliyor musunuz hocam bunu yapan annemle babam bugün sürekli televizyon seyrediyorum diye bana çok kızıyorlar.

Neyse dedemle babamın, babaannemle de annemin ilişkileri pek sağlıklı olmamış. Babaannem akşam pencerenin önüne oturup babamın eve dönmesini bekler, babam eve girer girmez de onu bir güzel şişirirmiş. Babam da annemi dinlemeden ve bir şey sormadan ona bağırıp çağırırmış. Annem babaanneme gidip "Kocama dediklerini bana da anlat, bari ne yapacağımı bileyim." dermiş.

Dedemle babam bir gün kavga etmişler ve babamla annem ayrı eve çıkmış. Annem kiraladıkları evi temizlemiş. Tam taşınacakken babaannem, "O ev uzakta, sen yola gideceksin, senin karın genç ve güzel, sen olmayınca ne olur ne olmaz." diyerek babamın gözünü korkutmuş. Bunun üzerine temizlenmiş evi bırakıp babaanneme yakın baraka gibi olan ve bir camı ahıra bakan benim doğduğum eve taşınmışlar.

O evde çok hamam böceği varmış. Annem de çok korkarmış böceklerden. Bana hamileyken gece yarısı kâbuslarla uyanırmış.

- Şimdi sende de vardır böcek korkusu.

- Hem de nasıl, ödüm patlıyor! Bir böcek gördüğüm gün eve, odaya, sınıfa asla giremiyorum.

- Sen herhangi bir böceğe dokundun mu, ya da onlardan bir zarar gördün mü?

- Hayır.

- Peki bu kadar çok korkmanın sebebini düşündün mü?

- Ne bileyim annemden öyle gördüm, o korkunca ben de korktum.

- Bugüne kadar yaptığım seanslarda gördüm ki, bizim korkularımız ve kaygılarımız çocuklara geçiyor, onlar olumlu veya olumsuz, iyi veya kötü, yararlı veya zararlı, bunu hiç sorgulamadan bizde gördükleri her şeyi bir sünger gibi içine çekiyorlar.

- Evet hocam bunu öğretmenlik yaparken daha iyi anladım. Birçok çocuk büyüyüp yetişkinlik çağına geldiğinde küçüklüğünde içine çektiği o davranışları yaşıyor, sanki anne ve babasının fotokopisi oluyor.

- Bugün hayatımızı kısıtlayan, etrafımıza aşılmaz duvarlar ören ve üzerimizdeki etkisi neredeyse Allah'ın kitabından daha güçlü olan gelenekler böyle oluşuyor.

- O geleneklerin gereği eskiden gelinler anasının evine fazla gitmezlermiş. Babam annemi asla anneanneme yollamazmış. Ben doğunca anneannem annemin yanına uzun zaman gelmemiş ancak üç ay sonra gelmiş beni görmeye.

Ben altı yaşındayken kardeşim doğdu.

Babam bizi, yani çocukları hep fazlalık olarak görürdü. Bir yere giderken bizi yanında götürmeyi hiç istemezdi. Hep yalnız gitmek ister ve yanında sadece annemi götürürdü. Kardeşim de gitse ben yalnız kalırdım. O zaman bizi yanında istemeyen babam, şimdi bizsiz yemek yemiyor, yiyemiyor.

Babamla birlikte kararlaştırarak bir şey yaptığımızı hiç hatırlamıyorum. Kararları hep o verirdi ve gittiğimiz yerlerde sürekli huzursuzluk çıkarırdı.

Küçükken çok televizyon izlerdim, bazı programlarda görgü, nezaket, yemek yeme kuralları öğrenirdim. Mesela evde "Çatal bıçakla yemek yiyeceğim." derdim. Babam bana çok kızardı. Babam elle yemek yerdi ve bana çok kaba saba, nezaketsiz bir adam gibi görünürdü. Yerde sofra olurdu, ben masada oturmak isterdim.

Bir gün bütün akrabalar Antalya'ya pikniğe gittik, ben baktım elleriyle köfte karıyorlar. Aman Allah'ım "Ben bu köfteyi yemem." dedim. Böyle bir yemek stili televizyonda gördüklerime hiç benzemiyordu. Babam ısrar etti. Bir köfteyi ağzıma sokmak için uğraştı. Yemeyince öyle bir tekme vurdu ki neye uğradığımı şaşırdım. Arabaya gidip oturdum ve akşama kadar ağladım.

Annem babama kızdı. "Bu kadar insanın içinde kocaman kızı nasıl döversin?" dedi. 12-13 yaşlarındaydım o zaman.

Ben o kadar inatçıydım ki bu olay öğlen 12.00'de olduysa ben akşama kadar ne denize girdim, ne yemek yedim, ne de onlara karıştım. Arabanın içinde tek başıma oturdum.

Babamın kabalığından o kadar utanırdım ki bu yüzden babamı arkadaşlarımla tanıştırmayı asla istemezdim çünkü görgüsüzdü, herkesin içinde yüksek sesle geğirirdi, yellenirdi, arkadaşlarımın arasında yellenip de beni rezil edeceğinden korkardım ama annemi tanıştırırdım çünkü zarifti, genç kız gibiydi, çok güzeldi, şirindi. Arkadaşlarım bizi gördüğünde abla-kardeş zannederdi.

İlkokulda kaybolmasın diye aldığımız yeni silgi boynumuza iple asılırdı. Benim hem silgi, hem kalem hem de kalemtıraşım boynumda asılı dururdu. Yetmiyormuş gibi bir de evin anahtarı vardı o ipte.

İlkokul dörde giderken uykumda konuşurmuşum. Uykudayken kalkıp giyinip okula gitmek istermişim. Hâlâ uyuduğum için beni sokaklardan toplarlarmış. Bu yüzden yatarken kapıyı kilitleyip anahtarı alırlarmış. O zaman beni cin ve şeytanların korkuttuğunu sanırlarmış. Kendilerinin korkuttuğunun farkında olmadan. Kim bilir belki de televizyonda seyrettiklerimin etkisi vardı.

Dedem öldüğünde misafir odasında yere yatırmışlardı. Üstünde beyaz bir çarşaf vardı. Göbeğinde de bıçak. Bizi misafir odasına soktular ve açıp yüzünü gösterdiler. O zaman 12 yaşındaydım. Sabaha kadar ölmüş dedemle aynı evde kaldık. Ben uzun yıllar misafir odasında dedemin yatırıldığı yere baktığımda onu görecekmişim gibi gelirdi. Bugünkü korkularım o zamandan kalmış olabilir mi, diye düşünüyorum.

Babam sağlığımla, vücudumla ilgili durumları bilmeden geleneğin iyisi olmak ve el âlemin beklentilerine karşılık vermek uğruna sağlığımın bozulmasını umursamazdı bile. Yeter ki el âlem bizim hakkımızda kötü bir şey söylemesin.

- Ben de aynı durumun kurbanıyım Melek. Bugün bu durumu anlatırken diyorum ki, el âlemin dediği, Allah'ın dediğinden daha çok dikkate alınıyor.

- Anne-babalar çocuklarının iyiliğini düşünerek bir şey yaparken, onları bazı davranışlara zorlarken ne kadar kalıcı hasarlar oluşturduğunu fark etmeli.

- Belki de bütün kötülükler birilerinin bizim için düşünüp yaptığı iyi niyetli davranışlardan kaynaklanıyor.

Ben cin, peri ve öcülerle korkutularak büyütüldüm. Sokakta hırsız görsem ya da biri bana bir şey yapacak diye korkmazdım, bunlar gerçekte var olduğu halde ama hiç bilmediğim, görmediğim cin, peri ve öcülerden çok korkardım. ezberlediğim sureleri beni korusunlar diye hem de bir çırpıda okurdum. Her karanlıkta dört duvar içindeysem çok korkarım hâlâ.

GÜNAH, AYIP, SANA YAKIŞMAZ

- Ben ezanın namaz için okunduğunu 9–10 yaşlarında öğrendim.

- Nasıl yani?

- O güne kadar ezanın çocukların eve girmesi için okunduğunu sanırdım çünkü her ezan okunduğunda anne babalar çocuklarına "Ezan okunuyor haydi eve girin." derlerdi.

- Ne oldu da namaz için okunduğunu fark ettin?

- Yaz tatilinde sure ezberleyip Kur'an öğrenelim diye camiye gidiyorduk, orada imam söyledi ezanın namaz için olduğunu.

- Öğrenebildin mi Kur'an okumayı?

- Çok geç.

- Niye?

- Tam Kur'an okumaya geçeceğim sırada yaz biterdi ve okul başlardı. Öbür yaz geldiğinde haydi baştan bir daha. Tam üç yaz böyle geçti. Kur'an okumayı öğrendim ama bir daha da camiye gitmedim.

- Neden?

- Kimse bana Kur'an'ı neden okumam gerektiğini anlatmadı. Ne dediğini anlamadığım bir kitabı neden okuduğumu bilmiyordum ve bu bana çok saçma geliyordu. İmama birkaç defa sorduğumda bana, "Oku, oku anlamasan da okumak sevaptır." demişti. Yine bir gün, Kuran'da ne anlatılıyor, diye sorduğumda sen anlamazsın, diye cevap vermişti. Aklıma takılan sorulara cevap veremeyen imama güvenim kayboldu ve ben ondan sonra imamlara inanmadım.

Bir de imama ve ezan sesine gıcık oluyordum.

- Gıcık mı, neden?

- Arkadaşlarımla oyuna dalmışız, öyle güzel oynuyoruz ki hiç doymuyoruz oynamaya. Tam o sırada ezan okunuyor ve annem bizi eve çağırıyor. İmamı ve ezanı bu yüzden yani oyunumuzu engel oldukları için uzun zaman, onların gerçek anlamlarını öğrenene kadar sevemedim.

- Ya sureler, onları öğrendin mi?

- Evet hepsini biliyorum. Öyle bir ezberlemişim ki aradan 20 sene geçmesine rağmen hâlâ hiçbir sureyi unutmadım. Ve çok da faydasını görüyordum.

- Anlamadığın şeyin nasıl faydasını görüyorsun?

- Ben cin, peri ve öcülerle korkutularak büyütüldüm. Sokakta hırsız görsem ya da biri bana bir şey yapacak diye korkmazdım, bunlar gerçekte var olduğu halde ama hiç bilmediğim, görmediğim, anlamadığım cin, peri ve öcülerden çok korkardım. Ezberlediğim sureleri beni onlardan korusunlar diye hem de bir çırpıda okurdum. Her karanlıkta dört duvar içindeysem çok korkarım hâlâ.

Tabakta biraz yemek kalsa günahtı. Bırakırsan Allah taş ederdi. Mesela tabağında kaç tane pirinç tanesi kalırsa o kadar çocuğun olur, derlerdi. Bugüne kadar hiçbir tabağı bitiremedim ama sadece bir tek çocuğum oldu.

Bu durum benim anne, baba, gelenek, hoca, din, ahlak, günah diye anlatılanlara olan güvenimi sarstı.

Anne-babaya bağırsan günah, saçın görünse günah, bacağın görünse günah, tırnak uzatmak günah, gece ıslık çalsan günah ve ben o çocuk aklımla bunların neden günah olduğunu bir türlü anlamazdım. Günahın ne demek olduğunu bilmezdim ama korkutucu bir şey olduğunu tahmin ederdim.

Hâlâ bugün biri bir şeye günah dedi mi sinirlerim bozuluyor. Sanki güvenim sarsılmış.

İlkokuldayken her şey günahtı. Liseye geçtim her şey "ayıp" oldu. Üniversitedeyken "sana yakışmaz" oldu.

Öğretmen olduğumda, amaaan boş ver milleti, demeye başladım.

- Kendine güvenin mi geldi o anda?

- Artık maaşım vardı. Anladım ki bu ülkede maaşın varsa sesin çıkıyor. İstediğini söylüyorsun.

- Para o kadar güçlü yani.

- Paran yoksa dünyanın en namuslu kadını olsan bile, bu hayalî el âlem ordusu seni kötü yollara düşürmek için elinden geleni yapıyor. Paran varsa dünyanın en kötü kadını olsan bile senden namuslusu yok zannediyor.

Hani konferansta dediniz ya "Ülkemizde siz öğretmenlerin yaptığı çok güzel çalışmalar kendini sanatçı zanneden bazı insanların çorabı ya da iç çamaşırı kadar değer görmüyor maalesef. Medyanın bir kısmında popüler insanların yaptığı ahlaksızlık kadar haysiyetimiz yok." diye. Doğru söylüyorsunuz ve o değeri olmayanlar da biz öğretmenler oluyoruz. Bunu görev yaptığım yerlerde çok net olarak yaşadım. O artistlerin çorabı kaçmıyor çünkü bilmem hangi kaliteli markadan giyiyor hem de 150-200 liraya. Benim giydiklerimin en pahalısı yedi lira, daha sokağa çıkıp adım atmadan kaçıyor. Sıcak havada ıslak çorap giyiyorum kaçmasın diye çünkü bazen çorap alacak param olmuyor.

Düşünsene cezaevindeki gardiyanlar dahi maaş aldıkları için kendilerini özgür sanıyorlar. Halbuki tutuklularla aynı zamanda ve aynı sürede hatta bazı tutuklulardan daha uzun süre ve aynı yerde ömür geçiriyorlar. Fark ne? Onlar maaşlı.

Şunu çok merak ederdim.

Kısa kol giyinmek normal, kolsuz giymek yasaktı.

Niye ki? Aradaki fark sadece omuzdu. Acaba omuzun bir özelliği mi vardı?

Dizden altı görünmesi serbest, dizüstü giymek yasaktı. Acaba diz kapağının bir özelliği mi vardı?

Sanki bizim evde 657 sayılı devlet memurları kanunu uygulanıyordu.

Bu yasaklar benim o yaşımdaki anlayış düzeyime göre anlatılıp izah edilmediği için onları hiç benimseyemedim. Evden çıkarken diz altı olan eteğim bir sokak ötede miniye, kısa kol elbisem askılıya dönüşüyordu. Giydiğim gömleği yolda çıkarıverirdim. Bütün bunları faydalı ya da sevap olduğu için değil, inat olsun diye yapardım.

Bu inadım lisede de sürdü.

Düşünsene bir adam benim bacağımı görmesin diye ben istediğimi giyemiyorum. O sapık adam benim gözüm yerine kalçama bakıyorsa sorumlu ben miyim? Üzerimde elbise olsa da olmasa da o sapık kafa için fark etmeyecek. Üzerimde elbise olduğunda da "Acaba bu elbisenin içinde ne var?" diye merak edecek.

- Çocukken babanla vakit geçirdin mi, onunla ilişkilerin nasıldı?

- Babam hep yollarda olduğu için onunla doğru dürüst vakit geçiremedim. Bizim evde babam gelince et-tavuk yenirdi, yani iyi yemekler. Biz babamı beklerdik. Saat akşam dokuzda gelirdi ve daha babama doyamadan 9.30'da beni hemen uyuturlardı. Zaten babam da bizimle oynamazdı. Ve anneme "Haydi çocukları uyutsana." derdi. O zaman anlamazdım beni odama neden yolladıklarını...

Şimdi düşünüyorum da bunlar çok normal geliyor. Düşünsene evlendiklerinde babam 22, annem 16 yaşında. Bir yıl sonra da ben doğmuşum. Tam onlar birbirlerini yaşayacakken ortada zırlayan bir çocuk. Babam da sürekli yatır şunu deyip duruyor. Ya da yola giderken annemle baş başa vakit geçirecek, eğlenecek ama yanında iki çocuk. Ne yapsın adam bizi istemesin de.

Bunları şimdi anlıyorum. O zaman babamın bizi sevmediğini, hele beni hiç istemediğini düşünüyordum. Bizi sevmeyip annemi sevdiği için ona karşı öfke duyuyor hatta ondan nefret ediyordum. Ve onlar baş başa kalmasın diye tam o saatte asla uyumuyordum. Aynı odadayız, aynı evdeyiz, akşam geç uyuyup sabah erkenden başlarında bitiyoruz. Gıcıklığına uyumuyorduk işte.

Babam yokken her şey yolunda, ben çok normal, sağlıklı, saatinde uyuyup erken kalkan bir çocuktum. Babam gelince ateşlenip hastalanırdım. Bir yerlerim ağrırdı. Sabaha kadar ağlardım, huzursuzluk çıkarırdım.

Bebekken de böyleymişim. Haydi diyelim çocukken aklım ermiyordu, inat olsun diye ya da babamın ilgisini çekmek için yapıyordum.

Acaba bebekken niye böyleydim?

Ben çocukken yere düştüğümde bir tane de annebabam vururdu. Dizimdeki yaraya mı ağlayayım, kafamdaki acıya mı ağlayayım, el âleme rezil oluşuma mı ağlayayım. Yoksa babamdan yediğim tokada mı ağlayayım?

Şimdi oğlum düştüğünde babam "Aman dedeciğim dikkat etsene, bak bir şey olmadı, ağlama haydi getir öpeyim de geçsin." diyor ancak oğlum yaşadığı acıyla babama vurabiliyor ve babamın sesi çıkmıyor.

Oğlumun babama karşı garip bir hırsı var. Babam onu sevmek için elini uzatsa bile oğlum ona vurarak tepki gösteriyor. Bu vurmayı sadece babama yapıyor. Babam bağırdığında oğlum "Git bu evden, git ananemin evine de burada biz bir rahatlayalım." diyor.

Diğer yandan babam iki gün yola gitse "Dedem ne zaman gelecek?" diye de ağlıyor.

Bir kardeşim olmasını çok isterdim çünkü yalnızdım, sokağa çıkamıyordum. Herkes kardeşiyle sokakta oynarken ben sıkılıyordum.

Babam şoför olduğu için başıma bir iş gelse, biri beni kaçırsa, düşsem, hastalansam annem, babama nasıl cevap vereceğim diye korkar ve sorumluluk almamak için beni tek başıma sokağa çıkarmazdı.

Annem hamileyken ben kardeşimle konuşup ondan şeker, çikolata, çerez isterdim. O zaman televizyonda neyin reklamını görürsem onları getirmesini isterdim çünkü paramız olmadığında bunlar bizim için yok gibiydi. Kardeşime derdim ki "Bizim burada onlardan yok, sen geldiğin yerden getir." Kardeşimin televizyon gibi bir yerden geleceğini sanırdım.

Eskiden bebeklere kundak hazırlanırdı. Kardeşime aldıkları kundağı evde bir açtılar ki ne göreyim; şeker, sakız, kola, çikolata... Aman Allah'ım reklamlarda gördüğüm ve istediğim her şey vardı. Sonradan öğrendim çocuklar kardeşlerini kıskanmasınlar diye yaparlarmış bunu.

Geçenlerde doğum yapan arkadaşıma bunu yapmasını söyledim. "Yaptık yaptık." dedi. Çocuk da "Haydi be beni mi kandırıyorsunuz, senin karnında bakkal mı var?" diye cevap verdi. Kardeşini müthiş kıskanıyormuş şimdi.

Kardeşim doğunca ben birdenbire büyüdüm. Abla oldum, "sen büyüksün" oldum. Aslında sınırlandım, çocukluğum bitti. Hiç yaşamadığım çocukluğum, çocuk olmadığım çocukluğum, anne-babasıyla parka giden çocuklara imrendiğim çocukluğum, babamın gelmesini beklerken kapının önünde uyuyakaldığım çocukluğum...

İlkokulda abla olduğum için her şeyiyle kardeşime ben bakıyordum. Hiç gitmediğim parka kardeşimi götürdüm. Hiç almadığım oyuncakları ona aldım.

İlkokulda çok uzun boylu bir çocuktum. Hayatım bayrak veya flama tutarak geçti. O yüzden şimdi törenlerden, protokollerden, bayrak merasimlerinden, saygı duruşundan nefret ediyorum.

Ortaokuldayken genç kız oldum sanki. Bu yüzden yine parka gidemedim. Arkadaşlarımla hiç oynayamadım. Hele bir erkek arkadaşımla oynadığımı bir gören olursa evde kıyamet kopardı. Annem, babamın korkusuna bana göz açtırmazdı. Ben yine de gizli gizli erkeklerle oynamak için buluşurdum. Aslında beni yalana o zaman alıştırdılar çünkü onların baskısından kurtulmak için onların istediği gibi konuşuyordum. Mesela kızlı erkekli buluşacağımız zaman "Ayşe'yle ders çalışacağız." derdim. Gelince yine doğruyu söylerdim.

- Aklıma ne geldi biliyor musun Melek, çocuk yalan söylediğinde suç onda mı, yoksa çocuğu buna iten anne-babada mı? Anladığım kadarıyla ilkokulda sende bir tane olan yüz ergenlikte yani ortaokulda iki tane olmuş.

- Evet biri kendim olarak içimden gelen o çocuk masumluğumla yaşadığım yüz, diğeri de annemle babamın bende görmek istediği yüz.

- Tabela yani maske iki oldu.

- Keşke ikide kalsaydı.

- Kalmadı mı?

- Kalmadı, lisede üç, üniversitede dört, hayata atıldığımda beş oldu. Şimdi kaç farklı yüzüm olduğunu bile karıştırıyorum.

- Anne-babaların ve anlamsız geleneklerin baskısı yüzünden çok yüzlü insan sayısı arttı. Artık bazı insanların farklı yüzlerini koyduğu bir yüz gardırobu var.

- Evet hocam yaa, harika bir benzetme, farklı yüzler gardırobu. Tuttum bunu.

Neyse bu yalan söyleme durumu büyüdükçe sanki katlanarak devam etti. Ben o an içimden geleni yapayım da sonra ne olursa olsun, diye düşünürdüm.

Orta ikinci sınıftayken bir çocuktan hoşlandım, o da benden hoşlandı ama çocuğun boyu omzumda. Bana arkadaşlık teklif etti, utancımdan önce kabul etmedim. Sonra gizli gizli görüşmeye başladık. Üçüncü gün onun doğum günüydü ve ona şarkı söyledim, kaset doldurdum. Eskiden teypler vardı. Annem gece teybi açıp dinlemiş. Ay evde kıyametler koptu, gece yarısına kadar bana "Sen kötü kadın mı olacaksın?" diye bağırıp çağırdı.

Aslında annem kendi annesinin ona yaptığını bana yaptığının farkında bile değildi.

Dördüncü gün çocuğa gittim ve "Senin boyun kısa." deyip ayrıldım. Bu bende takıntı kaldı ve hayatımda asla benden kısa boylu biriyle gezmedim, arkadaşlık etmedim, sevgili olmadım, evlenmedim.

İlkokul birde bizim sınıfta Yılmaz diye bir çocuk vardı. O birinciydi, ben ikinciydim. Onu o kadar çok seviyordum ki sahip olduğum her şeyi onunla paylaşırdım. Kalem, defter, kitap ve beslenme çantamda olanları. Evde yapılan ne varsa o da yesin diye okula götürürdüm.

İkinci sınıfta öğretmenimizin tayini çıktı. Yılmaz'ın babasının da tayini çıktı. Yılmaz, öğretmenimizin okuluna yazıldı. Ben her gün öğretmenimizi bahane edip Yılmaz'a ağlardım, onu özlerdim. İçimde bir ukde olarak kaldı.

(Ve yıllar sonra bir gün adı Yılmaz olan biri çıktı Van'da karşıma çıktı.)

Öğretmenimizin babası, annesini ve kardeşlerini bıçaklayıp öldürmüş, en sonunda da kendini bıçaklamış. Öğretmenimiz yalnız kalıp bunalıma girdiği için tayin istemiş.

Onun yerine gelen öğretmen sürekli ağlardı. Akrabaları sık sık okula gelirdi. Biz ne olduğunu kavrayamaz, niye sürekli ağlıyor diye birbirimize sorardık. Sonra evde annem komşularla konuşurken duydum. Öğretmenimizin kocası benim anaokulundaki öğretmenimle kaçmış.

Ve ben o yaşta öğretmene gidip: "Öğretmenim boş verin onun yerine yenisini bulursunuz." demiştim.

İki sene sonra biz beşinci sınıfa giderken, öğretmenimizin kocası geri döndü. Öğretmenimiz onu affetti. Kendisini bırakıp giden o adamı affettiği için benim öğretmenime saygım kalmadı. İçimden derdim ki, ne kadar aciz bir insansın ki hayatını karartan adamı bir de yeniden kabul ediyorsun.

Anasınıfı öğretmenime ne olduğunu öğrenemedim ve onu hep merak ettim. Derlerdi ki: "Erkektir, yanlış olan her ne yaparsa yapsın yeridir, elinin kiridir ama kadın yanlış bir şey yaparsa kötü kadın olur."

Ve ben beşinci sınıfta çok başarısız bir öğrenciydim. Anadolu lisesini kazanabilecek kapasitedeyken tembelliğim yüzünden kazanamadım.

Babam beni bir kere dinlemiyor ve duygularımı anlamıyordu ancak hiç tanımadığı, görmediği el âlem tanrısının sözünden çıkmıyor ve onun adına söylenen kurallara titizlikle uyuyordu. Beni bir kere bile sevmeyen, kucağına alıp öpmeyen, beni ancak sevgiyle daha özgüvenli büyütebileceğinin farkında bile olmayan babam, beni hiç tanımadığım bir el âlem ordusuna kurban vermeye kalkıştı.

SENEYE DE GİYERSİN

Ortaokul birinci sınıfa geçtiğimde forma almaya gittik. Babam her zamanki gibi yine yolda olduğu için bir komşumuzla gittik. Onun çocukları da okula başlayacaktı. Eteklere bakıyoruz, hepsi topuğuma geliyor. Bu uzun diyorum, seneye de giyersin diyorlar. Hayatım boyunca bu laftan nefret ettim: Seneye de giyersin.

Oğluma aldığım her şeyi üstüne göre alıyorum, seneye de giysin diye değil.

Diyorum ki, diz altıma kadar kestirip öyle alalım. Kabul etmiyorlar. Aldık mecburen. İlk gün giyip okula gittim. Giydiğim eteğin topuğuma kadar uzun olduğunu gören arkadaşlarım bana güldüler, benimle dalga geçtiler. Utancımdan yerin dibine girdim. Olanları anneme anlattım, anlamadı. El âlemin ne diyeceğini dinleyeceğim diye beni duymadı bile. Ben de ne yaptım, evden çıkarken upuzun etek, okula giderken yolda belime ip bağladım, eteği santim santim yukarı çekmeye başladım, ta ki diz kapağıma gelene kadar. Al sana normal etek. Gerçi eteği kıvırınca belimde şişkin bir görüntü oluştu ama olsun. Süveterimle üzerini kapattım.

Üç sene boyunca o şişlik hiç inmedi çünkü ben eteği okula giderken yukarıya doğru diz kapaklarıma kadar çekiyor, okuldan çıkıp eve gelirken aşağıya doğru diz kapaklarıma kadar indiriyordum.

O yıl çok başarılı oldum ve takdir aldım.

Orta ikiye geçerken okulda şöyle bir uygulama vardı. Başarılı olan zengin aile çocuklarını belirli bir sınıfta topluyorlar ve onlara iyi öğretmenler ders veriyordu. Beni başarılı sınıfa almamışlardı. İsyan çıkarıp okulu birbirine kattım. "Babam şoför olduğu için mi beni çalışkanların olduğu sınıfa almıyorsunuz?" diye isyan çıkardım. Hem notlarımın hepsi beş, takdir almışım, hem de başarılı sınıfta yerim yok. Neyse ki çıkarttığım isyan sonuç verdi de kendimi başarılı sınıfa aldırttım.

Ve benim isyanlarım başlıyordu.

O gün anlamıştım ki hak ettiğin bir konuda baş kaldırıp isyan çıkarmazsan kimse senin hakkını vermiyor ve kimse seni umursamıyor bile.

Ortaokul ikiye o sınıfta başladım. Herkesin son moda kıyafetleri, gıcır gıcır çantaları, süslü kalemleri, beden dersinde minicik şortları vardı ve benim yukarı çekip kıvırdığım için karnımı şişik gösteren eteğimden başka hiçbir şeyim yoktu. Haa, bir de yoksulluğumuzdan elin giymem için verdiği eski elbiselerden ve taytlardan başka. O taytları kesip mini tayt yapar ve diğerleri gibi görünürdüm. Eve gelirken tekrar kendi çizgili eski eşofmanımı giyerdim.

Sonra bir gün bir mucize oldu...

Babam kamyon aldı. O güne kadar başkasının kamyonunun şoförlüğünü yapan babam kendi kamyonunun sahibi oldu.

Babamın kamyonu olunca benim de Levis'ten kotum oldu, hem de 501. Gerçi iki beden büyüktü, seneye giyerim diye ama olsun...

Marka kotu giydiğim andan itibaren sınıftaki sünepeliğim de bitti ve sesim çıkmaya başladı. Önceden benimle görüşmek istemeyen arkadaşlarım yanıma yaklaşmaya başladı çünkü görünüş olarak onlara benzemeye başlamıştım. O dönemde onlarla gülebilmek, gezebilmek benim için mucize gibi bir şeydi.

Artık havalanmıştım çünkü onlar bana yaklaşıyorlardı, ben onlardan daha başarılıydım. Onlar sınavlarda bilgilerimden faydalanmak, yani benden kopya almak için bana yaklaşmaya başlamışlardı. Sayemde hep yüksek notlar aldılar.

Sonra ne mi oldu? Onların çoğu devlet lisesine gitti ben en iyi Anadolu Lisesi'ni kazandım.

Ben tiyatroyu çok seviyordum. Bir öğretmenim beni herkesten habersiz iki yıl konservatuar sınavlarına hazırladı. Orta üçte okul gezisi var diye ailemi kandırıp Ankara'ya konservatuar sınavına götürdü beni.

O zaman liseye geçiş sınavları farklı yapılıyordu. Girdim. Sonuçlar açıklandığında gördüm ki puanım hem Antalya'da fen lisesine, hem de bizim oradaki en iyi Anadolu Lisesi'ne yetiyordu. O sırada konservatuar sınavını kazandım diye de sonuç belgesi geldi.

Havalara uçtum ancak sevincim çok kısa sürdü. Akrabalarımın hepsi, sen tiyatrocu olup soytarılık mı yapacaksın diye konservatuara gitmeme karşı çıktı. Çok üzüldüm. Şehir dışında okuyamazsın diye Antalya'ya da göndermediler. Ben de tepki olsun diye, en iyi Anadolu Lisesi'ne değil, devlet lisesine giderim, dedim.

Ailem beni istediğim okula göndermedi. Annem öğretmen olmamı çok istiyordu çünkü dedem annemi, "benim öğretmen kızım" diye severmiş. Dedem ölünce annemi okutmamışlar. Dedem ölürken "Kızımı okutun öğretmen olsun, yoksa iki elim yakanızda." demiş.

Onlar beni istediğim okula göndermeyince ben de öğretmen olmayacağım, onların istediğini yapmayacağım, diye Anadolu Lisesi'ne gitmek istemedim.

Sınavlara nasıl hazırlandım biliyor musunuz hocam?

- Nasıl?

- Arkadaşlarımda hep cicili biçili, süslü, gıcır gıcır ve rengârenk kitaplar vardı. Benim ders kitaplarım da her yıl üst sınıftan birinin verdiği kullanılmış kitaplardı, eski püskü. Haa, bu arada artık paramız var. Babama "Kitap alacağım." dedim, para yok dedi. Aslında vardı. Türkçe, Fen, Matematik ve Sosyal Bilgiler derslerinden sınava giriyorduk. Bir aylık ağlama sonucu babam bu kitaplardan birini aldı. Bir ay sürekli çalışıp bitirdim. Bir ay sonra başka birini, üçüncü ay da üçüncüsünü aldı. Türkçe kitabını almadı.

- Neden?

- Gerek yok çünkü sen zaten Türkçe konuşuyorsun, dedi.

Bana kitap almamak için param yok diyen babam, erkek kardeşimi özel okula gönderdi. "Kızların okumasına ne gerek var, erkekler okusun." dedi.

Kardeşim de okumadı. Nasıl olsa babamın parası var dedi. Ben de dedim ki "Para gelip geçici, bir gün babam batar, ortada kalırsın." Beni dinlemedi.

Ve bir gün babam battı. Kardeşim ortada kaldı. Şimdi ben okumasaydım sürünecektim, kardeşim okumadı ama işi var çünkü o erkek.

Hani diyorlar ya "Erkekler okusun, kızların okumasına ne gerek var, kocaya veririz gider." diye. Evet gider ama mutlu olmadığı bir evliliği varsa o kız ömür boyu neler çeker kimse bilmez.

Bence tam tersi olmalı, öncelikle kızlar okumalı ki güçlü olsunlar.

Ve Anadolu Lisesi'ne kaydoldum. Orta birde olduğu gibi yine forma almaya gittik. O zamanki gibi yine boyum kadar etek aldılar. Onların kafası aynıydı ama ben büyümüştüm. Gece herkes uyuyunca makası alıp eteği tam da ortasından enine kestim ve kıvırdım, ucunu da diktim. Dizimin dört parmak üstüne geldi. Tabi yamuk yumuk bir şey çıktı ortaya. Önü kısa, arkası uzun, bir yanı aşağıda, bir yanı yukarıda...

Sabah kalkınca hem annemden hem de babamdan dayağı yedim. Yine de o gün, o etekle okula gittim çünkü başka şansları yoktu.

Akşam eve geldiğimde sofra bezi gibi yeni bir etek almıştı, üç tane tırı olduğu halde bana hep param yok diyen babam.

Ne mi oldu? İki gün onların istediği eteği giydim ve bu yalancılığımı geliştirmekten başka bir işe yaramadı. Bir yıl boyunca evden çıktıktan sonra eteğimi kıvırıp kısaltarak, eve dönerken de eski uzun haline getirerek gidip geldim okula.

Bütün bunlar hazırlık sınıfında oldu. Lise bire geçince ne yaptım biliyor musunuz? Yarısına kadar kesip kısalttığım eteği çantama koyuyordum. Okulun tuvaletinde uzunu çıkarıp kısayı giyiyordum.

Bunları bacaklarımı sergilemek için yapmadım hiçbir zaman. Bana ait olan bir şeyin bana ait olduğunu kanıtlamak için yaptım. Ben gerçekte olmadığı halde düşüncelerde var olan el âlem adlı hayalî gücün karşı konulmaz ve asla itiraz edilmez kurallarına uymak ve onun çizdiği şablonu yaşamak zorunda değildim. Bu yaşıma geldim ve hâlâ o el âlem denen güçle tanışamadım da, barışamadım da. Ne gariptir ki benim hiç tanışmadığım o el âlemin baskıları hayatımı mahvetti.

Evde oturduğu yerden bile kalkmayan, çay getir, su ver, sofrayı kur diyen ve mümkün olsa tuvaleti bile ayağıma getir diyecek olan bir babam vardı.

Lisede hep işte olan, vaktinin çoğunu dışarıda geçiren, benimle hiç ilgilenmeyen bir babam ve evde sürekli temizlik yapan, bulaşık-çamaşır yıkayan, evi düzenli ve temiz tutacağım diye bize zindan eden bir anne hatırlıyorum.

Annem niye sürekli hastalık derecesinde temizlik yapardı biliyor musunuz? Hiç kimse anneme sen başarılısın, sen güzelsin, sen güçlüsün, iyisin dememiş. Annemin sahip olduğu güzel nitelikleri kimse fark etmemiş. Annem de kendini gösterebilmek ve başkalarına kanıtlayabilmek için yani sen temizsin, titizsin, tertiplisin desinler diye kendini temizliğe vermişti.

Annemin kendisini sık sık aldatan babamı da bu yüzden affettiğini düşünüyorum.

- Hangi yüzden?

- El âlem, "Vay bee, adam bu kadar haltı yedi, karısını aldattı ama kadın ne kadar iyi, sadık, evcimen, temiz ve evine bağlı bir kadınmış, çocuklarını bırakıp, yuvayı yıkıp gitmedi." desinler diye, "Tam Osmanlıymış." desinler diye affetti.

Yoksa annem babamı hiç affetmezdi.

Babam annemi bırakıp gittiği dansöz kadın annemi arayıp diyormuş ki, "Kocan seni seviyor. Benimle birlikte olurken bile seni düşünüyor."

Annem buna rağmen bizi bırakıp gitmedi.

Babam beni bir kere dinlemiyor, duygularımı anlamıyor ve istediklerimi yapmıyordu ancak hiç tanımadığı, görmediği karşısına geçip konuşmadığı el âlem tanrısının sözünden çıkmıyor, ona itiraz etmiyor ve onun adına söylenen kuralları titizlikle uyuyordu. Beni bir kere bile sevmeyen, kucağına alıp öpmeyen, elimden tutup bakkala götürmeyen, beni ancak sevgiyle daha özgüvenli bir şekilde büyütebileceğinin farkında bile olmayan babam, beni hiç tanımadığım bir el âlem ordusuna kurban vermeye kalkıştı.

İşte benim tüm isyanım bunaydı. Ben kurban olmak istemedim.

O zaman eteğimin boyunu gizlice kısaltmaya gücüm yetmişti ama hayata atıldığımda karşıma çıkan sorunların üstesinden gelmeye gücüm yetmedi. Sevgi harcımı eksik bırakan babam, esirgediği şefkatiyle ruhumu çürüten annem, içimdeki sevgi boşluğunu ve gönlümdeki şefkat açlığını doyurmak yerine, dışarıya karşı verdikleri pozlarla, yaptıkları rollerle tanıdıklarının kötü sözlerini duymamak için çabalarken hayatımı kurban verdiklerini hiç anlamadılar.

Lise birinci sınıfa giderken babama ve anneme olan nefretim iki kat daha arttı. Bunun sebebi beni kazandığım konservatuara göndermemiş olmalarıydı. Televizyonda bir sinema, tiyatro, dizi, oyun izlediğimde onların yüzüne karşı "Orada ben olacaktım ve siz buna engel oldunuz." diyemediğim için nefretimi onları sinir edecek şeyler yaparak gösteriyordum.

- Sence bu aşırı hareketlerinin ve yaptığın yanlışların başka bir amacı olabilir mi Melek?

- Bilmem, ne gibi mesela?

- Sınıflarda yaramazlık yapan, okulda kuralları hiçe sayan, büyüklerini üzecek davranışlar sergileyen bazı öğrenciler aslında parmak kaldırıyorlar.

- Nasıl yani, ne demek istiyorlar?

- Demek istiyorlar ki, beni önemse, beni fark et, beni sev, senden farklı olsam da bana saygı göster. Eğer beni anlamazsan ben kendimi sana değişik şekillerde fark ettiririm.

- Aslında sevgi ve ilgi dilenciliği mi yapıyorlar?

- Aynen öyle, olumsuz olarak değerlendirdiğimiz bu davranışlar, aslında sevgi açlığının, ilgi isteğinin bedenle gösterilen sessiz çığlıkları.

- Benim o feryatlarımı, duymayan babam ilk defa lise ikideyken, bir öğretmenimin tacizine uğradığımda okula geldi. O güne kadar nerede okuduğum dışında hiçbir şey bilmiyordu hakkımda.

Lise ikide benim hayatımda eksik olan şey aşk değildi, sevgiydi, ilgiydi, aileme ait olmaktı, huzurdu, önemsenmekti, dikkate alınmaktı, düşüncelerime saygı görmekti...

Ben anlattım o dinledi. Bana sarıldı ve benimle beraber ağladı. Hayatımda ilk defa biri bana "Ben varken sana bir şey olmaz." dedi. Bana bir şey olmadı. Benden bir söz almıştı. Bir daha sigara içmeyecektim. Gıcık olduğum imam yüzünden Allah'ın ilk sözü olan "oku"ya inanmayan ben, onun sözü olan "oku"ya inandım biliyor musunuz?

İLK DEFA BİRİ BANA GÜVENMİŞTİ

Bir gün bakkala giderken evinin arka balkonunda çamaşır asan bir adam gördüm. O adamla iki yıldır aynı okuldaydık ve ben onun bize yakın oturduğunu ilk defa fark ediyordum. Adam çamaşır sererken dört-beş yaşlarında bir çocuk onun yanına geldi ve adam çocuğu kucağına aldı. Çocuk kucağındayken çamaşırları sermeye devam etti. Sonra çocuğuna gülümseyerek sarıldı, onu öptü ve o kucağındayken içeriye girdi.

O an içimde, aha tam buramda, yüreğimin derinliklerinde bir şeylerin sızladığını hissettim.

Ertesi gün sabah okula giriş saatinde onun evinin önüne gittim. Beni görünce "Aynı okula gidiyoruz, haydi beraber gidelim." dedi. O an nasıl da mutlu ve ne kadar çok huzurlu olduğumu bilemezsiniz.

Hayatımda ilk defa iliklerime kadar yaşadığım bir huzurdu ve galiba huzurum o evin balkonunda kaldı.

Daha sonra o benim fizik dersime girmeye başladı. Ben onunla beraber okula gidip geliyordum. Artık hayatımda tek bir amacım vardı: Onun gözüne girebilmek çünkü beni dinleyen ilk kişi oydu. Okula gidene kadar ben anlatırdım, o dinlerdi.

Bana demişti ki: "Ne yaparsan yap oku. Okuyup para kazanmaya başladığın gün yanlış bir şey yapıyor olsan bile herkes için doğru olur."

15 tatil geldi, köye gitti ailesiyle. Tam 15 gün boyunca akşamüzeri onun evinin önündeki parka gidip oturdum. Geldiği an onu görebilmek için, bir gün daha geç kalmadan görebilmek için...

Gıcık olduğum imam yüzünden Allah'ın ilk sözü olan "oku"ya inanmayan ben, onun sözü olan "oku"ya inandım biliyor musunuz?

Hani derler ya "Şu adam Allah bir dese inanma." diye. O adam bana "Allah iki." deseydi inanırdım o günkü duygu durumumla.

15 tatilin bitmesine iki gün kala akşamüstü geldiler. Onu sadece karşıdan görüp eve gittim.

15 tatil bitti, annemle temizlik yüzünden kavga ettik. Odamı toplamıyorum diye bana bağırıp çağırdı. Çıkıp amcamlara gittim. Amcamların alt katında oturuyordu. Beni amcamlara ağlayarak çıkarken görmüş. Ertesi gün sabah okula giderken "Neden ağladın?" diye sordu.

Anlattım.

Büyüklerin beklentileriyle çocuklarının isteklerinin her zaman örtüşemeyebileceğini söyledi. O gün okul dönüşü evimize geldim. Onunla konuştukça annem ve babamla olan ilişkilerim daha da yumuşamaya başladı.

O okulda olmadığı zamanlarda, onun dersinin olmadığı günlerde okul bana iğrenç, sıkıcı ve boğucu geliyordu çünkü o gün koridorlarda onu görme, öğretmenler odasında sesini duyma ihtimali yoktu.

Bir gün arkadaşımla sohbet ederken arkadaşım "Sen ona âşıksın." dedi. Ben de inandım çünkü aşkla ilgili hiçbir fikrim yoktu. Ona âşık olduğuma inanınca onu görme arzum iki kat arttı. Ondan özel ders almaya başladım. Herkesin dersi bir saat sürerken benim dersim tam üç saat sürüyordu. Test kitaplarında çözemediğim hiçbir fizik sorusu yoktu.

Ders anlatırken elini omzuma atardı ve sarılmış vaziyette ders anlatırdı. Kımıldamasını hiç istemezdim. Arkadaşlarıma hiç soramadım, "Size de aynı şeyi yapıyor muydu?" diye çünkü evet cevabını almaktan korkuyordum.

Bir gün okulda kulağımda walkman, ağzımda sakız merdivenden aşağı doğru iniyordum. Müdür yardımcısı yolumu çevirdi. Bağırıp çağırmaya başladı. O sırada o geldi. "Ne oldu?" dedi. Müdür yardımcısına dönüp "Neden bağırıyorsunuz? diye sordu. O da anlattı sebebini. "Tamam ben hallederim." dedi. İkimiz müdür yardımcısının odasına girdik. Walkmani istedi, verdim. "Bir daha seni böyle görmek istemiyorum." dedi. Gözlerinde öyle bir ifade vardı ki o günden sonra beni bir daha öyle görmesi mümkün değildi zaten.

"Görürsem ne yaparım biliyorsun değil mi?

"Döversiniz." dedim. Onu daha önce bir gün bir-iki erkek öğrenciyi döverken görmüştüm.

"Dövmem."

"Niye?"

"İnsan sevdiğini döver mi, hele de çok sevdiği birini..." dedi ve çıkıp gitti.

Çok mutlu olmuştum.

Ertesi günü hizmetli odasında dört erkek ve ben sigara içerken müdüre yakalandık. Kapıdan bir çıktık ki müdür karşımızda.

"Ne yapıyordunuz içeride?" diye sordu.

Sigara içiyoruz desek olmayacak, içmiyoruz desek hiç olmayacak.

Allah'tan duman bizi kurtardı.

Müdür bana, "Türkiye genelinde beş Anadolu Lisesi beğen, bir haftaya kadar seni beğendiğin yerlerden birine göndereceğim." dedi. "Ve yarın annenle baban okula gelecek." diye de ekledi.

Ödüm koptu çünkü babam duysaydı beni okuldan alırdı. Korkum sigaradan değil aynı odada dört erkekle içmektendi.

Ağlayarak okuldan çıktım. Dolmuşa bindim, evimizden bir durak önce indim. Zile bastığımda fark ettim onun evinin ziline bastığımı. Kapıyı kendisi açtı. Ağlayarak "Bittim ben." dedim.

- Ne oldu?

- Sigara içerken yakalandım, müdür babamı çağırdı.

- Misafir odasına geç, öğrenci var onu göndereyim, sonra konuşuruz.

Beş dakika sonra o öğrenciyi gönderdi ve yanıma geldi. Ben anlattım o dinledi. Bana sarıldı ve benimle beraber ağladı. Hayatımda ilk defa biri bana "Ben varken sana bir şey olmaz." dedi. Bana bir şey olmadı. Müdür o konuyu kapattı ve bir daha açmadı.

Benden bir söz almıştı. Bir daha sigara içmeyecektim.

Ve içmedim.

Sonra 23 Nisan'da okul gezisi oldu. Geziye gitmeden bir gün önce "Siz de gelecek misiniz?" diye sordum. "Eğer senin geleceğini önceden bilseydim gelirdim. Kurslarımı şimdi iptal edemem." dedi.

Ben geziye gittim.

15-20 gün babamın karşısında ağlayıp onu razı etmek sürecini atlattıktan sonra tabii ki.

Gezi sırasında Çanakkale Gelibolu'da bir otelde gece düzenlendi. Ben sabaha kadar ağladım, o gelmedi diye.

Pazar gece saat 2.00'de geri döndük. Ertesi gün hepimize tatildi. Ben, aileme sınıf başkanlığını bahane edip sabah 7.30'da okula gittim. Onu gördüğümde o kadar mutlu olmuştum ki…

- Neden geldin?

- Sınıf başkanıyım.

- İyi ki gelmişsin.

Öğlen beraber eve gittik. O evine, ben evime. Salı günü her zamanki gibi normal bir şekilde okula gittik beraberce. İlk iki saat onun dersiydi. Derste arkadaşlarım geziyi anlattılar. O, yüzüme baktı ve güldü. Ben utandım.

Öğlen arabayla eve giderken fotoğrafçıya uğrayıp gezi fotoğraflarımı aldık. Arabayı kullanırken bana direksiyonu tut deyip fotoğraflarıma bakmaya başladı.

"Tutamam." dedim, "Sana güveniyorum." dedi.

Hayatımda ilk defa biri bana güveniyordu. Ve galiba ben de ilk defa birine güveniyordum.

Çarşamba günü evine kursa gittim. Saçımın teli göğsümün üstüne düşmüştü. Benimle konuşurken elini uzatıp göğsümün üstünden aldı. Hayatımda hiç öyle güzel bir duygu hissetmemiştim.

Mutfağa gittim, saçımı koparıp tekrardan göğsümün üzerine koydum ama o fark etmedi.

Cuma akşam amcamlarda kaldım. Dönem ödevimi yazmak için onların evine indim. Bilgisayarda yazıyordum. Karısı meyve getiriyordu. Amcamın kızı da yanımdaydı.

"Yanlış yazdın." diye kollarımın altından ellerini klavyeye uzatıp yanlışları sildi ve doğrusunu yazdı. İlk defa bir insanın kokusu bana o kadar güzel gelmişti.

O olaydan sonra kullandığı parfümün kokusunu kimde duysam ondan nefret ettim.

O gece saat 12.00'ye kadar çalıştık beraberce.

Sonra amcamlara çıktım ve yattım. Sabah olması için dua ediyordum çünkü öğlen onun kursu vardı.

Çocuk aklımca önümde iki ihtimal vardı. Birincisi, aileme söylersem onu öldürürlerdi çünkü filmlerde öyle oluyordu. İkincisi, söylemez de devam edersem o adam benim herkesten saklamak zorunda olduğum şeye sahip olurdu ve bu duyulursa ailem beni öldürürdü ama gerçek hayat filmlerdeki gibi olmuyormuş, bunu anlamam zaman aldı.

HAYATIMI KARARTAN OLAY: TACİZ

Günlerden 1 Mayıs İşçi Bayramı.

Sabah uyandım eve gittim. Saat birde kursa geldim. Kapıyı açtı. "Sen odaya git ben geliyorum." dedi. Balkona çamaşır sermeye gitti. Ben camdan dışarı bakıyordum. Yanıma yaklaşıp "Hoş geldin." dedi. Sarıldı ve öptü. Biz ders çalışmaya başladık. Tam üç saat ders çalıştık. Her zamanki gibi eli omzumdaydı. Buna alışmıştım ve rahatsız olmuyordum, hatta mutlu oluyordum. Sonra benim oturduğum sandalyeyi kendine çevirdi. Karşımda saat vardı. 16.15'i gösteriyordu. Birdenbire dudaklarıma yapıştı. İttim bırakmadı. Sebebini bilmiyorum, sonrasını hatırlamıyorum. Kendime geldiğimde onun kucağında oturuyordum. Kafası göğsümdeydi. Onu itip kalktım. Karşıdaki kendi sandalyeme geri düştüm. Bana benden hoşlandığını ve bana ihtiyacı olduğunu, benim de ona ihtiyacım olduğunu söyledi.

"Benim kimseye ihtiyacım yok." deyip evden çıkmaya çalıştım. Beni durdurdu, yaklaşıp tekrar öptü. Kapıdan koşup dışarı çıktım. Karşımda benden sonra kursa gelecek olan sınıf arkadaşım vardı. Hiçbir şey demeden eve gittim. Yolda üç paket sigara aldım ve ben sigarayı bir daha hiç bırakmadım.

Eve gidip aynaya baktığımda yanağımın yarısının ve dudağımın yarıdan fazlasının mosmor ve şiş olduğunu gördüm. Annemler görmesin diye kendimi odaya kilitledim.

Tam 89 kere Murat Kekilli'nin "Bu Akşam Ölürüm" şarkısını dinledim. Odamdan hiç çıkmadım. Yemek yemek, hatta tuvalet için bile çıkmadım. Ertesi gün sabah Antalya'dan misafirler geldiği için amcamlar bizi çağırdı. Annemler gitti. Sonra ayıp olur diye beni de çağırdılar. Gittim.

Apartman kapısında karısıyla ikisi çıkıyorlardı. Dudağıma mosmor bir ruj sürdüm. Yüzüm sapsarıydı çünkü sabaha kadar hiç uyumamış ve sürekli ağlamıştım.

"Neyin var?" diye sordu, "İyiyim." dedim.

Karısı da "İyi ol, biz seni Cengiz amcanla çok seviyoruz." dedi.

Amcamlara çıktım. Beşinci katta oturuyorlardı. Balkona geçtim oturdum. Amcamın kızı yanımdaydı. Ve amcama gelen misafirlerin benden iki yaş küçük bir oğlu vardı.

Onların bir anlık dikkatsizliğinden faydalanıp balkonun demirlerinin ön tarafına geçtim. Tam kendimi aşağıya atacakken amcamın kızıyla misafir çocuk tuttular beni. Amcamın kızı çığlık atmaya başlayınca annem duymasın diye balkona geri döndüm. Ve ağlayarak amcamın kızına her şeyi anlattım.

Çocuk aklımca önümde iki ihtimal vardı. Birincisi, aileme söylersem onu öldürürlerdi çünkü filmlerde öyle oluyordu. İkincisi, söylemez de devam edersem o adam benim herkesten saklamak zorunda olduğum şeye sahip olurdu ve bu duyulursa ailem beni öldürürdü ama gerçek hayat filmlerdeki gibi olmuyormuş, bunu anlamam zaman aldı.

Evden kaçmaya karar verdim çünkü ben onu sevmiştim, ölmesini istemiyordum. Ve onun benim ölmemi istediğini düşünüp ondan nefret etmeyi tercih ettim.

Sabah evden çıktım. Amcamlara gidip üzerimi değiştirdim. Amcamın kızı annesinin nerede ne kadar altını ve parası varsa toplayıp bana verdi. Otogara gittim. Bu arada yaşadıklarımın ağırlığına da dayanamayıp, sen ona âşıksın diyen arkadaşıma telefonda olanları anlatmıştım.

Ankara otobüsüne bilet aldım çünkü Ankara benim kurtarıcımdı, istediğim okul oradaydı, Türkiye'nin kurtarıcısı oradaydı. Belki beni de kurtarırdı ama ona ulaşamadan yolda çevirdiler. Geri getirdiler. Okula götürdüler. Ben gidene kadar telefonda anlattığım arkadaşım her şeyi rehberlik hocasına anlatmış.

Müdür beni odaya çağırdı. Daha bir şeyden haberi yoktu. Rehberlik hocası "Üzerine gitmeyin, konu büyük." demiş. Müdür bana bağırıp çağırdı. Dayanamayıp söyledim. Sonra "Merak etme ben bu işin çözümünü bulup seni bu işten kurtaracağım." dedi.

Ağladığım için yüzümü yıkayayım diye beni tuvalete gönderdi. Merdivende karşılaştık. "Neyin var?" deyip elini omzuma koydu. Bayılmışım. Sonra babamı çağırdılar. Rehberlik hocası babama "Üstüne gitmeyin, o size anlatacak." demiş. Babam beni lokantaya yemeğe götürdü ve belki de hayatımda bana ilk defa "Ne oldu?" diye sordu.

- Senden iki şey istiyorum baba.

- Söyle.

- Ya benim bölümümü değiştir ya da beni bir daha fizik kursuna gönderme.

- Neden?

Dudağımı gösterdim.

- Dövdü mü?

- Hayır.

- Dövmeden nasıl morarır?

- Sence nasıl morarır?

Kolumdan tutup beni okula geri götürdü. Koridorlarda bağırıp çağırdı. Sonra müdür babamı sakinleştirip eve gönderdi.

Fizikçiye sormuşlar, "Ben bir şey yapmadım sevgilisi yapmıştır, ona sorun, bana iftira atıyor." demiş.

Oysa birkaç ay önce bana teklif eden bir çocuk vardı, ben de ona söylemiştim. "Kabul etmeyeceksin değil mi?" deyip gözümün içine bakmıştı. Ben de o çocuğun teklifini kabul etmemiştim.

Sonra hiçbir şey filmlerdeki gibi olmadı. Bu olay bütün şehre yayıldı. Ben öğretmenine iftira atan bir kız oldum. İki ay boyunca hiçbir öğretmen beni derse almadı. Sadece onun dersine girdim çünkü o sınıftan atamıyordu. Pes etmeden her gün okula gittim. Bütün arkadaşlarım tek tek idareye çekilip benimle görüşmeleri yasaklandı. Ben gene pes etmeyip her gün okula gittim.

Derste arkadaşlarıma "Aranızdaki pirincin taşını ayıklamazsanız hiçbirinize ders anlatmayacağım." dedi. Arkadaşlarım bana cephe aldı. Aslında herkes doğrunun ne olduğunu biliyordu.

Son hafta her dersten ikişer yazılı yaptılar. Hiçbirinden üçten aşağı not almadım. Sadece onun dersinden iki aldım çünkü bana soruları okuyamadığım silik kâğıt verdi. Onunla konuşamadığım için bu kâğıt silik diyemedim.

Bu arada kontrolden çıkmıştım. Gelenlere olayı defalarca anlatmaktan yorulmuştum. Yüzüme haklısın deyip arkamdan onu haklı buldular. Oysa ben söylemiştim. Eğer karşıma geçip, gözümün içine baka baka "Ben yapmadım." derse her şeyden vazgeçip okulu bırakacağım demiştim.

O gün anladım ki güçlü olan her koşulda kazanıyordu. Ve köpek köpeği ısırmıyordu. Geceleri defalarca polis olan akrabalarımın silahını alıp gidip onu öldürmek istiyordum. Aslında öldürmek değil, silahı kafasına dayayıp gözümün içine baka baka benden özür dilemesini sağlamaktı amacım. Böyle bir şey olup özür dileseydi silahı kendi kafama dayayıp sıkabilirdim.

Suçlu olanı açığa çıkarıp ona ceza vermek yerine işin kolayına kaçıp beni psikiyatriye gönderdiler. Kimse anlamadı beni. Onun karısı "O kız benim kocama âşık diye bana iftira attı." dedi. O da onayladı. Karısı şunu anlayamayacak kadar geri zekâlıydı:

Eğer o bana saldırmak yerine konuşarak ve sevgi göstererek yaklaşsaydı ben onunla birlikte olur, adamı karısının elinden alırdım çünkü onu çok seviyordum hatta ona âşıktım ve çok güveniyordum.

Taciz olayından sonra bir daha onunla karşılaşmamak için evden çıkmadım. Onun yüzünden evden çıkmayan bir insan oldum. Çıkmıyordum çünkü karşılaştığımızda ona ne yapacağım konusunda kendime garanti veremiyordum.

Tayinim Van'dan buraya çıktığında ilk düşündüğüm onunla karşılaşmamaktı çünkü artık ben de öğretmen olmuştum...

İlk defa o gün birine güvenmenin suç olduğunu öğrendim. Bu yaşıma geldim hâlâ okul müdürlerini sevemiyorum, hele yakından tanıdığım bazıları var ki onlardan nefret ediyorum çünkü müdürlerin görevinin okuldaki eğitimin kalitesini artırmak, öğrencilerin haklarını korumak ve onları geliştirmek yerine, okulda olay çıkmasını engellemek olduğunu anladım.

SÜRGÜN

O yıl bitti ve beni yeni dönem için Isparta'daki bir Anadolu Lisesi'ne sürgün olarak gönderdiler. Daha ben gitmeden haberim gitmişti. Okula adım attığımın ilk günü "Ayağını denk al." dediler.

Isparta'daki okulda derslere girmeye başladım. Yatılı kalıyordum, herkesin gözü benim üzerimdeydi. Saçlarımı pavyonda çalışan kadınlar gibi sapsarıya boyamıştım. Eteğim miniydi. Deliydim ya kimse bana yaklaşamıyordu.

Doğum günümün sabahı dedim ki "Ben yepyeni bir hayata başlayacağım."

İlaçlarımı bıraktım. Aynanın karşısında kendimi iyi hissediyordum. Giyindim, yurttan çıktım okula geldim. Benimle konuşmayan herkese günaydın dedim. Mutlu olmam müdürün ilgisini çekti.

"Seni o büyük suçunla buraya attılar. Bir kabahat daha işlersen seni okuldan atarım." dedi.

İlk defa o gün güvenmenin suç olduğunu öğrendim. Bu yaşıma geldim hâlâ okul müdürlerini sevemiyorum, hele yakından tanıdığım bazıları var ki onlardan nefret ediyorum çünkü müdürlerin görevinin okuldaki eğitimin kalitesini artırmak, öğrencilerin haklarını korumak ve onları geliştirmek yerine, okulda olay çıkmasını engellemek olduğunu anladım.

Bütün bu yaşananlara rağmen yani güvendiğim insanın beni taciz etmesine, bana iftira atmasına ve beni bir kalemde silmesine rağmen, arabayla bir suçlu gibi Isparta'ya götürülürken bir an önüme çıkacağını ve beni indirip geri çevireceğini ümit ettim. Gelmedi.

Yurtta yatağıma uzandığım her akşam gelip beni oradan çıkaracağını, "Senin yerin buralar değil, benim yanım, benim yüreğim." demesini bekledim. Gelmedi.

Sınıfta öğretmen gelirken fizikçi geliyor dediklerinde o mu diye kapıya baktım. Gelmedi.

Derslerden sonra okulun kapısına gelip beni almasını bekledim. Gelmedi.

O gelmedikçe insanlara olan güvenim azaldı, azaldı, azaldı ve sonunda bitti.

Gidip onu öldürür diye anlatmaktan çekindiğim babam, benim yüzüme orospu dedi ama bana tacizde bulunan o adamın karşısına çıkıp iki laf bile söyleyemedi. Okulda sigarayla yakalandığımda eve gidip babama sarılabilseydim, onun omzunda ağlayabilseydim, yaslanacak başka omuz aramazdım.

Şimdi neye yaradı?

Yurtta sekiz kişi aynı odada kalıyorduk. Sevim diye bir arkadaşım vardı. Benimle konuşan tek kişi oydu. Doğum günümün gecesi intihara kalkıştığımda çok ağladı. Sonradan öğrendim Sevim küçükken babasını köyde bir ağacın dalında asılı olarak bulmuş.

Okul muhafazakâr bir okuldu. Mesela derste namaz kılmak isteyene mescide gitmesi için izin verilirdi ancak bana tuvalete gitmek için bile izin verilmezdi.

Okulda sigara içerdim. Okulun arkasında briketten yapılmış baraka gibi bir yer vardı. Orada müdür beni gördü. Babamı aradı. Babam da "Kızımın sigara içtiğini biliyorum." demiş. Briketlerin orada sigara içmem yasaklandı. Ben de kendimce bir yol bulup nerede içtim biliyor musunuz? Okuldaki erkek öğretmenler tuvaletinde. Öğretmenler kendi tuvaletinde içtiği için benim dumanım da onların zannediliyor ve ben kurtuluyordum her seferinde.

Okulumuz bir kampusun içindeydi. Okul ve yurt aynı yerdeydi. Dolayısıyla dışarı çıkamıyorduk. Sigara bittiğinde yeni paket almam lazımdı. Ne yapacağım? Okul müdürünün odasına gizlice girip onun sigaralarını çalıyordum.

O güne kadar yaşadığım çalkantılı hayatıma dur demek, içinde debelendiğim çamurdan çıkmak ve içimdeki gerçek beni çıkarmak için her şeye yeniden başlamaya karar verdiğim, o gün müdür beni, tehdit edince bir kez daha yıkıldım.

17 yaşıma giriyordum. "Ya ben niye yaşıyorum ki?" diye düşünüp durdum. Cevabını bulamadım.

Akşam yurtta tuvalete gittim. Doktorun düzenli kullanmam için verdiği dört kutu psikiyatrik ilacın hepsini birden içtim. Aradan bir saat geçtikten sonra başım dönmeye başladı. Benden umudu olan annemin feryatları geldi gözümün önüne. Bir de o şerefsizin pis pis sırıtışları. Sanki ben ölünce kurtulacağını düşünüp seviniyordu. Ona hak etiği cezayı yaşatmalıyım diye düşünüp arkadaşıma söyledim ilaç içtiğimi. Hemen koşup öğretmene haber verdi. Beni ambulansla hastaneye yetiştirdiler. Midem yıkandı. Aileme haber verdiler. Okul müdürü geldi annemlerden önce.

- Neden yaptın?

- Sizin yüzünüzden, deyince korktu.

Annemler geliyor ya o yüzdendi korkusu.

Polisler geldi. "Niye yaptın?" diye sordular. Müdür gözümün içine baktı. Çok korkuyordu söyleyeceğim diye. Ben de "Ben zaten deliyim." dedim. "Tedavi görüyorum. Neden içtiğimi bilmiyorum, hatırlamıyorum." dedim.

Sonra annemle babam geldi. Mahvolmuş bir durumdaydılar. Annemi görünce sevindim ama babamı görünce içten içe, oh iyi ettim diyordum sanki çünkü babamın taciz olayında bana sahip çıkmaması yüzünden ondan nefret ediyordum. Allah var babam bana inandı, yanımda oldu ama beni sahiplenmedi, korumadı. Gidip o adama bir şey söylemedi.

Hastanede bir gece kaldım. Sabaha karşı yurda getirdiler. Sabah kalkıp okula gittim. İlk ders fizikten sınavım vardı. Sınava girip çıktım. Okuldaki öğrenciler değişmeye, benimle arkadaşlık etmeye başladılar. Sonradan öğrendim ki müdür çocukları beni yalnız bırakmamaları konusunda tembihlemiş. Benim için değil ama kendisi için. Başına dert açmamam için...

Yanıma yaklaşan arkadaşların içinden kendim gibi birkaç fırlama buldum. Bir grup olduk. Ben gitar çalıyordum. Akşamları millet ders çalışırken biz oturup sohbet eder, gitar çalar ve şarkı söylerdik.

Biz ilkokuldan itibaren müfettişlerin bizi kontrol etmeye geldiklerini sanırdık. Öğretmenleri kontrole geldiğini bilmezdik çünkü müfettiş geleceğine yakın müdür sınıflara nöbetçi öğrenciyi gönderir ve "Müfettiş geliyor tedbir alın." dedirtirdi. Biz de gelecek müfettiş bize bir şey yapar, notumuzu düşürür, bize zarar verir korkusuyla ne sorsa cevaplardık.

EYVAH MÜFETTİŞ GELECEK

Okulda göreve yeni başlamış genç bir İngilizce öğretmeni vardı. Biraz yakışıklı olduğu için bir çok kişi onun etrafında, hatta peşindeydi. Bizim sınıfta sadece bir erkek vardı, geriye kalanların hepsi kızdı. Tolga hiç kimseye yüz vermiyordu. Okul muhafazakâr ama o devrimci takılan bir solcuydu. O zamanlar mitinglere, yürüyüşlere katılıyordu. Diğer öğretmenler onu hiç sevmezdi.

Bir gün sınıftaki kızlar "Şu adam da niye hiçbirimize bakmıyor?" dediler.

"Size öyle geliyor." dedim çünkü bir erkeği kandırmanın kolay yolunu öğrenmiştim.

- Nasıl yani?

- Ben kandırırım.

- Kandıramazsın.

- Var mısın iddiaya?

- Boşuna uğraşma kandıramazsın, dediler.

Ben de işi inada bindirdim. "Görüşürüz." dedim.

O akşam yurtta Tolga Hoca'ya mektup yazdım:

"Her şeyime...

Sen benim her şeyimsin. Sen benim her şeyimsin. Sen okula geldiğinde sanki okula bir güneş doğuyor. Sen olmasan bu okul çekilmez..." gibi uzunca şeyler yazdım.

Ben yazarken kızlar durmadan kahkaha atıyordu. Ertesi gün onun ders saatinde sınıf defterinin içine koydum. Üstüne de "Tolgama" yazdım ama kendi adımı yazmadım.

Sınıfa girdi, yoklama almak için sınıf defterini açtı. Başlığı görünce defteri hemen geri kapattı. Olayı tüm sınıf bildiği için biz kendi aramızda gülüşüyorduk. Bize güya çaktırmadan mektubu gizlice alıp cebine koydu.

Ertesi gün onun telefon numarasını öğretmenler odasından alıp kendisine mesaj attım:

Tolga Bey merhaba, nasılsınız?

Hemen aradı. O zamanlar birini çaldırdın mı ya da mesaj attın mı hemen geri dönüş yaparlardı. Üniversiteli bir kız olduğumu söyledim. Tabi sesimi de değiştirdim. Telefona peçete koydum. Ve biz arkadaş olduk.

Ben dersteyken aradığında bile tuvalete çıkma bahanesiyle sınıftan çıkıp yine konuşurdum.

Sonra bizim kızlardan biri yumurtlamış, hem mektubu yazanın, hem de telefon edenin ben olduğumu.

Bir gün kendi dersindeyken sınıfta aradı. Tabi ben hemen meşgule attım. Tekrar aradı, yine meşgule attım. Çıkınca teneffüste aradı.

- Alo.

- Melek nasılsın?

- İyiyim hocam siz nasılsınız?

Ondan sonra onunla üniversiteli kız olarak değil de ben olarak görüşmeye başladım. Sonra ramazan geldi ve kantin kapandı. İlaç içtiğim için sahura kalkamıyordum. O saatte baygın bir şekilde uyuyordum. İftardan önce de hiçbir yemek çıkmıyordu.

Tolga bana her gün yemek getiriyordu. Ben de müdüre gıcıklık olsun diye inadımdan kantinin ortasına oturup öylece yiyordum. Kantin okulun giriş kapısının yanında olduğu için herkes benim yemek yediğimi görüyordu. Görmeseler de görsünler diye, kendimi onların gözüne sokmak için elimden geleni yapıyordum.

Müdür bana gıcık oluyordu.

- Kızım senin oruç tutana saygın yok mu?

- Müdürüm sizin tutmayana saygınız var mı?

- Sana yemekleri kim getiriyor?

- Bir arkadaşım.

- Onu bulacağım ve gerekeni yapacağım, dedi ama müdür o arkadaşımın kim olduğunu hiçbir zaman öğrenemedi.

Müdür sonradan benim Tolga'yla çıktığımı öğrendi. Sınıflarda bir-iki ispiyoncu kız vardır. Ve onların kim olduğunu öğrenciler bir türlü öğrenemezler. Onlardan biri söylemiş.

Müdür babamı arayıp durumu anlatmış.

- Kızınız öğretmeniyle çıkıyor, durumu görüşmek üzere okula gelmeniz gerekiyor.

- El ele gördün mü müdürüm?

- Hayır.

- Yan yana gördün mü?

- Hayır.

- Öpüşürken gördün mü?

- Hayır.

- E o zaman nereden biliyorsun çıktıklarını?

Bir gün çok kar yağdı. Kar tatili oldu. Tolga beni okul dışına çağırdı.

- Ne yapalım?

- Dağa çıkalım mı?

- Çıkalım.

Üzerimde bir bluz ve altımda bir kot pantolon. İnadım ya öylece çıktık. Dondum ama belli etmedim.

O gece bana evlenme teklif etti. Ben de kabul ettim.

Birkaç gün sonra kantinde otururken telefonu çaldı. Bir bayan adı göründü ekranda. Ben sinirlendim. Yanından ayrıldım. O konuştuktan sonra yanıma geldi. Etrafta bir sürü öğrenci var.

- Gelsene konuşalım.

- Gelemeyeceğim.

- Ya gelsene…

- Gelmeyeceğim.

- Gelsene bir şey izah edeceğim.

- Gelmeyeceğim.

Kolumdan tutup kantinin dışına çıkardı. Tabii bizim kızlar peşimizde biz önde çıktık.

- Kimdi o arayan?

- Tanımıyorum.

- Tanımıyorsun da telefonu nasıl kayıtlı?

- Bilmiyorum.

- Nasıl bilmiyorsun ya?

- Ben seni seviyorum, seninle evlenmek istiyorum. Niçin kıskançlık yapıyorsun? dedi.

Bizim kızlar bu konuşulanları duydu.

Ve ben iddiayı kazandım.

Okul muhafazakâr olduğu için başörtülü öğretmenler sınıfa girerken peruk takarlardı. O zamanlar öğretmenlerin sınıfa başörtüsüyle girmeleri yasaktı. Öğrenciler başörtüyle derse girerlerdi. Okulun mescidi vardı.

Etüt saatlerinde çoğu öğrenci uzun etek giyer, başörtü takardı. Kısa etek, dar kot pantolon giymek yasaktı. Bir gün dar kot giydim diye ceza almıştım.

Bir gün dediler ki müfettiş gelecek.

Bizim mescit oldu spor salonu. Kızların başları açıldı. Uzun eteklerin yerine normal etekler giyildi. Etüt saatinde okutulan dini kitaplar ortadan kaldırıldı.

Ben de bu işe bir el atmaya karar verdim çünkü okuldan atılma korkum yoktu. Daha doğrusu hiçbir şeyden korkum yoktu. Gece yurdun arka camından kaçıp sabaha kadar banklarda uyuduğum olurdu. Hatta radyolarda DJ olarak bile çalıştım.

Orada kaldığım bir yıllık sürenin belki yarısını dışarıda geçirmişimdir. Ve bunu kimse fark etmedi bile.

Müfettişin yurda etüt saatinde geleceği akşam önce arkadaşlarımı gönderdim etüt sınıfına. Ardından bir uzun etek giydim. Başıma bir eşarp bağladım ve en öne oturdum. Masama da dini kitaplar koydum.

Kapı açıldı önce müfettiş içeri girdi. Arkasından müdür, onun da arkasından Tolga ve bir öğretmen daha. Müfettiş beni görünce "Ne bu halin?" diye bağırdı sınıfın içinde.

"Ne varmış halimde?"

Bu sırada müdür beni bakışlarıyla yiyecek gibi bakıyordu. Müfettiş müdüre dönüp "Ne bu hal hocam, bu kıyafetle sınıfa alıyor musunuz çocukları?" dedi.

Sonra bana dönüp tekrar "Şunun haline bak!" deyince ben de "Siz geliyorsunuz diye okulda her şey tersine döndü. Ben de tersime döndüm." dedim.

"Nasıl yani?"

"Siz gelmeden önce bütün arkadaşlarım benim şimdiki halim gibiydi. Siz geleceksiniz diye hepsi başını açtı. Ben kot pantolon giydiğim için ceza aldım. Şimdi hepsi kot giydi. Mescit spor odası oldu. Kapalı öğretmenler peruk taktı. Ben de ayıp olmasın diye tersine döndüm." deyince müfettiş güldü.

"Sen gel bakayım biraz özel konuşalım." dedi ve beni alıp müdür odasına götürdü.

Biz ilkokuldan itibaren müfettişlerin bizi kontrol etmeye geldiklerini sanırdık. Öğretmenleri kontrole geldiğini bilmezdik çünkü müfettiş geleceğine yakın müdür sınıflara nöbetçi öğrenciyi gönderir ve "Müfettiş geliyor tedbir alın." dedirtirdi. Biz de gelecek müfettiş bize bir şey yapar, notumuzu düşürür, bize zarar verir korkusuyla ne sorsa cevaplardık. Mesela tarihi çok sevmediğim halde müfettiş gelecek diye tüm tarih kitabını ezberlediğimi bilirim. Ne işime yarayacağını bilmediğim bir sürü tarihi nasıl da ezberlemiştim.

Artık hiçbir şeyden korkmadığım için bu müfettişten de korkmuyordum.

"Anlat kızım." dedi.

Ben de bu okulda başıma gelen, bana yaşatılan her şeyi olduğu gibi anlattım. Ramazanda aç bırakıldığımdan, kot giydim diye aldığım cezaya kadar.

Aslında önceki okulumdaki müdüre olan intikamımı o müdürden alıyordum.

Bir hafta sonra okul müdürü emekli oldu.

Babamın beni o pansiyonun kapısına bırakıp döndüğü gece kendimi terkedilmiş biri olarak hissettim ama bu babamın beni ilk terk edişi değildi. Daha önce lisede beni yurda terk edip gitmişti. Aslında şoförlük yaparken her sefere çıktığında beni terk ediyordu. Defalarca terk edildiğim için bu seferki o kadar da zor gelmemişti. Araba uzaklaşırken arkalarından bakakaldım. Ağlıyordum.

ÜNİVERSİTE SINAVINA GİRDİM

O yıl sınava girdim ve sınıf öğretmenliğini kazandım. İsteyerek mi? Hayır. Hayatım boyunca öğretmenlerden, müdürden, okuldan nefret eden benim isteyerek öğretmenliği kazanabileceğimi düşünebiliyor musun?

Üstelik ben son sınıfta hiç kitap yüzü açmadım. Ne okuldaki sınavlar için, ne de üniversite sınavı için. Önceki okulumda ne öğrendiysem onunla sınava girdim.

Sınava girdiğimde annemle babam kapının önünde beni bekliyorlardı. Üç saatlik süre olmasına rağmen ben 1.5 saat sonra çıktım. Annem beni görünce diz kapaklarının üstüne çöküverdi. Demiş ki "Tamam bu sıkıldı ve hiçbir şey yapmadan sınavı bırakıp çıktı." Annemin tüm hayali benim öğretmen olmamdı.

O yaz tatile çıktık. Biz tatildeyken telefon geldi. Komşumuz 9 Eylül Sınıf Öğretmenliği'ni kazandığımı söyleyince annem sevinçten havalara uçtu. Resmen yerinde duramayıp hopluyordu annem. Babamın kafasındaki karmaşa gözlerinden okunuyordu. Benim kazanamayacağımı düşündüğü için mutluydu. Kazandığımı görünce bir yandan mutlu olurken diğer yandan kardeşlerine ne söyleyeceğini düşünüyordu.

Düşündüğü gibi de oldu. Amcalarım ve diğer akrabalarım sınavı kazandığımı duyunca kıyametler koptu. Düşünsene ben sınavı kazandığım için beni yerin dibine soktular. Neymiş alt tarafı bir sınıf öğretmeni olacakmışım. Sanki doktor, mühendis, avukat olmayı mı kazanmışım da annem seviniyormuş.

Babama "Bunu üniversiteye göndermeyeceksin." dediler. Eve gelince babam onların sözcüsüymüş gibi konuşmaya başladı. Beni göndermeyeceğini söylediğinde annem sinir krizi geçirdi. "Seni boşarım ve o çocuğumu yine de okuturum." dedi.

O gece başımı yastığa koydum. Ya göndermezlerse diye bir ses beynimi kemiriyordu. İnadım ya gönderecekler dedim. Göndermezlerse kaçarım yine giderim. Acaba beni evlendirirler mi, kocaya verirler mi, beni burada tutarlar mı diye hiç düşünmedim. Gönderecekler diye çaktım beynime.

Okul açıldığında babam sanki bunun intikamını alır gibi beni aldı, götürdü ve hiç bilmediğim bir şehirdeki bir pansiyonun kapısına bırakıp döndü.

Babamın beni o pansiyonun kapısına bırakıp döndüğü gece kendimi terkedilmiş biri olarak hissettim ama bu babamın beni ilk terk edişi değildi. Daha önce lise sonda beni yurda terk edip gitmişti. Aslında şoförlük yaparken her sefere çıktığında beni terk ediyordu. Defalarca terk edildiğim için bu seferki o kadar da zor gelmemişti. Babam annem ve halamın bulunduğu araç uzaklaşırken arkalarından bakakaldım. Ve içeri girene kadar ağlayarak yürüdüm ve kendi kendime dedim ki: "Asla pes etmeyeceğim."

O gece ben de babamdan intikamımı almak için pansiyondan kaçıp sabaha kadar İzmir'i deli gibi dolaştım.

18 yaş benim için milattı çünkü 18 olmadan resmi olarak hiçbir şey yapma hakkım yoktu. Elim kolum bağlıydı. 16 yaşından itibaren kendimi hep 17.5 yaşında gibi görürdüm. O zaman 18'e az kalıyordu çünkü. Üniversite birinci sınıfa başladığımda bile 17 yaşındaydım ve Aralık'ta 18'e girecektim. Daha üç ay vardı özgürlüğüme, koskoca üç ay.

İlk gün yurda girişim onaylanmadığı için pansiyonda kaldım. Ertesi gün yurda girişim onaylandı ve ben yurda geçtim.

Odada dört yatak vardı. Üçünde başka valizler vardı. Ben de valizimi boş olana koydum.

İnsan ilişkilerim çok kuvvetliydi. Kızlar geldiler. Tanışıp biraz sohbet ettik. Sonra akşamüstü okula gittik. Farklı binalardaydık bölümlerimiz farklı olduğu için.

Üçünün de karakterleri birbirinden farklıydı. Pınar, bizden büyüktü. Erkek arkadaşı vardı. Çok mantıklı bir kızdı. Ceyda, küçük bir kasabada büyümüş, İzmir'e gelince nur görmüş aptala dönmüş bir hale gelmişti. Hasret, alevî, köyde büyümüş, liseyi yatılı okumuş, erkek dediğimde bööh yapan bir kızdı, sanki kusacak gibi.

Dördüncü gece yurtta otururken Pınar erkek arkadaşını anlattı. Ceyda bizim gruptan bir erkekle çıkıyordu. Hasret'in erkeklerle hiç alakası yoktu ama benim erkek arkadaşım yoktu.

Ceyda telefonunda onun memleketinde yaşayan kişilerin numaralarını bana verdi ve ben hepsini çaldırdım. Maksat dalga geçmekti, saat gecenin üçüydü.

Biri aradı beni, "Bu saatte ne çaldırıyorsun?" dedi. "Kusura bakmayın beyefendi yanlışlık oldu." deyip kapattım. Aradan beş dakika geçti mesaj geldi: "Bu saatte yanlışlık olmaz numaramı nereden aldınız?"

"Yurtta oturuyordum, canım sıkıldı, rasgele numara tuşladım. Siz de hemen atladınız." diye cevap verdim. Tekrar aradı. Sohbet ettik. Numarasını Ceyda'dan aldığım hariç her şeyi anlattım. Görüşmeye telefonda üç gün devam ettik. Sonra ben numarayı Ceyda'dan aldığımı da söyledim. Bir gün daha görüştük. Ertesi gün geleceğini söyledi. O gün sabaha kadar arkadaşlarla ne giyeceğimi ayarladık.

Sabahtan akşama kadar da kuafördeydim.

Sonra kafeye gittik. O beni tek başına beklerken bir grupla gittik. Onu görünce tahmin ettim o olduğunu. O, beni görünce keşke Melek de böyle olsa demiş.

Aradan bir ay geçti, ailesiyle tanıştırdı beni. Yaşlı bir anne babası vardı. Kendisi de benden 13 yaş büyüktü zaten. Çok kültürlü bir aileydi. Gittiğimde evlerinde kalıyordum. Her hafta sonu ailesine gidiyordum çünkü orası benim için çok farklı bir dünyaydı.

Bütün aile hep birlikte eğlenceye gidiyorduk. Akrabaları hep bir aradaydı. Ve ben hepsinin kızı gibi olmuştum. Bizim ailede onlar gibi hep bir arada olmanın mutluluğunu hiç yaşamamıştım.

Bütün dünyam o olmuştu. Babamın bana yıllarca yaptıramadığı şeyleri o sadece bir sözüyle yaptırıyordu. Sekiz ay sonra doğum günümde bana akrabalarının yanında evlenme teklif etti. Ben de kabul ettim. Benim okulum bitince evlenmeye karar verdik.

Aradan bir ay geçti. Bir gün beni arabayla aldı, kapının önünde "Bitti, yürümüyor bu ilişki." deyiverdi. Ben de indim arabadan.

Sonra nedenini çok sorguladım.

Bir gün aradı "Seni seviyorum." dedi. Ertesi günü, olmuyor diye yine mesaj attı.

Ben bunun sebebini hiçbir zaman öğrenemedim.

O bunları yazarken ben sürekli ağlıyordum çünkü ayrılmak istemiyordum. Bana bunu niye yapıyor, diye soruyordum kendi kendime.

O sırada Ceyda mesaj attı: "Ne yapıyorsun canım?" Ben de "Servet gene İstanbul'a gidiyor, canım çok sıkkın." dedim. O da "Boş ver nereye istiyorsa oraya gitsin." dedi. Cevaben "Haklısın, ne derdi varsa görsün. Cehenneme kadar yolu var." dedim. Çok sinirliydim. Telefon rehberinde Ceyda'nın bir üstünde "Canım" diye kayıtlıydı. Mesaj ona gitti.

Cevap geldi: "Allah belanı versin."

Sabaha kadar aradım, açmadı.

Ben de sabah annemlere komşuya gidiyorum dedim. Bindim otobüse Edremit'e gittim. Yol dokuz saat. İyi de komşuda dokuz saat ne yapıyorum? Bir de dönüş dokuz saat.

İzmir'e geldiğimde babam aradı.

- Neredesin sen?

- İzmir'deyim.

- Çabuk otobüse binip geri dönüyorsun!

- Param yok.

- Firmaya git adını söyle bin gel, parasını ben veririm.

- Hayır ben Edremit'e gideceğim.

- Gel ben seni arabayla götüreceğim.

Bu arada Servet'e telefonda olanları anlattım. Döndüm Burdur'a. Sonra barıştık. İşte bu olay Servet'i korkuttu. Onun gözünde anne-babasının sözünü dinlememek çok kötü bir şeydi çünkü o küçücük memleketinden dışarı askerlik harici hiç çıkmamıştı. Dünyası orayla ve anne-babasıyla sınırlı kalmıştı. O da oradan çıkmak için hiçbir şey yapamıyordu. Yapmaya kalkıştığında 30 yaşındaki adama ailesi izin vermiyordu.

Ve benim cesaretim, dik duruşum onun gözüne batıyordu. Sanki onu korkutuyordum.

Üniversite birinci sınıfta onunlayken notlarımın çoğu AA'ydı. İkinci sınıfta ondan ayrılınca bunalıma girdim, derslere girmedim, sınıfta kaldım. Bildiğin delirdim. Sabahlara kadar barlarda içiyordum.

Babamların çok büyük bir hatası vardı. Her gece beni tam saat 11.00'de ararlardı ama sadece 11.00'de. Yurda giriş saati 11.00'di. Ben de ya barın tuvaletinde ya da dışarıda "Yurda girdim." derdim. Beni bir daha aramazlardı, ertesi gün 11.00'e kadar. Benim hatırımı sormak için değil, neredesin diye ararlardı.

Birinci sınıfın sonuydu. Ayrıldık. Okul bittiği halde kızlar ailelerine bitmedi deyip bir hafta erkek arkadaşıyla tatile giderdi. Ben tek başına Çeşme'ye gittim. O gün bir tatil köyüne yerleştim. O sırada param çoktu. Gündüz denize girdim, akşam bara gidip eğlendim.

Akşam odaya çıktım walkman dinliyorum. Gürkan söylüyor: Beddua.

O sırada Servet'ten mesaj geldi:

"Ne yapıyorsun?"

"Tatildeyim."

"Yarın Edremit'te olacaksın."

Sabah uyandım, otobüse binip İzmir'e geldim. Oradayken Servet'i aradım. Söylediklerine inanamadım:

"Bu akşam gelme çünkü amcamlar geldi, onların varken senin buraya gelmen doğru olmaz, laf ederler. O yüzden sen yarın gel."

Olduğum yere oturup kaldım. Ben onun için nelere katlanıyorum, o el âlem laf eder diye beni istemiyor.

İzmir'de kalacak yerim yoktu. Yurttan çıkmıştım. Kendi kendime "Ayvalık'ta bir otelde kalayım, oradan da yarın Edremit'e geçerim." dedim. Otogarda Güzel Sanatlar Fakültesi'nde okuyan bir kızla tanıştım. Dikili'de oturuyorlardı. Ailesinin yanına gidiyordu. Sohbet ederken ona akşamki planımı anlattım. O da "Haydi bize gidelim, tek başınasın, başına bir şeyler gelir." dedi.

Otobüse binip onlara gittik. Ailesi bizi öyle güler yüzlü karşıladı ve bana öyle samimi davrandı ki, daha sonra oradan ayrılmak istemedim. Babası uluslararası bir işte yöneticiydi. Beni sınıf arkadaşı olarak tanıştırdı.

Benden birkaç yaş büyük bir ablası vardı. Ailece bahçelerinde yemek yedik ve arkasından uzun uzun sohbet ettik. Sabah kahvaltıdan sonra ailece gelip beni otobüse bindirdiler.

Ve ben içimi sıcacık eden o aileyi bir daha hiç görmedim.

Servet'in yanına gittim. Hiçbir şey yokmuş gibi karşıladı beni. Eve gittik uyuduk. Sabah oldu. "Haydi kalk şimdi gitmen lazım, akşama başka akrabalarımız gelecek." deyip beni otobüse bindirdi. İzmir'e geldim. Tatil param hâlâ cebimdeydi. Otobüse binip Burdur'a gittim. Annemler beni görünce çok sevindi. Ben de durumu kurtarayım diye "Size sürpriz yapmak için okulun kapandığını söylemedim." dedim.

Gönül'ün annesini 15 yaşındayken birisi istemiş, vermişler. Özlem abla köyden çıkıp kocasıyla İzmir'e gelmiş. Adam kahve işletiyormuş. Geceleri de kumar oynatıyormuş. Özlem ablayla minik Gönül yatak odasında. Gönül iki yaşına geldiğinde babasının kumar masasında ortaya koyacağı bir şey kalmayınca Özlem ablayı koymuş. Ve kaybetmiş. Adam odaya gelmiş. Gönül annesinin kucağında...

GÖNLÜ YARALI GÖNÜL

O yaz gene hastalandım, psikolojik olarak rahatsızlandım yani. Bu seferki biraz daha ağırdı. Psikolojik sebepler beni fiziksel olarak da etkilemeye başlamıştı.

O yaz hiç dışarı çıkmadım. Benim lisede pembe renkli basmadan pijamalarım vardı. Haziranda tatile geldiğimde giyer, eylülde okullar açıldığında çıkarırdım. Lisedeki fizikçiyle değil sadece, liseye dair herhangi bir şeyle karşılaşmaya tahammülüm yoktu.

Eylülde ikinci sınıf başladı ama ben artık bambaşka biriydim. Üniversiteye hevesle gelen geçen seneki ben gitmiş, onun yerinde sevgilisinden ayrılmış, bunalımlı, sıkıntılı, geçmişten kaçan, Servet'e dair hiçbir şey görmek ve hatırlamak istemeyen bir ben kalmıştım.

Ne okula gitmek, ne de yurtta kalmak istiyordum. Oda arkadaşımı görmek bile bana onu hatırlatıyordu.

Sınıfımda İzmirli çok saf, temiz, biraz da salak gibi olan çok güzel bir kız vardı. Bir gün geldi ve dedi ki:

- Ben artık çalışacağım. Mankenlik ajansına başvurdum, kabul ettiler.

- Ne yaptın?

- İmza attım.

- Nereye?

- Boş kağıda.

- Boş kağıda mı? Kızım sen deli misin? Haydi oraya istediklerini yazsalar, seni istemediğin yerlerde çalıştırsalar, erkeklere satsalar ne yapacaksın?

- Yaparlar mı öyle?

- Niye yapmasınlar, haydi kalk gidiyoruz, dedim ve elinden tutup ajansa gittim.

- Buse'nin imzalı kâğıdını verin.

- Veremeyiz, şirket prosedürüne aykırı.

- Başlarım prosedürünüze, verin!

- Veremeyiz.

- Öyle mi? Şimdi polise gidip her şeyi anlatacağım...

Korktular ve kâğıdı verdiler. Alır almaz yırttım.

- Sizin adam gibi formunuz yok mu? Onu verin, dedim.

Verdiler. Onu doldurdu Buse.

Ayrılırken:

- Melek Hanım siz de form doldurun, burada çalışırsınız.

- Ben manken olmak istemiyorum.

- Siz çok güzelsiniz, boyunuz, fiziğiniz uygun.

Ben de gaza gelip doldurdum. Buse'yle beraber çalışırız diye düşündüm.

Bir gün sonra İzmir Fuarı'nda iş çıktı. Dört gün çalıştık. Bize günlük 100 olmak üzere toplam 400 lira verdiler. Aman Allah'ım, haftalık 30 lira harçlığı olan biri için müthiş paraydı. Ne yapacağımızı şaşırdık.

Bizim salak Buse salaklığını ispatlarcasına parayı annesine yakalattı. Annesi durumu öğrendi. Benimle görüşmesini yasakladı. "Sen ne hakla benim kızımı ajanslara götürüp manken yapmaya kalkışırsın?" diye bana bağırdı üstelik. Halbuki ben onun kızını kurtarmak için ajansa gitmiştim.

Böylece Buse'nin mankenlik hayatı bitti ama hayali bitmedi. Güzellik yarışmasına başvuracağım diye tutturdu. Annesinden gizli fotoğrafçıya gittik. Fotoğraf çekildik. Bu arada Buse beni de kandırdı. Başvurduk.

İlk otuz elemelerine çağırıldık. Buse durumu sevinçle annesine söyledi. Annesi de bize bir güzellik yaptı.

- Yaa neymiş o güzellik?

- Buse artık kardeşiyle okula gelip gidiyordu çünkü annesi o günden sonra onun tek başına dışarıya adım atmasına izin vermiyordu.

O günden sonra görüşemedik kendisiyle. Ben ailemin ve akrabalarımın kabul etmeyeceği korkusuyla gitmedim yarışmaya.

Bir gün Ceyda'nın arkadaşı olan Mehmet, yanında Gönül diye bir kızla geldi. Polis Mehmet'in tayini çıkmıştı. Bir ay sonra gidecekti. Ben de o barda sahneye çıkan bir çocukla çıkmaya başladım çünkü çok güzel org çalıp şarkı söylüyordu.

Mehmet gitmeden iki gün önce o barda veda gecesi düzenledi. Gönül de geldi. Saat gece 12.00 olunca ailesinden izin almak için Gönüllere gittik. Garip bir ailesi vardı. Ev esrar kokuyordu. İzin aldık ve bara geri döndük. Ertesi gün ben yine o bara gittim. Otururken telefon çaldı, barın telefonu. Beni istediler. Telefonda bir kadın vardı:

- Kızım ben Gönül'ün annesiyim. Gönül'le babası kavga etti. Hastaneden çıktık. Gönül eşyalarını alıp çıktı. Senin yanına geliyormuş. Aman gözünü seveyim evladım onu bir yere bırakma.

- Tamam teyze.

Aradan bir saat bile geçmeden Gönül geldi. Yüzü gözü mosmordu. Gözünün beyazı kıpkırmızıydı. Babası gözüne ağırlık kilosu olur ya demirden, işte onunla vurmuş. Gönül anlatmaya başladı:

Gönül'ün annesinin anne ve babası yokmuş. Babası çok küçükken ölmüş. Bir sürü abisi ve kardeşleri varmış. Bir kısmı normal, bir kısmı üvey. Annesini 15 yaşındayken birisi istemiş, vermişler. Özlem abla köyden çıkıp kocasıyla İzmir'e gelmiş. Vermişler ya, o da kocasını sevmiş. Kocası kahve işletiyormuş. Geceleri de kumar oynatıyormuş. Sonra işleri kötü gitmiş, kahveyi kapatmış. Bu sırada Gönül bir yaşında. Adam geceleri evde arkadaşlarını toplayıp kumar oynatmaya başlamış. Bir sürü adam salonda, Özlem ablayla minik Gönül yatak odasında. Gönül iki yaşına geldiğinde babasının kumar masasında ortaya koyacağı bir şey kalmayınca Özlem ablayı koymuş. Ve kaybetmiş. Adam odaya gelmiş. Gönül annesinin kucağında...

Bu bir yıl içinde eve gelip giden Ali Emre diye bir adam varmış. Her geldiğinde Gönül'e bir sürü oyuncaklar getirirmiş. Adam eve geldiği günlerden birinde Özlem ablaya "Bir ihtiyacın olursa ara." diye telefon numarasını vermiş. Özlem abla bir gün işe yarayacağını bilmeden almış numarayı.

O gece (kumar masasında kaybedildiği gece) adam odaya gelince Özlem abla sobanın kıyısında duran odunla saldırmış adama. Onu yaralayıp Gönül'ü kucaklamış ve yalın ayak evden kaçmış. Bir parka gidip oturmuşlar. Ayakta ayakkabı yok, cepte para yok, gidecek bir kapı yok. Özlem ablanın aklına Ali Emre'yi aramak gelmiş. Telefon kulübesinin orada bir adamdan rica edip jeton almış, Ali Emre'yi aramış. O da hemen gelmiş, Özlem'le Gönül'ü alıp bir mağazaya götürmüş, giydirmiş. Ceplerine para koymuş. Otobüse bindirip Özlem'in abisinin evine Antalya'ya yollamış.

Abisinin evine gidince Gönül'le annesi evde fazlalık olmuş. Kocasız kadınsın diye Özlem ablayı balkona bile çıkarmamışlar. Bir gün Gönül parka gideceğim diye ağlayınca Özlem abla onu gizlice parka götürmüş. Eve gelince abisi "Kocanın evine dön." demiş. O da "Abi nasıl döneyim adam beni satmaya kalkıştı." demiş. Abisi de "Bizim yanımızda orospu olacağına kocanın yanında orospu ol." demiş. Özlem abla direnince tokadı yemiş. Kocasının evinde dayak, abisinin evinde dayak. Bildiği tek şey buymuş zaten. Gönül'ü alıp çıkmış evden. Yolda Ali Emre'yi aramış. Ali Emre onları otogarda karşılamış. Söke'de bir villaya yerleştirmiş.

Özlem abla boşanana kadar Ali Emre İzmir'de kalmış. Özlem ablayla Gönül Söke'de. Ali Emre hafta sonları yiyecek-içecek getirmiş onlara. Mahkeme günü dava bittikten sonra babası Özlem ablanın elinden Gönül'ü almaya çalışırken Gönül Ali Emre'ye dönüp "Baba beni kurtar." demiş. O gün Ali Emre Gönül'ün babası olmuş.

Ali Emre bekâr bir adammış, çok zenginmiş. Ailesi Özlem ablayı kabul etmemiş. Gönül sekiz yaşına gelip kardeşi doğana kadar Özlem abla İzmir'de Ali Emre'yle birlikte yaşamış. Sonra Özlem ablayla Ali Emre evlenmiş. Evlendikleri günün ertesi sabahı Özlem abla Ali Emre'den ilk tokadını yemiş. Bu arada Gönül ilkokula gidiyormuş. Özel arabası var. Şoför götürüp getiriyor. Sonra babası Ali Emre kumarda batmış. Gönül ortaokula geçtiği sene okulu bırakmış ve bir eczanede çırak olarak çalışmaya başlamış. Annesi de evlere temizliğe gidiyormuş.

Bu sıralarda annesinin lenfoma olduğu ortaya çıkmış. Kendi çabalarıyla atlatmış. Ali Emre batınca bunalıma girmiş. Evde esrar yetiştirip satmaya başlamış. Sonra kaçakçılık işine girmiş. Birkaç kere hapse girip çıkmış. Şimdi, evde oturan, esrar içen, Gönül ve annesinin getirdiği paraları ellerinden alan, kurallarına uyulmadığı zamanlarda onları döven bir adam olmuş.

Mehmet'in veda gecesinin sabahı Gönül Mehmet'e güle güle demek niyetiyle telefon açmak için evden çıkmaya çalışmış. Babası izin vermemiş. Gönül direnince ağırlık kilosuyla gözüne vurup onu yaralamış.

İşte Gönül'ün hikâyesi de bu.

Gönül bir gece bende kalıp ertesi gün başının çaresine bakmayı düşündü. Bende kaldı o gece. Sabah annesi geldi. Babası "Karakola gidip şikayet edeceğim eve dönsün." demiş. Gönül gitmek istemedi ben de göndermedim.

Onu alıp Ceydaların o küçük kasabadaki evine götürmek istedim ancak benim harçlığım pazartesi günleri yatıyordu. Günlerden pazardı ve benim param yoktu. Babası gelir diye korktuğumuzdan bir gün daha bekleyemedik. Sırt çantamızı sırtımıza vurup düştük yollara. Otostopla dört araç değiştirip kasabaya ulaştık.

Biz oradayken polis Mehmet aradı. "Gönül'ün babası karakola gidip beni şikayet etmiş, kızımı kaçırdı diye. İzmir'e dönün, ben polislerle konuştum." dedi. Döndük ama Gönül'ü evine göndermedim, bende kaldı. Annesi karakola gidip "Ben kızımın nerede olduğunu biliyorum, ben bıraktım." diye ifade verdi. Ben de kız kaçırma suçundan son anda kurtuldum.

O günden sonra Gönül bende kalmaya başladı. Artık fuar işlerine beraber gidiyorduk.

Hesap geldiğinde saat 04.30'du. 15 TL param eksikti. Kapıya doğru baktığımda Erol'u gördüm. Gönül'ü gönderdim çünkü ayağa kalkacak halim yoktu. Gönül ondan 15 lira istedi, o da vermiş ve "Arka kapıda bekliyorum sizi." demiş. 15 lirayı verdi ya, bize de gitmek düştü. Son hatırladığım arabayla dolaştığımızdı. Sonra bizi eve bırakacaklardı. Gerisini hatırlamıyorum.

YİNE ALDATILDIM

Bir gün manken olarak çalıştığım ajansa para almaya gittiğimde ağlayan bir kız gördüm. "Ne oldu?" dedim.

"Annem beni pavyona sattı. Ben de kaçıp geldim. Eve gitmek istemiyorum, gidecek yerim yok, ben de buraya geldim." dedi.

Ben daha kızın ismini bile öğrenemeden annesi geldi. Kızı kolundan tutup zorla götürmeye kalktı. Ben insanları dış görünüşleriyle yargılamam ama kadın televizyonda gördüğüm genelev kadınlarına benziyordu. Kızın kolunu bırakmadım. Kadına "Seni polise şikayet ederim." dedim çünkü devletin böyle şeylere el koyacağını zannediyordum. Kadın kızına "Nasıl olsa sürüne sürüne geri geleceksin." deyip geri gitti.

Selma'yı orada bırakamazdım. Alıp eve geldim. Selma 20 yaşındaydı. Onu daha önce imam nikâhı kıyıp biriyle evlendirmişler, daha doğrusu satmışlar. Adam bunu her gün dövüyormuş. Sonra adam Selma'yı satmaya başlamış. Selma hamile kalmış. Adam "Bu piçi hangi pezevenkten peydahladın?" diye Selma'yı döverek bebeği düşürmüş. Selma kaçmış annesine gitmiş. Annesi pavyonda çalışıyormuş. Annesinin beraber yaşadığı adam Selma'ya tecavüz etmiş. Annesi bunu öğrenince adamı terk etmek yerine, kızını pavyona satmayı tercih etmiş. Derdi onun sırtından para kazanmakmış.

Selma anlatınca benim cinlerim tepeme çıktı. Çıldırdım sanki. Benim için bunlar olmaması gereken durumlardı. Birileri için, bu kızlar için bir şeyler yapmalıydım.

- Bu kitabı okuyan aileler kızlarını şehir dışındaki üniversitelere göndermeyecekler Melek.

- Göndermesinler zaten. Benim kızım olsa asla göndermem. Hele küçük şehir ve kasabadakiler hiç göndermesin. Ya da bir zahmet kıçlarını kaldırıp yanında gitsinler.

Yaşım daha 19 olmasına rağmen o sorumluluğu kendimde gördüm. Onu göndermedim. Bir-iki gün geçtikten sonra ajanstan Pırılla karşılaştım. Beraber işe gittik. Sohbet muhabbet derken bize geldi. Gönül'le Selma evimde rakı sofrası kurmuşlar. Oturup sohbete başladık. Bana "Çüşşş oha, yeter artık." dedirtecek şeyler duydum. Pırıl anlatmaya başladı:

Annesi şu anda dördüncü kocasıyla evliydi. Pırıl'ın iki kardeşi vardı ama annesi Pırıl'ın babasının kim olduğunu bilmiyordu, kimliği yoktu. Hiç okula gitmemişti. Annesinin şimdiki kocası Pırıl'a kötü davranıyordu ama ona kimlik çıkaracağına söz vermişti. Bu yüzden Pırıl evdeki zulme katlanıyordu. Zaten evde de çok kalmıyordu. Neredesin diye soran da yoktu.

Nereye gidersem gideyim ben Gönül'ü yanımdan hiç ayırmıyordum. O gün erkek arkadaşım Aydın'la tanışma yıldönümümüzü kutlayacaktık. Saat 23.00'te her zamanki barda onun sahneye çıktığı yerde buluşacaktık. Bara gitmeden önce Gönül'le sahilde bir restoranda yemek yiyelim dedik. Restorana gittik, oturduk.

Gönül oturur oturmaz gözleri fal taşı gibi açıldı. Patlayacak gibiydi. "Haydi kalkalım." dedi.

- Ne oldu?

- Kalkalım kalkalım.

Ben de etrafta babasını görmüştür diye gayri ihtiyari arkama dönüp baktım. Aydın'la göz göze geldik. Masada karşısında oturan kadın "Hayatım ekmeği uzatır mısın?" dedi. Kadının yanındaki çocuk "Baba bana da ver." dedi.

Onlar yemeklerini yedi, ben kafayı yedim. Beynimden vurulmuş gibiydim. Hayatta insanlardan istediğim tek bir şey vardı, dürüstlük ama insanlar için bu çok zor bir şeydi. Orada geç saatlere kadar içtik. Bir yıllık çıkmışlığımız böylece sona erdi.

Gönül'ün hayran olduğu bir sanatçı vardı. Onu izlemek için onun sahne aldığı bara gittik. Gönül'ün hayran olduğu adam yanında iki kişiyle sahneye çıktı. Şovu izledik. Sonra bir ara telefonum çaldı. Anladım ki saat 11.00 olmuştu. Barın kapısının yanındaki apartman girişine girdim. Sevgili babamla konuştum. Arkadaşlarımla evin balkonunda sohbet ediyoruz dedim. Telefonu kapattım. Karşımda bir adam vardı. Bana kırmızı gül uzattı. Aldım. Telefon numaramı istedi, verdim. Adının Erol olduğunu söyledi. Memnun oldum deyip içeri geçtim. Gönül "Ne oldu, kiminle konuşuyordun?" dedi. Erol'u gösterdim. Gönül adama telefon numaramı verdim diye kızdı. Benim huyum değildi ama gayri ihtiyari vermiştim işte.

Geç saatlere kadar o barda eğlendik. Hesap geldiğinde saat 04.30'du. 15 TL param eksikti. Tuvaletin kapısına doğru baktığımda Erol'u gördüm. Gönül'ü gönderdim çünkü ayağa kalkacak halim yoktu. Gönül ondan 15 lira istedi, o da vermiş ve "Arka kapıda bekliyorum sizi." demiş. 15 lirayı verdi ya, bize de gitmek düştü. Son hatırladığım arabayla dolaştığımızdı. Sonra bizi eve bırakacaklardı. Ve biz arabada içmeye devam ediyorduk...

Gerisini hatırlamıyorum.

Hayallerime karşı oynadım. Sonra Erol'la beni robot gibi diktiler Gelen para taktı, sonraki gelen altın taktı. Kolum bilezikle doldu. Acaba ben üstümdeki her şeyi geri verseydim beni okuluma geri gönderirler miydi? Beni çocukluğuma geri götürürler miydi? Çocukluğumun o masum, o duru, o berrak, o gülümseyen hayallerini geri verirler miydi?

BEKÂRETİM 15 LİRAYA GİTMİŞTİ, ÖMRÜM DE BİR ÇEYREK ALTINA

Sabah uyandım, tavana baktım, benim yatak odam değildi. Yatağa baktım, benim yatağım değildi. Yanıma baktım, bir adam vardı ama benim sevdiğim değildi.

Birden kalktım, üstümde hiçbir şey yoktu. Saat sabahın yedisiydi. Diğer odaya geçtim Gönül'ü uyandırdım. Geldim Erol'u uyandırdım. "Beni eve götür." dedim. Eve gidip yatağıma girdim, ağlama krizi geçirdim, saatlerce hıçkıra hıçkıra, zaman zaman da bağıra bağıra ağladım.

Öğleden sonra doktora gittik Gönül'le. Doktor "Kızlık zarı saat üçü çeyrek geçe yönünde zedelenmiş ama yırtılma yok." dedi.

Şimdi önümde iki yol vardı. Ya benim haberim yokken bana sahip olan adamla devam edecektim, ya da nasıl olsa kızlık zarım yırtılmadı diye bir gün evlendiğim adama ömür boyu yalan söyleyecektim.

Ben Erol'a yalan söylemeyi tercih ettim, yani ona âşık olmadığım halde âşıkmış numarası yaptım. Sonra sevdim. Erol çok saf, temiz bir adamdı. Üstelik o sabahın akşamı telefonlarına çıkmamama rağmen eve gelmişti. O beni ortada bırakmadı, ben de onu bırakmadım.

İlişkimiz iki buçuk ay sürdü. Karşıyaka'da bir ev buldum. Ev sahibi evi kefilsiz vermedi. Biz de Erol'la evli olduğumuzu söyledik, babası kefil oldu. Evi tuttum. Ve eşyaları taşıdım.

Babamı aradım. Taşınacağımı söyleyip para istedim. Amacım Erol'un peşinatı ödemek için verdiği parayı ona geri vermekti. Babam "Benim paramla tutacağın evi ben göreceğim." dedi. Babam zaten ne istesem, "Benim paramla alacağın şeyi..." derdi. Babam gelirse her şeyi öğrenirdi. Göze alamadım, Erol'a "Ne yapacağız?" dedim. "Evlenelim" dedi. O, 40 yaşındaydı, ben, 20'ye girmek üzereydim. Erol daha önce evlenip boşanmıştı, ben hiç evlenmemiştim. Onun bir çocuğu vardı, ben daha kendim çocuktum. "Tamam evlenelim." dedim.

Gidip sağlık raporu aldık. Başvuru yaptık, bir gün sonrasına gün verdiler. Mobilyacıya gittik, Erol'un istediği eşyaları aldık. Arkadaşlarımın zoruyla bana gelinlik kiraladı. Aynı akşam babam beni affetmezse içimde kalmasın diye Gönül, bir arkadaşım, Erol ve asistanı yeni tuttuğumuz evde elime kına yaktık.

Ertesi gün oldu. Kuaföre gittik. Gelinliği giydim. Erol'un babası yüzüklerimizi taktı. Nikâh masasında otururken Gönül karşımda ağlıyordu. "Hayır" diye işaret ediyordu. Salonun kapısında Aydın bana bakıyordu. Kafamı çevirdim Erol mutlulukla ışıl ışıl bakıyordu. Birinin çıkıp "Siz kardeşsiniz." demesini bekledim. (Küçükken izlediğim filmlerde öyle oluyordu.) Kimse demedi...

İmzayı attım. Erol'un çalıştığı restorana gittik, sabaha kadar içtik, eğlendik. O ana kadar tuttuğum gözyaşları Sarı Gelin parçası çaldığında durmadı. Sağıma baktım, annem yoktu, soluma baktım babam yoktu. Ve bir daha hiç olamayabilirlerdi.

Sabah oldu. Annem aradı. Anneme İzmir'e gelmesini söyledim. Şaşırdı. İlk defa onu çağırıyordum. O güne kadar hep babamı çağırırdım. Annem babama, "Kızın başında bir iş var, yoksa beni çağırmazdı." demiş. Babam da "Ne olacak ya, olsa olsa evlenmiştir." diye dalga geçmiş. "Benim kızım kötü bir şey yapmaz." demiş.

Annem otobüse bindi. İzmir'e geldi. Biz Erol'la karşıladık. Rolümü iyi oynadım. Çok mutlu bir kızdım. Annemi aldık, arabaya bindik. Annem içinden arabasına bindiğimize göre bu adamla ciddi demiş çünkü benim annemle babama sözüm vardı. "Evleneceğim adam dışında kimsenin arabasına binmem." demiştim. Evin önünde indik. Evin kapısını Erol açtı, annem sıfır eşyaların kokusunu duyunca içeri girer girmez oturup "Evlendiniz mi?" dedi. "Evet." dedim.

Annem beyninden vurulmuş gibiydi. Bana neden diye soracağını sandım ama o, "Okul?" dedi. "Devam." dedim.

"Babana nasıl söyleyeceğiz?" dedi.

"Mutluluktan gözlerim parlıyor. Babam beni affeder." dedim.

Oysa "Neden?" deseydi, "Beni al götür buradan anne." derdim.

O günden sonra kimse bana neden diye sormadı. Ben de hep nedensiz yaşadım.

Babamı aradı annem. "Kız evlenmiş." dedi. Babama yalan söylemekten başka bir şansım yoktu çünkü babam, "Bırak onları bin gel otobüse." dedi. Telefonu aldım annemin elinden: "Baba ben evlendim ama sen belime kuşağı bağlamadan gerdeğe girmedim." dedim.

Babam ağlayarak annemi telefona istedi. "Kızımı da al gel." demedi. "Millete ne diyeceğiz?" dedi. Oysa ben gerdeğe girmeden evlendirmekten vazgeçer diye düşündüm. Annem, Erol ve ben ertesi gün yola çıktık. Ailesi Erol'a "Gitme seni öldürürler." dedi. Oysa bizde bırak evlenmek isteyene, taciz edene, hatta tecavüze kalkışana bile bir şey demezlerdi. Erol bunu biliyordu ve bizimle geldi.

Eve geldiğimizde ben bir hata yaptığımda her zaman bizim evde olan babaannem karşıladı bizi.

Babamı gördüğümde içimden "Kurtar beni baba, gönderme beni." dedim ama dışımdan "Ben çok mutluyum baba, affet beni." dedim. Sonra oyunu önceden konuşulmuş kurallara göre oynamaya devam ettik.

Sınavlarım olduğu için beni Erol'la İzmir'e gönderdiler. Sonra geri çağırdılar. Bütün akrabalar toplanmıştı. Beni kocamla nişanladılar. Oysa herkes her şeyi biliyordu ama ben hâlâ mutlu kızı oynamaya devam ediyordum. Polyanna'ydım ya ben.

Sonra beni yine İzmir'e yolladılar. Düğün için yine çağırdılar. Gittim. Bu sefer bütün tanıdıklar toplanmıştı. Bana kına yakacaklardı. O akşam o kınayı amcamla babamın kıçına yakmayı tercih ederdim ama benim elime yakıldı. Hem de elimin içine çeyrek bir altın konularak.

Bekâretim 15 liraya gitmişti, ömrüm de küçük bir çeyrek altına.

Ertesi sabah beni gene kuaföre gönderdiler. Akşam oldu. Babamın aldığı gelinliği giydim. Babamın parasını ödediği kuaförden çıkıp düğüne gittim. Oynadım.

Hem hayata karşı, hem el âleme karşı, hem de kendime karşı.

Dünyanın en mutlu gelini bendim.

Daha sonra bizim mahallede değil, tüm şehirde yıllarca anılacak kadar güzel bir düğünümüz oldu. Benim için hayata karşı oynamanın en kolay yolu sarhoş olmaktı. Düğünüm boyunca içtim, masaların üstünde oynayıp zıpladım.

Hayallerime karşı oynadım. Sonra Erol'la beni robot gibi diktiler, üzerimize birer kurdele astılar. Gelen para taktı, sonraki gelen altın taktı. Gelen giden üzerime bir sürü şey taktı. Kolum bilezikle doldu. Acaba ben üstümdeki her şeyi geri verseydim beni okuluma geri gönderirler miydi? Beni çocukluğuma geri götürürler miydi? Çocukluğumun o masum, o duru, o berrak, o gülümseyen hayallerini geri verirler miydi?

Artık çok geçti, anladım bunu. Artık olması gereken her şey yapılmıştı. Bize otel tutulmuştu. Merdivenlerde "Bütün paralar bana değil, sana takıldı." diyen bir kocam vardı. Merdivende sap gibi kaldım. "Bütün paraları sana vereyim, beni boşaaaa!" diye bağırıyordum.

Odaya girdik Erol ayakta zor duruyordu, yattı uyudu. Ben balkona çıktım. Sabaha karşı 04.30'a kadar orada oturdum.

Sonra kalktım ve mankenlik hayatım boyunca defalarca giydiğim, sonra arkadaşlarımın zorla giydirdiği, sonra etraftaki insanlar istiyor diye ailemin giydirdiği, sonra bir daha hiç giyemeyecek olduğum gelinliği çıkardım. Annemlere kahvaltıya gittik.

Yaşadığım bütün acıları deliliğe vurmak huyumdu. Gene oynadım. Babamı görür görmez "Baba, ben evlilik olayından memnun kalmadım, beni geri alsana." dedim. Herkes şaka yaptığımı sanıp güldü. Bense hâlâ umudumu kaybetmemiştim. Bir gün biri çıkıp bana gitme diyecekti ama demedi.

O gün bütün akrabaları gezdik. Gittiğim her evde bana para verdiler. Yeni evli çiftlere para veriliyormuş. Erol çok mutlu oluyordu çünkü para onun için her şeydi.

Benim, ailemin ve akrabalarımın hiç tanımadığı bir adamla sırf belediye başkanı yetki verdi diye birlikte olmam, bana para verilmesini sağlamıştı. Bir sürü param oldu. Bütün paraları anneme ve babama verdim. Sadece kolumdaki bilezikleri aldım çünkü kolumdaki bilezikler ve parmağımdaki yüzük artık benim kelepçelerimdi.

İzmir'e döndüm. Giderken kardeşimi de aldım yanıma. Kardeşim benim masum yanımdı. Bana yaptıklarını ona da yapmasınlar diye yanımda götürdüm ama gücüm yetmedi. Bir ay sonra Gönül de geldi yanımıza.

Babasından gene dayak yemişti. Erol'a "Burada kalacak." dedim. "Hayır." dedi. Gösteri grupları dağılmıştı. Gönül, onunla çalışmaya başladı ve bizde kaldı. Erol haftada 75 TL kazanıyordu. Bizim ev kiramız 400 liraydı. Her ay bir bileziğim gidiyordu. Satıp kirayı ödüyorduk.

Sonra annemler İzmir'e geldi. Erol'un çalıştığı yerlere beraberce gidip onu izledik. Bir süre sonra anladım ki hamileydim. Bir gün Erol'la bir kavgamız sırasında evi terk ettim ve çıkıp gittim. Gönül de yanımda olduğu halde bir arkadaşımızın evine gittik. Erol aradı. "Boşanacağım senden." dedim. "Boşanacaksan çocuğu aldırmak zorundasın." dedi.

O gece sabaha kadar düşündüm. Yapamazdım. Allah bana bir umut göndermişti. Bana "En çok seni seviyorum, gitme." diyebilecek tek şansım bebeğimdi. Belki beni en çok o severdi çünkü hayatımda hiç kimse beni en çok sevmedi.

Annem önce babamı sevdi, sonra beni. Babam en çok kendini sevdi, sonra annemi, sonra beni. Erol önce sahneyi sevdi, sonra parayı, sonra beni. Belki bebeğim en çok beni sevebilirdi ama sevmedi. Sevdirmediler.

Sabah kalkınca eve döndüm. Kolumdaki bilezikler bitiyordu. Erol'un hiçbir çabası yoktu. Bilgisayarın başından kalkmıyordu. Hamile halimle modellik yapmaya devam ettim. En azından hamileliğimin altıncı-yedinci ayına kadar çalışabileyim diye yemek yemedim. Millet bana özeniyordu. "Altı aylık hamilesin hiç karnın yok." diyorlardı çünkü sadece çubuk kraker yiyordum. Sekizinci ayda bana temizlik hastalığı geldi. Neyin acısını çıkarıyordum bilmiyorum ama sürekli temizlik yapıyordum.

Çocuğum o sırada ameliyattaydı. Taksi çağırdım, bindim. Bana söylenen otele gittim. Yukarı çıktım, adam orada beni bekliyordu. İğrenç bakışlarının altında çaresizlikten ezilirken, "Bir umut, Allah'ım ne olur bir umut, bir kurtuluş yolu göster." diye dua ederken bacaklarım titriyordu. Odanın kapısına yaklaştığımızda telefonum çaldı. Kardeşimdi arayan. "Abla ben parayı gönderdim." dedi.

SEN NE BİÇİM ANNESİN!

Bir gün çok ağır bir temizlik yaptım. Kardeşim ve Nuray adlı bir kız arkadaşım bizde kalmıştı. Sabah bir kalktım ki ne göreyim belden aşağısı sırılsıklam. Altıma işedim sandım. Ayağa kalktım. Gelen suyun doğum suyu olduğunu anladım. Sekiz aylık doğan bebekler yaşamazmış, herkes öyle söylüyordu. Doktoru aradım, hastaneye çağırdı. "Doğum başlamış." dedi.

Annemi aradım. "Babanı ara, izin verirse geleyim." dedi. Babamı aradım. "Dur bir bakalım doğumun kesinse o zaman gelsin." dedi. "Baba, doğum başladı annem gelsin." dedim. Buca'daki sigorta hastanesine gittik. "Ameliyathane tadilatta, burada doğum yapamazsınız." dediler. Doktoru aradım. "Bebeğim ölüyor ne yapacağım?" dedim. Bağlı olduğu özel hastaneye çağırdı. Benim sadece iki bileziğim kalmıştı. Yetmezdi ki. Babam verir dedim ve gittim o hastaneye. Anestezi uzmanı bana, "Kim doğuracak?" dedi. "Beeeeen." dedim. "Kızım çocuğu nerene sakladın?" dedi.

Benim hayattaki en büyük korkularımdan biri iğneydi. Onu söylerken belime iğneyi sapladı. İğnenin acısıyla bağırırken bacaklarımı hissetmedim. Beni yatırdılar. Ameliyathaneye soktular. Gözümün önüne yeşil bir perde çektiler. Hissettiğim şey sürekli bir sarsıntı ve metal parçacıkların sesiydi. Sonra oğlumun sesini duydum. Doktor gösterdi ve götürdü. Sonra beni aşağı indirdiler.

Bana beş dakika gibi gelmişti ama 45 dakika sürmüş. Yatakta uzanıyordum. Belden aşağısını hissetmiyordum. Çocuğumu getirsinler diye bekliyordum. Hani filmlerde kadın doğum yapar çocuğunu getirirler, kucağına verirler, kadın mutlu olur ya öyle olacak sanıyordum. Şunu bir kere daha net bir şekilde anladım ki hayat filmlerdeki gibi olmuyor.

Oğlumu kuvöze koymuşlardı ve solunum yetmezliği vardı. Hastane çocuk hastanesi değildi, gerekli tesisat yoktu. Oğlumu çocuk hastanesine götüreceklerini söylediler. Getirdiler, elime verdiler. "Giydirin götürün." dediler. Yüzüne baktım. Ben vardım o yüzde. Ben onu giydiremezdim. Erol da yapamazdı. Kardeşim hiç yapamazdı. Başka kimse yoktu. Annem hâlâ yoldaydı. Hemşireyi çağırdık. Rica ettik, sağ olsun o giydirdi. Erol'la kardeşim alıp götürdüler. Ve ben tek başıma kaldım. Çocuğumu götürüyorlardı. Hastaydı, onu bir daha göremeyebilirdim.

Sabah beni, benim zorumla bıraktılar. Ölürsem kimse sorumlu değil, diye imza attım. Hastane masraflarını ödeyecek param yoktu. Annem, babamı arayıp para istedi. Babam gönderdi. Ben hastaneden çıktım. Eve değil, oğlumun olduğu hastaneye gittim.

Oğlum camekânın arkasında gözleri bantlı bir şekilde duruyordu. Gözünün bandını sürekli çekip gözlerini açmaya çalışıyordu. Hemşirelere söylüyordum. Bazen tekrar kapatıyorlardı. O camekânın önünde tam 15 gece bir sandalyede oturdum. Akşamları okula gittim. Öğretmen olacaktım ya ben. Kurtaracaktım kendimi de, dünyayı da.

15 gün sonunda oğlumu çıkardılar. Babam o zamana kadar hiç yanıma gelmemişti çünkü dede olmayı kabul edememişti. Yaşı hâlâ küçüktü, baba olacak yaşta dede olmuştu.

Ben doğurunca millete gün doğdu. Bütün akrabalar teker teker benim eve doluştu. Herkes İzmir'e geliyordu. Oğlumu evimize getirdiğimizde artık bitti ve sağlıkla ilgili bir sorunumuz kalmadı sanıyordum ama yavrum bu sefer de sarılık oldu. Babam, annem, amcamın karısı ve çocukları İzmir'de alışverişe çıkmışlardı. Erol da onları götürmüştü.

Onların çarşıda alış-veriş yaptığı sırada, ben ve babamın halası oğlumu doktor doktor gezdiriyorduk, onlar mağaza mağaza gezerken... Oğlumu gene hastaneye aldılar. Beni almadılar ve eve gönderdiler. Eve geldiğimde herkes yeni aldığı kıyafetleri deneyip birbirine gösteriyordu.

Ben yeni aldığım bebeğimi hastaneden eve getirip kimseye gösterememiştim oysa ama bu benden ve annemden başka kimsenin umurunda değildi. Annem de babama uymak zorundaydı çünkü sanıyordu ve hatta kesinlikle biliyordu ki babamı boş bırakırsa onu kaybederdi. Annem hariç herkes gitti. Onunda tek bir amacı vardı: Bana anneliği öğretmek. En azından ben anneliğe ve çocuğuma alışana kadar bana yardım etmek.

Annem belki de ilk defa anne olmaya çalışırken babamı kaybetti. Annemin İzmir'de benim yanımda olmasından faydalanan babam pavyona gidip dansözün birine âşık olmuştu. Bu olay duyulunca akrabalarımızdan bazıları kendilerince psikolojik analizler yaptılar. Buldukları çıkarım şuydu: Hani kızı kendinden 20 yaş büyük bir adamla evlendi ya, o da kendinden 20 yaş küçük biriyle sevgili olmayı kendine yakıştırdı. Oysa bence bu çıkarım hiç de doğru değildi. Asıl çıkarımı ben yaptım: Annem ilk defa babamdan çok bizi sevdi. Babam bunu kabul edemedi. Aslında haklıydı çünkü annem hayatında en çok benim oğlumu sevdi.

Oğlumun ismi konacaktı. Birçok isim düşünüldü. Modern isimler. Bense belki onun adını koydum diye babam oğlumu sever dedim ve babamın adını koydum.

İkinci ismi Erol'un babasının adıydı. Belki onlar da insan olduklarını hatırlarlar diye koydum.

- İnsan olduklarını mı?

- Evet hocam insan olduklarını... Ben doğum yapmıştım, aradan bir ay geçmişti ve onlar hâlâ Kuşadası'ndaki tatillerini kesip torunlarını görmeye gelmemişlerdi. Gelemezlerdi çünkü onlar haziranın 20'sinde gidip kasımın ortalarında geri dönerlerdi. Daha önceden belirlenen gidiş-dönüş zamanını değiştiremezlerdi.

Sonra annem tekrar İzmir'e geldi. Benim oğlum artık iyileşmişti ve yanımdaydı. Onu çok seviyordum. Ona bir şey olsaydı ölürdüm diyordum ama onunla zaman geçirmemek için elimden geleni yapıyordum çünkü onun yüzüne baktığımda kolumdaki kelepçelerin boynuma geçtiğini hissediyordum. Artık kurtulma şansım yoktu. Üstelik babasının sesini duymadan uyumayan bir oğlum vardı.

Hüseyin Barış iki aylıkken mankenliğe geri dönmek zorunda kaldım ama Erol'un bundan haberi bile yoktu. Bilezikler bitmişti. Babamın gönderdiği paralar yavaş yavaş azalmaya başlamıştı çünkü sevgilisi vardı ve bana göndereceğinin bir kısmı o tarafa gidiyordu. Ödenmesi gereken ev kirası, elektrik, su faturaları vardı. Hostesliğin yanında, diskolarda gece sabaha kadar sigara satmaya başladım çünkü hosteslikten kazandığım bu söylediklerimi yapmaya yetiyordu ama oğlumun iki günde bir bitirdiği mamasına, üç günde bir bitirdiği bezine yetmiyordu.

Bir gece sabaha doğru 04.30'da işten geldim. Erol bilgisayarın başında, Gönül bebeğe bakıyor ve ben Erol'la kavga ediyordum. Bana "Sen ne biçim annesin ya, çocuğuna bir mama bile yapıp yedirmiyorsun." diyordu, "Sabaha kadar sokaklarda geziyorsun." diyordu ama gidip mamayı almıyordu, alamıyordu çünkü parası yoktu. Evde miskin miskin oturan, ailesi ve çocuğu için çalışıp para kazanmayan o, iyi babaydı. Ben mamanın parasını kazanıyor, markete gidip mamayı alıyordum. Hatta mama için kaynayan suyu ısıtsın diye elektrik harcayan su ısıtıcısının elektrik parasını da veriyordum. Sadece biberonu çalkalayıp oğlumun ağzına veren kişi ben olmadığım için ben ne biçim anneydim!

Ben hep öyle kaldım. Oğlumun gelecekte yaşayacağı imkânları sağlamak ve rahat etsin diye para kazanmak için koşuştururken onun yanında olamadığım için hep "Sen ne biçim annesin?" dediler. Ben de isterdim anne olmayı ama baba olmaya çalışmaktan fırsat kalmadı ki.

Şimdi nasıl bir durumdayım biliyor musunuz?

- Nasıl bir durumda?

- Çocukluğumda beni bırakıp yola gittiği için babamdan nefret ediyordum ya.

- Evet.

- Şimdi oğlum da onu bırakıp sürekli para kazanmaya çalıştığım için benden nefret ediyor. Ben de oğlumun yanında oturup onunla vakit geçirmek, oynamak isterdim ama kimse bana, "Sen çocuğunun yanında otur, ona mama yedir, onu okula götür, gerisini biz hallederiz." demedi. Babasının yapması gerekenleri ben yaptım, bir anne olarak benim yapacaklarımı da başkaları yaptı. Yani ben çare olamadım. Aslında ben hiçbir şey olamadım. Öğrenci olmadım, evli bir kadın olamadım, anne olamadım, öğretmen olamadım, babama bakarsam hayırlı bir evlat hiç olamadım.

Düşünsene, ana sınıfı öğretmenim evli biriyle kaçtı.

İlkokul öğretmenimi kocası aldattı.

Lisede evli bir adam bana tecavüz etmeye kalktı.

Üniversite ikinci sınıftaki sevgilim evli çıktı.

Sarhoş bir adam, haberim yokken bana sahip oldu.

Sonra babam annemi aldattı.

Ve bana hep dediler ki, "Senin niye düzgün bir evliliğin yok?"

Üç defa evlenip boşandım, bazen kendi soyadımı karıştırıyorum...

Neyse kendime o kadar da haksızlık yapmayayım.

- Hangi konuda?

- Hani öğrenciyken hep hayal ediyordum ya.

- Neyi?

- Televizyona çıkmayı.

- Evet.

- Hayatımda ilk defa o hayalimi gerçekleştirdim.

- Nasıl?

- Hiçbir şey olamadım ama 79 milyonun izlediği koskoca bir canavar öğretmen oldum. Hatta birçok kanalda birden trafik canavarı olarak gösterildim. Yıllardır arayıp bulamadıkları trafik canavarı benmişim.

- Şaka yapıyorsun, gerçekten mi, ne zaman?

- Anlatacağım hocam, yeri ve zamanı geldiğinde...

Hüseyin Barış altı aylıktı. Hastalandı, ateşlendi. Erol evde bilgisayarın başında oturuyordu. Para yoktu. Doktora gitmemiz gerekiyordu. Gönül'ün bir hayranı vardı, onu aradı. Adam on dakika içinde bizim evin önüne geldi. Biz arabaya bindik hastaneye gittik. Erol sigortalı değildi, ben öğrenciydim. Adam hastane masraflarını ödedi. Hüseyin Barış'ın bütün ilaçlarını aldı. Doktor oğlumun ameliyat olması gerektiğini söyledi. Adam bizi alıp eve getirdi. Eve çıktık. Erol'a söyledim, ameliyat olması gerekiyor diye. Tamam, dedi ama nasıl, diye sormadı. Oğlumu hastaneye götürdük. Erol, kız kardeşi, Gönül ve üniversite ikinci sınıftan beri sık sık görüştüğüm arkadaşım Nilüfer, bir de ben. Hüseyin Barış'a mavi bir önlük giydirdiler. Gözümün içine öyle masum bakıyordu ki... Alıp ameliyathaneye götürdüler. Beni içeri almadılar.

Benim o kapıda ağlayıp "Oğlum ne zaman çıkacak?" diye sormam gerekiyordu ama ben o sırada hastanenin muhasebesinden ameliyat masraflarının ne kadar tutacağını öğrenmekle meşguldüm. 1250 lira tutuyordu. Cebimde 20 lira vardı. Gönül'ün cebinden 15 lira, Nilüfer'den 23 lira çıktı. Görümcemin banka hesabında iki buçuk milyon lirası vardı. Erol'u aradım, aşağıya gel, dedim. O, o sırada ameliyathanenin kapısında ağlamakla meşguldü. O, hep benim yapamadığım şeyleri yapmakla meşguldü.

- 1250 liraya ihtiyacımız var ama cebimizdeki tüm para sadece 58 lira.

- Ben nereden bulayım?

- Kardeşinden isteyelim.

İstedik. "Para faizde, daha vadesi gelmedi, o yüzden veremem." dedi. Sonra aşağı indik. Fuarlarda yanlarında çalıştığımız bütün adamları aradık. Kimi vereceği para karşılığında yemeğe çıkmak istedi, kimi de birlikte geçireceğimiz bir gece.

Kabul ettik. Ben etmiştim çünkü oğlumun hayatı söz konusuydu. Biliyor musunuz Gönül'le Nilüfer de kabul etmişti. Babasının yapamadığını, halasının yapamadığını Gönül'le Nilüfer yapmıştı, hem de bedenlerini ortaya koyarak.

Son bir şans olarak babamı aradım. Para istedim. "Kocan olacak deyyus bulsun!" dedi. "Yeter artık benden isteyip durduğunuz." diye bağırdı. Haklıydı.

Başka hiçbir şansım kalmamıştı. Çocuğum o sırada ameliyattaydı. Gönül'le Nilüfer çağrıldıkları yere akşam gideceklerdi. Ben hemen gidecektim. Taksi çağırdım, bindim. Bana söylenen otele gittim. Yukarı çıktım, ihtiyacım olan para karşılığında ilişkiye girmeyi kabul ettiğim adam orada beni bekliyordu. İğrenç bakışlarının altında çaresizlikten ezilirken, "Bir umut, Allah'ım ne olur bir umut, bir kurtuluş yolu göster." diye dua ettim. Bacaklarım titriyordu. Odanın kapısına yaklaştığımızda telefonum çaldı. Kardeşimdi arayan. "Abla, ben parayı gönderdim." dedi.

Döndüm, telefonumu kapattım. Merdivenlerden aşağıya doğru inerken adam arkamdan bağırıyordu. "Nereye gidiyorsun?"

Hastaneye gittim, gitmedim koştum, koşmadım uçtum. oğlum hâlâ ameliyattaydı. Erol ameliyathanenin kapısında ağlıyordu. Ben gittikten kısa bir süre sonra oğlum ameliyattan çıktı. Doktor, "Anesteziden çıkarken çok ağlayacak bu çocuk." dedi. Erol'la kardeşi yan odada yatağın üzerine uzanıp dinlenirken, (hani ameliyathanenin kapısında beklediler ve yoruldular ya...) biz oğlumun ağlamalarını susturmak için Nilüfer ve Gönül'le onu bezin içinde dönüşümlü olarak sallıyorduk.

Eve gittik, ben oğluma mutfakta mama yapıyordum. Gönül'le Nilüfer onu uyutmaya çalışırken Erol'la kardeşi "Oh çok şükür, bunu da hallettik." dedi. Ben de içimden "Oh çok şükür bunu da hallettiler." dedim.

Sonra ben altı ay daha mankenlik yapmaya devam ettim. Erol artık çalıştığımı öğrenmişti. Önce biraz bağırıp çağırdı, sonra baktı ki para tatlı, sesini kesti.

Gündüz de bir başka işe girmiştim. Gündüz işten çıkıp okula gidiyordum. Gece 11.00'de okuldan çıkıp diskoya gidiyor ve orada 04.30'a kadar sigara satıyordum. Saat 05.00'te eve geliyordum.

Babamın Antalya'da dansöz olarak çalışan sevgilisiyle birlikte olmak için taksi tutturup 500 lira verdiği gece ben oğluma mama almak için sabaha kadar diskoda 50 liraya çalışmıştım.

Gece saat 02.00'de biri kapıya deli gibi vuruyordu. "Kim o?" dedim. Kapıyı açtım. Deli gibiydi. Sonradan öğrendim çokça esrar içtiğini. Boğazımı sıktı. İttim. Yerdeyken doğruldu, sehpanın üzerinde camdan bir su şişesi vardı. Onu aldı, kafama vurmak için elini kaldırdı: Vurma, ne olur bana zarar verme, içeride küçük oğlum var." dedim. Şişeyi indirdi ve kapıdan çıkıp gitti.

SAKIN ÖLMEME İZİN VERME, İÇERİDE KÜÇÜK OĞLUM VAR

Bir gün iş için fuara gittim, 50 liraya anlaşmıştım. Tanıdıktı firma. Diğer stantların birinden biri geldi. "Biz Ankara'dan geliyoruz, bize hostes lazım." dedi. Tamam dedim ve bir arkadaşımı aradım. Onu beğenmediler. Beni istediler. Ben onların firmaya geçtim, arkadaşım benim firmamda kaldı. Çalıştığım yeri bırakıp gitmek âdetim değildi. Hani Ankara'dan gelmişlerdi ya, belki beni kurtarırlardı. Onlarla 4 gün çalıştım. Firma sahibi bana Ankara'da iş teklif etti. Üniversite dördüncü sınıftaydım. Kabul etmedim. Dördüncü günün sabahına karşı Gönül'ün annesi hastalandı. Onu hastaneye götürdük. Sabah 06.30'da hastaneden çıktım. İşe gitmek için kuaföre gittim çünkü biz güzelliğimizle para kazanıyorduk. Aptal da olsak güzel olmalıydık.

Erol aradı.

- Neredesin?

- Kuafördeyim.

- Hayatında biri mi var, onun koynunda bana yalan mı söylüyorsun? dedi.

Telefonu kapattım. Hiçbir şey söylemedim. İşe gittim, Ankara'daki iş teklifini kabul ettim. Akşamüstü onları Ankara'ya uğurladım. Eve gidip oğlumu aldım ve Burdur'a geçtim. Hani belki babam yollamaz dedim ama ben 50 lira para kazanmak için gün boyu çalışırken sevgilisini taksiyle 500 liraya Antalya'dan Burdur'a getirtip gönderen babam üç gün eve gelmedi.

Annem, camda sadece babamı bekliyordu. O, sadece öbür kadından neyinin eksik olduğunu bulmaya çalışıyordu. Acaba onda bende olmayan ne var, diye düşünüyordu.

"Ben çalışmak için Ankara'ya gideceğim." dedim. Kimse "Neden gidiyorsun?" demedi. "Gitme." de demedi. Burdur'a gelirken Zaten Erol da sormamıştı.

Annemden oğluma biraz bakmasını istedim, olmaz dedi çünkü ona göre oğlum beni koruyacaktı. Hani o var diye kimse bana asılmayacaktı çünkü onlara göre önemli olan tek şey benim biriyle yatıp yatmamamdı ama beni koruyacak şeyin oğlum değil para olduğunu bilmiyorlardı. Ankara'ya giderken cebimde sadece 20 lira kalmıştı. Geri dönmeye bile yetmeyecekti o para. Yalnız olsam sorun değildi ama yanımda oğlum da vardı. Ve kimse bana "Bir şeye ihtiyacın var mı?" diye sormadı.

Akşam otobüse bindim, sabah 06.30'da Ankara otogarına indim. Beni işe alan patronu aradım açmadı. Yanında çalışan elemanı aradım açmadı. Karısını aradım açmadı. Otogardaki koltuklardan birine oturdum. Kucağımda bir buçuk yaşında oğlum vardı ve ben onun karnını doyurmaya çalışıyordum. Karnım açtı ama parayı harcarsam ve kimse beni almaya gelmezse öğlen oğluma mama alamazdım. Ve birden doydum.

Aradan üç saat geçti. Üç saat boyunca o koltukta oturdum. Sonra patron aradı. Oğlu hastalanmış, gece hastaneye götürmüşler. Telaştan telefonu evde unutmuş. "Yarım saate oradayım." dedi. Ofise gittik. Ayakta duracak halimiz yoktu oğlumla. Bizim bir evimiz olmadığı için biri bizi eve götürene kadar bekledik. Akşam patronun evine gittik. O gün Ankara'ya gelirken yolda "Bir gün bir ev alacağım ve oğlum ne yaparsa yapsın geriye baktığında geri dönüp gidebileceği bir evi olacak." dedim. Evsizliğin ne demek olduğunu çok iyi biliyordum. Ankara'da on gün kaldım. Patronumun bana kendi karısının evinde "Ben sana âşık oldum." demesi için on gün yetmişti. Herkes için en kolay bahaneydi "Sana âşık oldum." demek çünkü "Seninle yatmak istiyorum." demek çok zordu.

O gece o patronun benim cebime koyduğu parayla İzmir'e geldim. Erol bizi karşıladı, Karşıyaka'ya gittik. Öğrendim ki Erol evimizdeki eşyaları satmış ve kredi kartı borcunu ödemiş. Annesi benim onların evine girmemi istemediği için Erol oğlumu alıp eve çıktı. Ve ben sokağın ortasında öylece kalakaldım.

Gönül'ün annesinin evine gittim. Gönül annesiyle beraber ev tutmuş, Ali Emre amcayı da sokağa atmışlardı. Ali Emre amca da bir mahalle kahvesinde yatıyordu. Özlem abla hastaydı. Para yoktu. Ne onlarda ne de bende. Gidecek yerimiz yoktu. Ankara'daki adam sürekli arıyordu. Açtım, şirketin Antalya'daki ofisinde çalışacağımı söyledim. Ertesi gün oğlumu aldım ve Antalya'ya gittim. Şirket beni otele yerleştirdi. Üç ay boyunca otelde kaldım.

İşe oğlumla beraber gidip geldim. Toplantıya girdiğimde oğlum aşağıda şoförle oynuyordu. Bazen de onu ayağımda sallayıp uyutuyor ve ondan sonra iş görüşmelerine gidiyordum. Üç ay sonra Ankara'dan telefon geldi. "Kendine ev tut, eşya al ve şirketin üstüne kaydettir." dedi patronum. Ev tuttum, eşya aldım, dadı tuttum. Kadın benimle kalıyordu ve işe oğlumla beraber gitmeme gerek kalmamıştı.

Artık ikimizin bir evi vardı.

Ne yazık ki bu sadece bir ay sürdü. Patron Antalya'ya geldi. Benim evde kalmak istedi, izin vermedim. Gece saat 02.00'de biri kapıya deli gibi vuruyordu. "Kim o?" dedim. "Benim." Patrondu. "Bu saatte kapıyı açamam." dedim. Oğlum uyanacak diye ödüm kopuyordu. "Aç yoksa kapıyı kırarım." dedi. Dadıya oğlumun odasına girip kapıyı kilitlemesini söyledim. Kapıyı açtım. Beni odaya doğru itti ve ben duvara çarptım. Deli gibiydi. Sonradan öğrendim çokça içki ve esrar içtiğini. Boğazımı sıkmaya çalıştı. Sesimi çıkarmadım, oğlum duymasın diye. İttim. Nasıl yaptıysam o güçle 150 kiloluk adamı sendeletmiştim. Yerdeyken doğruldu, sehpanın üzerinde camdan bir su şişesi vardı. Onu aldı, kafama vurmak için elini kaldırdı: "Vurma, ne olur bana zarar verme, içeride küçük oğlum var." dedim. Şişeyi indirdi ve kapıdan çıkıp gitti.

Ertesi gün valizimi topladım. Dadıyı evine gönderdim ve Burdur'a geri döndüm.

Annem gene camda bekliyordu çünkü babam gene evde yoktu. Okulumu bitirmek zorundaydım. Başka şansım yoktu. Erol'u aradım. Onun anne-babası oğulları ayrı bir eve daha kira vermesin diye yazlığa gitmişler. Benim Antalya'daki eşyalar geldi. Erol'un annesinin evine yerleştik.

Aradan bir hafta geçti. Patron beni aradı. Günlerden 17 Ekim. Konuşmamız lazım, falan filan, bir sürü şey söyledi. Telefonu kapattım. Sonra Erol'u aramış. "Melek'in şirketten alacağı var, gelip imza atması gerekiyor." demiş. Erol, para lafını duyunca havalara uçtu. Otobüse bindik, Erol Burdur'a gitti, ben Antalya'ya gittim. Yemeği yedik, odaya çıktım kapı çaldı. Açtım. Patrondu. İçeri girdi. Gayet normal bir şekilde özür diliyordu benden. O sırada kalbim yerinden fırlayacak gibi atmaya başladı. "Bana bir şey oluyor." dedim. Gözlerim bordo oldu. "Ölüyorum, ölmeme izin verme oğlum var. Sakın ölmeme izin verme." dedim. Beni balkona çıkardı. Sonrasını hatırlamıyorum.

Kendime geldim, hâlâ balkonda oturuyordum. "Git odamdan." dedim, gitti. Yemekte kolanın içine uyuşturucu atmış. Ben de astım hastası olduğum için uyuşturucu bende kalp spazmına sebep olmuş. Balkonda kafama döktüğü soğuk su şok etkisi yaptığı için krize neden olmamış.

Bütün bunları öğrendikten sonra otobüse binip Burdur'a döndüm. Ben paramı almıştım. Erol mutluydu. Oğlumun doğum günüydü. Herkes mutluydu. Ben ölmemiştim. Ben de mutluydum.

Antalya'dayken boşanmış olduğum Erol'la tekrar evlendim çünkü oğlumun rencide olmasını istemiyordum.

Bu arada Gönül'ün annesi iyice hastalandı. Gönül bir türlü para bulamıyordu. Sonra Gönül, ben ve bir kız arkadaşım mezdeke grubu kurmaya karar verdik. Gidip Kemeraltı'ndan kumaş, pul, boncuk aldık. Oturup iki gecede üç tane dansöz kıyafeti diktik. Sonra gidip gece kulüpleriyle anlaştık. Erol'un yıllarca uğraşıp sahneye çıkamadığı gece kulübünde, kafamda mavi bir peruk, yüzümde bir peçe, üstümde dansöz kıyafeti ve yanımda iki kız arkadaşımla sahneye çıktım. Tek bir amacımız vardı: Özlem ablanın tedavisini yaptırmak ama ben oynayamıyordum. Kimsenin beni tanımadığını bildiğim halde ben oynayamıyor, kilitleniyor ve robot gibi kalıyordum. Gönül'le Nazlı'nın sayesinde bir ay içinde çokça para kazandık. Bu süre içinde evliyim, gündüz etüt merkezinde oğluma bakıyorum ve gece gizlice İzmir'in gazinolarında dansöz olarak sahneye çıkıyorum.

Özlem ablayı hastaneye yatırdık. Bizim kazandığımız paralar hastane masraflarının yanında devede kulak bile değildi. Özlem abla günden güne kötüye gidiyordu. Gönül bir tanıdığının aracılığıyla Eskişehir'e bir pavyonda şarkı söylemeye gitti. Uzun süre orada şarkı söyledi. Kazandığı paraları bana gönderdi. Hastanede Özlem ablanın her türlü tedavisini yaptırıyorduk ama o günden güne kötüye gidiyordu. Ve biz hiçbir şey yapamıyorduk, öyle çaresizdik ki...

Gönül Eskişehir'deyken Ali Emre amca hastanenin bahçesindeki bir bankta yatıp Özlem ablanın başını bekliyordu. Gönül'ün de olduğu bir gün doktor yüzümüze "Artık yapılacak hiçbir şey kalmadı." dedi. Sabaha kadar hastanenin bahçesinde Gönül, kardeşi ve ben oturduk. O kadar çaresizdik ki, kendimi Gönül'ün yerine koyduğum zaman nefesim kesiliyordu ama o güçlü görünmeye çalışıyordu çünkü kardeşinin ona ihtiyacı vardı ve onun Gönül'den başka kimsesi yoktu.

Sabaha karşı Gönül'ün kardeşi Tarık'ı alıp eve gittim. Sabah telefonun acı acı çalan sesiyle uyandım. Arayan Gönül'dü. "Annem öldü." dedi.

Sadece bu kadar, "Annem öldü."

Tarık'a, annen öldü, demek o kadar kolay değildi. "Annen fenalaşmış, haydi hastaneye gidelim." dedim. Yolda giderken robot gibiydim. En büyük korkum ölü görmekti. Cinlerden, perilerden, ölülerden, ruhlardan çok korkardım. Tarık: "Abla, annem öldü değil mi?" dedi. "Evet." dedim.

Hastaneye gittik. Gönül'e iğne vurmuşlardı, sersem gibiydi. Ali Emre amca "Ben ne yapacağım?" diye ağlıyordu. Sabah akşam karısını ve çocuklarını döven ve onlara en ağır eziyetleri yapan o adam "Ben şimdi ne yapacağım?" diye ağlıyordu. Tarık'a da iğne vurdular. Benim gözümden bir damla bile yaş akmıyordu. Robot gibi olmuştum.

Kardeşimle Erol cenaze işlemlerine başladılar. Hastanede Özlem ablanın kayıtlarının tutulması için beni morga indirdiler. Özlem abla çocuk kadar kalmıştı. Ben hâlâ robot gibi hiçbir şey hissetmeden donup kalmıştım. O gün Gönüllerin evine gittik. Dayısı, teyzesi ve diğer akrabaları şehir dışından geldiler. Ertesi gün cenaze kalkacaktı. Benim umurumda olan tek şey Gönül-dü. İçtiği ilaçlardan dolayı sersem gibiydi.

Evde saçma sapan konuşmalar geçiyordu. Yok bu gece hepimizi ziyaret edecek. Yok bu gece gelip hepimizle helalleşecek. Korkularım iki katına çıktı ama hâlâ robot gibiydim.

Sabah oldu. Cenazenin alındığı yere gittik. Annesi yıkanırken Gönül de yanına girecekti. Elimi tuttu, ben de girmek zorunda kaldım. Çıktık, cenaze hazırlanıp tabuta kondu. Tabut cenaze arabasına kondu. Arabada yolculuk edecek kimse yoktu. Gönül yine elimden tuttu, cenaze arabasına bindik.

Yol boyunca şoför, şu an bizi duyuyor, gibi bir sürü laflar söyledi. Şoför konuştukça içimde fırtınalar kopuyordu ama korkudan sesimi çıkaramıyordum. Gönül annesini kaybetmişti ve şoför arkadan annen kalkacak, dese mutlu olacaktı ama ben korkudan ölecektim.

Annem derdi ki "İnsanlar kendi canından, kanından olan birini kaybettiğinde korkmazmış." Hep düşünürdüm, "Erol ölse, ben bu eve bir daha giremem." derdim kendi kendime.

Mezarlığa gittik. Özlem ablayı mezarlığa indirdik. Üstüne taş gibi bir şeyler koydular. Orada görevli iki kişi vardı. Ben toprak attım, benim elime de küreği vermişlerdi çünkü. Sonra mezarlıktan eve döndük. Önce herkes Özlem abladan bahsediyordu. Şöyle iyi kadındı, böyle iyi insandı, diyorlardı. Bir saat sonra "Gönül'le Tarık ne olacak?" diye konuşmaya başladılar. Ondan yarım saat sonra "Ne yiyeceğiz?" diye konuşmaya başladılar. Yemekten sonra "Bir şeyler olsa da içsek." dediler. Sonra herkes kendisiyle, işiyle, hayatıyla ilgili şeyler konuşmaya başladı.

İnsan hayatı böyle bir şeydi işte. Özlem abla ölmüştü, artık yoktu ama herkes kendinden bahsetmeye başlamıştı bile.

Ölümden bir kere daha korkmuştum, yani "HİÇ"likten.

O gece onlarda kaldım. Gönül'ü yalnız bırakamazdım, o kadar yalnız, bitkin ve yorgundu ki, aldığı ilacın etkisiyle uyudu. Evde dayıları, yengeleri, ben ve bir de kız arkadaşlarımız vardı. Biz Nazlı'yla aynı kanepedeydik. Sarıldık uyumaya çalışıyoruz. Hani dediler ya eve gelip helalleşecek diye. Ya gelirse ne yaparız diye düşünmeye başladık. Kokuyorduk. Herkes uyudu mu, biz yalnız kaldık mı! Nazlı şarkı söyledi, ben dinledim. Duyacaklar diye de ödümüz kopuyordu. Ölü evinde şarkı söylenir mi?

Ertesi gün eve bir imam geldi. Hoca gelene kadar Gönül'ün teyzesi helva kardı. Helva karılırken kadınlar "Şimdi o bunun kokusunu duyuyordur, ruhuna gitsin." tarzı cümleler söyledi. "Özlem abla helva sevmezdi ki."

dedim ben. Olur olmaz her şeye gülüyorduk Nazlı'yla. Gönül'ü bile güldürüyorduk çünkü onun biraz toparlanmaya ihtiyacı vardı, bir de etraftaki her şey bana çok komik geliyordu.

Hoca geldi baş köşeye oturdu. Evdekiler hep hocanın karşısına dizildik. Hoca, Yasin Suresi'ni okumaya başladı. Rahatsızlığından dolayı boğazı şişmişti ve sesinde problem vardı. Her ayetin sonunda öyle bir hırıltı çıkarıyordu ki, gülmemek için kendimi zor tutuyordum.

Hoca Kuran okurken cep telefonunun sesini kısmayı unutmuş. Birkaç dakika sonra hocanın cep telefonu çaldı. İnanır mısınız Ankara misket havası çalıyordu ama hoca hâlâ Yasin okumaya devam ediyordu. Hoca elini kemerinin sağ tarafına attı. Cep telefonunun kabını açtı. Gözleri iyi görmüyordu. Telefon çalmaktan vazgeçmiyordu, hoca okumaktan. Ben artık kendimi tutamayıp pıhhh diye kahkaha attım. Ben atınca Özlem ablanın oğlu Tarık, Nazlı ve birkaç kişi daha kendimizi dışarıya zor attık. Yaşlılar içeride kaldı. Sonunda hocanın telefonu sustu ve hoca onu kabına yerleştirip okumaya devam etti.

İçeride hocanın ne okuduğunu hiç anlamayan yaşlılar çıkışta bana "Senin içine şeytan kaçmış!" dediler. Oysa o gün bana ne garip gelmişti biliyor musun? Hoca gelip dua etti ya, ben de Özlem ablanın arkasından dua ettim. Hoca giderken 100 lira para aldı, ben de azar işittim. O gün şunu çok merak ettim: Acaba para karşılığı dua eden bir hocanın duası mı makbuldü, yoksa Özlem ablayı candan sevdiğim için benim karşılıksız ettiğim dua mı?

Gönül'ün annesinin yedisi yapıldıktan sonra onun dayısına gittik, Alanya'ya. İki gün orada kaldık. Gönülle Tarık'ın gidecek hiçbir yerleri yoktu. Buna rağmen yengesi onları evinde istemiyordu. Daha on gün bile olmadan kardeşi ölen dayısı bana ilan-ı aşk etti. Gönül duydu, beraber İzmir'e döndük. Gönül'ün Eskişehir'e pavyonda çalışmaya gitmekten başka seçeneği yoktu ama kardeşi evde yalnız kalacaktı. Karısı ölünce tamamen ortada kalan Ali Emre amcayı aradı. "Baba, Tarık'ın başında sen kal. Ben size para göndereyim." dedi.

Gönül o günden beri elinde iki valiz, şehir şehir geziyor. Sahnelerde şarkıcılık yapıyor, babasına ve kardeşine para gönderiyor.

Ben cezaevinden çıktıktan sonra yarıyıl tatilinde oğlumu görmek için İzmir'e gittim. Oğlumla beraber bir hafta kadar Ali Emre amcayla Tarık'ın yanında kaldım. Ali Emre amca bana bir şey anlattı:

Ben cezaevindeyken Gönül'e bir telefon geliyor, Ali Emre amca telefonu açıyor. Arayan Gönül'ün öz halası. Ali Emre amcaya Gönül'ün öz babasının öldüğünü söylüyor. Ali Emre amca da Gönül'e "Kızım baban ölmüş."

diyor. Gönül "Allah rahmet eylesin, o adam beni ilgilendirmiyor, benim gerçek babam sensin." diyor.

Ali Emre amca bunu bana ağlayarak anlattı. İki sözünde bir, "Ben kızıma sahip çıkamadım." diyordu.

MADEM ÖYLE, İŞTE BÖYLE

Sonra ben mezun oldum. Mezun olduğum için mankenlik ve hosteslik yapmak etik gelmiyordu bana. KPSS başvuru tarihini kaçırmıştım. Etüt merkezinden de ayrılınca çıkıp Burdur'a geldim. Ev tuttum. Erol da var. Ben dershanede çalışmaya başladım. 44 yaşındaki Erol da bir lokantaya girip garsonluk yapmaya başladı. Babam bütün malını mülkünü kumarda kaybetmişti. Bizi her gördüğünde 50-100 lira harçlık istiyordu. Sadece bizden değil, tüm tanıdıklardan. Veriyorduk, veriyorlardı ama hepimiz verdiğimiz paranın kumara gittiğini biliyorduk.

Sanırım o bizim verdiğimiz üç-beş kuruşu kullanarak kumarda kaybettiği servetini geri kazanacağını sanıyordu. Bırak parasını geri kazanmayı, tüm eşini, dostunu kaybetti.

Bir gün otogarda adamın biri yanıma geldi. "Melek ne yapıyorsun?" dedi. Adamın suratına salak salak baktım çünkü onu tanımıyordum. Adam bana çok ilginç bir laf etti: "Baban bulduğu üç-beş kuruşu kumar masasına yatırıyor. O kuruşlar bitince seni de yatırır." dedi. Acayip sinirlendim. "Olur da bir gün babam beni o masaya yatırırsa alacak kişi sen olmazsın merak etme!" dedim. Adam arkasını döndü ve çekip gitti.

KPSS'ye girmem gerektiğini artık biliyordum. Bunun için dershaneye gitmem lazımdı ama param yoktu. Aklıma bir fikir geldi. Bir çocuk oyunu yazdım. Milli eğitim müdürlüğüne gidip onay aldım. Erol eleman buldu. Bir arkadaşımın arabasını ödünç aldım. Köy okullarında tiyatro yapmaya başladık. İyi para kazanıyorduk ama ben 30 lira yevmiye alıyordum. Kazandığımız paralarla Erol araba aldı. Ben yevmiyelerimle dershaneye yazıldım. Sınava sadece bir ay kalmıştı. Tiyatroya gitmemeye başladım. Onlar 3 kişi idare ettiler. Ben evde ders çalıştım. Sınava girdim, tekrar tiyatroya gittim.

Dershaneye giderken bir arkadaşımla tanışmıştım. Aylin. Evliydi, bir de çocuğu vardı. Kocası Yozgat'ta çalışıyor, kendisi Burdur'da. Kocası annesine çok bağlı ve onun sözünden çıkmayan biri. Çok dindar bir adam. Tarikata girmiş. Annesi çarşaflı ve peçeli. Düşünsene evlendikleri gün Aylin, kocası ve kayınvalidesi aynı yatakta yatıyor. Onu evden hiç dışarı çıkarmamışlar. Parasız kaldıkları için Aylin para kazansın diye Burdur'da sınava girmesine izin vermişler, çocuğa bakacak kimse yok ya, çocuğa Aylin'in anası baksın diye.

Sınavdan bir gün önce kocasıyla kayınvalidesi Burdur'a gelmiş. Ertesi sabah Aylin sınava gitmiş. O esnada Aylin'in annesiyle kayınvalidesi sudan bir sebepten kavga etmişler. Aylin eve döndüğünde kocasıyla kayınvalidesi çantalarını toplamış gitmek için evden çıkıyorlarmış. Aylin ne olduğunu bile anlamadan kocası "Sen kal ananla!" demiş. Binmiş arabaya, anasını da alıp gitmiş Yozgat'a.

Aylin mesleğine girebilmek için Burdur'da ders çalışırken kocası Yozgat'ta eve imam nikahıyla bir kadın getirmiş ve bir yıldan beri kadın Aylin'in evinde kalıyormuş. Aylin kocasına "Bunu bana nasıl yaparsın?" diye sorunca "Sen çok çirkinsin, güzel kadınla yatmak benim de hakkım." demiş. Aradan 15 gün geçtikten sonra Aylin'i gördüğümde tanıyamadım. Altında siyah mini etek. Üzerinde sarı askılı bluz vardı. Yüzü boyadan geçilmiyordu. Türbanını çıkarmış, açılıp saçılmıştı.

Sonra bir kafeye oturduk. Bir hafta önce kocasının evi basıp Aylin'i öldüresiye dövdüğünü, kızını kaçırdığını söyledi. Neyse ki Aylin şikayetçi olmasın diye çocuğunu getirmeye razı olmuştu adam çünkü Aylin adamı arayıp "Ya çocuğumu getir ya da polise gidip şikayetçi olacağım." demişti. Getirmişti korkusundan. Sonra Aylin'in tayini Sivas'a çıktı, kızını da alıp yalnız başına gitti. Şansı lise öğretmeni olması ve tayininin merkeze çıkmış olmasıydı.

Aylin öğretmenliğe başladıktan sonra daha çok değişti. Önüne gelen adamla yatmaya başladı. Aklınca kocası onu beğenmediği için ondan intikam alıyordu. Ya da birçok erkekle birlikte olarak "Bak herkes beni beğeniyor." demeye getiriyordu.

Hani bir Türk'le bir yabancı karşılaştığında anlaşmaya çalışır ya. Bağırarak Türkçe cümleyi devrik cümle haline getirip söyleriz. Sanki karşıdaki anlayacak gibi. Anlamadıkça sesimizi daha çok yükseltiriz. "Var ekmek istemek, bulmak bakkal burada." Aynı o şekilde çocuğa sobayı yakabilmek için ne yapacağımızı işaretle anlatmaya çalıştık. "Bak biz yakmak bu sobayı, ısınmak fakat yapamamak."

VE ÖĞRETMEN OLDUM

Bir gün sahnedeyken kulise girdim. Telefonum çalmış. Geri aradım. Sınav sonucu belli olmuş, "Benim tayinim nereye çıkmış?" dedim. "Van'ın bir ilçesi." dedi arkadaşım. Sıram gelmişti sahneye çıktım. Oyun bitene kadar "Ya orası neresi acaba?" diye düşündüm. "İnşallah iyi bir yere giderim, buralarda kaybettiğim huzurumu tekrar kazanırım." diye mutlu oldum.

Bu hayalle gittiğim yerde bırakın huzurumu kazanmayı, tüm sevdiklerimi, hayallerimi, geleceğimi kaybedeceğimden haberim bile yoktu.

Van'a tayinim çıkınca kafam çok karışmıştı. Gidip gitmemek arasında bocalıyordum. Oğlumu bırakıp gidemezdim. Gideceğim yerin nasıl bir yer olduğunu da bilmiyordum. Kararsızdım. Oysa annem çoktan karar vermişti. Ben öğretmen olmuştum. Annem benimle dünyanın öbür ucuna bile gelecekti. Erol gitmemi istemiyordu. "Sen de gel." dedim. "Ben oralarda yaşayamam." dedi. Bir de bana "Yedi sene sana baktım, gene bakarım, gitme." dedi. Belki bu cümleyi kullanmasaydı gitmezdim.

Gitmeye karar verdim. Hazırlıklarımı yaptım. Eşyalarımı topladım. Babam arabayla bizi götürecekti, Erol da bizimle geliyordu. Annem, babam, oğlum, Erol ve ben yola çıkacaktık. Bir gün sonra başlamam gerekiyordu göreve ama babam sanki ben esnafmışım gibi bugün çıkalım, yarın çıkalım diye her zamanki tavırlarını göstermeye başladı. Eşyaları arabaya yüklemiştik. Kafam gittiğim yerde karşılaşacaklarımın neler olacağıyla o kadar doluydu ki bir taraftan çok mutluydum, yeni bir hayata başlayacaktım, diğer taraftan da gene bir bilinmezlik beni bekliyordu.

Babamsa yola çıkmamak için elinden geleni yapıyordu. Sinirlendim, bağırdım, kavga ettik. Arabanın anahtarını istedim, eşyaları indirip uçakla gidecektim. Neyse ki babam her zaman yaptığı gibi beni önce çileden çıkardı, ardından yola çıktık. Nasıl bir yere gideceğimi, neler yaşayacağımı bilmeden gidiyorduk.

Ben uyudum giderken. Annem uyumamış. Gaziantep, Şanlıurfa ve Diyarbakır'ın yollarından geçerken anlamıştım nasıl bir yere gittiğimizi. Yol boyunca gördüğüm kerpiç evler, köyler, inekler, hayvanlar...

Van'a girdik. Solda göl vardı. Gölü görünce mutlu oldum. Dedim ki göl varsa güzeldir. Karnımız açlıktan zil çalıyordu. Bir restorana girdik. Yemekten sonra milli eğitim müdürlüğüne gittik. "Kararnameleriniz yarın çıkacak." dediler. Gece bir lojmanda kaldık. Ertesi gün kararnameyi alıp ilçeye doğru yola çıktık. Sonra bir yere geldik, köy desen değil, kasaba desen hiç değil. "İnsanlar burada nasıl yaşıyor acaba?" dedim. İlçe milli eğitim müdürlüğüne gittik. Başlama evraklarını imzaladım. Biz nerede kalacağız, dedim. Öğretmen evini gösterdiler. Annem ve oğlumla öğretmen evinde kalmam mümkün değildi çünkü öğretmen evinde yemek yoktu. Oğluma sürekli yemek yapmam lazımdı. Ev tutmamız şarttı. Etrafta ev yoktu.

Babam belediye başkanının yanına gitti. Orada başkanın sekreteriyle tanışmış. Kız bizim komşu ilden olduğu için bize yardım etmek istemiş. Onun sayesinde kimseye verilmeyen kaymakamlık lojmanının bir dairesini bize verdiler. Mobilyacıya gittik. İki kanepe, bir yatak, bir de televizyon aldık. Eşyaları eve yerleştirdik. Aynı gece evimizde kaldık. Sabah olunca ben çalışacağım okulu görmek istedim çünkü ben çalışacağım yerin bir okul olduğunu düşünüyordum…

Dağların, ovaların arasından geçerek 5-10 evin olduğu bir yere gittik. Girişte koyun güden bir çocuk vardı. Muhtarı sordum. Gösterdi. Muhtarı aldık ve okula gittik. Okul iki odadan oluşuyordu. İçeri girdiğim zaman kokudan kendimi dışarıya zor attım. Muhtar babama dönüp "Hoca hanım bize emanet, sen hiç merak etme." dedi.

Ve babam beni bir daha hiiiç merak etmedi.

Eve döndük, daha içeri girmeden babam Erol'u aldı arabaya bindiler. Babam geriye dönüp el salladı. Erol sadece elini camdan uzatıp salladı. Öyle bir kaçtılar ki… Ben, annem ve oğlumla kaldık orada. Akşam oldu elektrikler kesildi. Elektrik kesilince hidrofor çalışmazmış. Su da kesildi. Kasım ayındaydık. Her yer bembeyaz ve buz gibiydi ama hidrofor çalışmadığı için suyu pompalayamıyor, dolayısıyla da kalorifer çalışmıyordu. Annem, oğlum ve ben battaniyenin altına girip sarıldık birbirimize. Anneme dedim ki: "Nereye geldik biz anne?" "Bilmiyorum." dedi. "Haydi gidelim!" dedim. "Pes etmek yok!" dedi annem.

Sabah saat beşte kalktım çünkü 05.30'da beni servis alacaktı. Servise bineceğim yere gittim. Giderken 657 Sayılı Devlet Memurları Kanunu'na göre kumaş pantolonumu, gömleğimi ve ayakkabılarımı giydim. Aynı okulda beraber çalışacağım arkadaşımla servis bekliyorduk. Bir tane araba durdu. Ticari bir doblo. Meğerse servis oymuş. Bindik. İlerden 6 kişi daha aldık. Arabanın bagajı da yolcu doluydu. Bagajda oturanlar Hacettepe Üniversitesi Matematik Öğretmenliği ve İngilizce Öğretmenliği mezunu iki öğretmendi. Sanırım Hacettepe'de okurken öğretmenliklerini bagajda giderek yapacaklarını düşünmemişlerdi. Üstelik bunun için aylık 250 lira ödeyeceklerini de hiç düşünmemişlerdi.

Okula gittik. Tülay ve ben servisten indik. Saat altıyı on geçiyordu. Dersin başlamasına beş dakika vardı ama okulda sadece Tülay'la ben vardık. Anahtarla okulun kapısını açtık. Tülay sınıfa benzeyen sağdaki odayı seçti, soldaki de bana kaldı. İçerisi buz gibiydi. Tülay "Sobayı yakalım." dedi. Ben de "Nasıl?" dedim. "Ne bileyim bir yerlerde bir şeyler vardır." dedi.

Ben küçükken evimiz sobalıydı ya annem kova doldururdu. Dedim ki haydi kovaları çıkaralım. (Hani soba yakmayı biliyorum ya ben) Sobanın kapağı açılmıyor. Üstündeki küçücük kapağı açılıyordu sadece. Bir de altında bir kapağı var. Ben salak o kapağı açtım. Kapağı açmamla beraber neredeyse bir kova dolusu kül ayaklarıma ve pantolonuma döküldü. Sobanın içindeki küllerin oradan döküldüğünü görünce herhalde hepsini çıkarmam gerekiyor diye bütün külü boşalttım. Benden görünce Tülay da kendi sınıfının sobasını aynen benim gibi boşalttı, kapağı kapattık. Kömür torbasını aldık, sobanın içine doldurduk. Bizim evde sobayı yakmak ve kömürü tutuşturmak için odun alınırdı. Alta kömür üste odun konurdu. Odunlar yanınca kömür de tutuşup yanardı. Ben çok küçükken böyle görmüştüm ama etrafta hiç odun yoktu. Dolaplarda geçen yıllardan kalan resimleri, planları sobanın içine attık. Sigara içmem ilk defa bir işe yarıyordu. Çakmağım vardı yanımda.

Kağıtları tutuşturduk, kağıtlar yandı bitti kül oldu ama kömür yanmadı. Aklıma bir fikir geldi. Koku duyarlılığımı bildiği için annem çantama kolonya koymuştu. Kömürün üstüne kolonyayı döktüm, kağıtları koydum, üstüne gene kolonya döktüm, sobanın kapağı açık çakmağı çaktım. Kağıtlar yandı, kömürler yandı, kaşlarım yandı, kirpiklerim zaten yandı ve saçımda yanık bir kâkül oluştu...

Ama 15 dakika sonra soba yine söndü. Bir yolunu bulmalıydık. Donuyorduk, ellerimizde eldiven, dışarı çıktık. Karların arasından çıkan otları topladık. Hepsi ıslaktı. Dedim ki kolonya dökersek yanar. Döktüğüm kolonya sadece dışını yakabiliyor ve içine yetişmeden yine sönüyordu. Sonra sekiz yaşında bir tane çocuk geldi. Ona sobaların nasıl yanacağını sorduk. Dilimizi anlamadığı için suratımıza bön bön bakıyordu. Onun da aklından "Şu salaklara bak ya bir sobayı yakamıyorlar." diye düşündüğünü sanıyorum.

Hani bir Türk'le bir yabancı karşılaştığında anlaşmaya çalışır ya. Bağırarak Türkçe cümleyi devrik cümle haline getirip söyleriz. Sanki karşıdaki anlayacak gibi. Anlamadıkça sesimizi daha çok yükseltiriz. "Var ekmek istemek bulmak bakkal burada." Aynı o şekilde çocuğa sobayı yakabilmek için ne yapacağımızı işaretle anlatmaya çalıştık. "Bak biz yakmak bu sobayı, ısınmak fakat yapamamak."

Çocuk arkasını döndü ve bir şey demeden çekip gitti. Yarım saat sonra bir elinde kasa, bir elinde bir poşet tezek. (Bu arada ben o getirdiği şeyin tezek olduğunu bilmiyordum.) Yanında küçük bir çocuk, elinde bir bidon geldiler. Sekiz yaşındaki çocuk kasayı kırdı bir kısmını benim sobadaki kömürün üstüne, bir kısmını da Tülay'ın sınıfındaki sobanın içindeki kömürün üstüne koydu. Yanına biraz da tezek ekledi. Bidonu bıçak kadar parçalara ayırdı. Bana bir şey söylemeden elimdeki çakmağı aldı. Bidonun bir parçasını sobanın üzerine tuttu ve tutuşturdu. O parça eridikçe damla damla tezeklerin ve kasa parçalarının üzerine düştü. Soba tutuştu. Çocuk sırasına geçip oturdu. Biz Tülay'la, "Biz yakamadık sanki bacak çocuk mu yakacak!" diye birbirimize bakarak sobanın ne zaman söneceğini merak ediyorduk. Bekle bekle sönmüyor. Tutuşmuştu soba. Saat 09.30 olmuştu biz sobayı yakana kadar. Hâlâ ortalıkta o çocuk ve kardeşinden başka gelip giden kimse yoktu.

Saat 11.00 oldu. Biz Tülay'la sobanın başında, o çocuğun bize bakışları arasında sohbet ettik. İkimizin de üstü başı simsiyahtı. Hani benim alerjim var ya, peçeteye burnumu siliyordum, sümüğüm bile siyah akıyordu. Saat 11.30 oldu. Ders bitti. Servis geldi, biz eve döndük. Eve gitmeden önce milli eğitim müdürlüğü'ne uğradım. Sobaları yakamadığımızı söyledim. "Olur öyle şeyler." dediler. O anda 9 Eylül Üniversitesi'ni bitirebilmek için çektiklerim geldi gözümün önüne. Eve geldim, soyundum, duşa girdim, köpüklendim, elektrik gitti! Dedim soğuk suyla devam ederim, su da gitti. Havluya silindim havlu simsiyah oldu. Çıktım. Annem bir paket ıslak mendille beni sildi, yatıp uyudum.

Ertesi sabah okula vardığımızda gene o çocuk vardı fakat elinde malzemeleri yoktu. Çok soğuktu. O sırada aklımıza imam geldi. Tülay'la birlikte camiye doğru gittik. Sekiz yaşındaki çocuk önde bizi koruyor, biz de onun arkasından yürüyoruz, camiye vardık. Caminin kapısından içeri bir girdik ki vaaaav. Yerde son model halıfleks, onun üzerinde çok güzel halılar. Girişte ayakkabılar konsun diye yapılmış dolaplar. Duvarlar yeni boyanmış pırıl pırıl. O anda okul aklıma geldi. Yerler kırık dökük tahta, duvarlar soba isinden simsiyah, yamuk yumuk bir dolap, bir bacağı kısa olduğu için sallanan tahtadan bir masa...

Tülay'a dedim ki: "Vay be bir şu caminin güzelliğine bak, bir de bizim okulun viraneliğine..." Tülay "Kızım öyle deme günah, burası Allah'ın evi." dedi. Ben de dayanamayıp, "Burası Allah'ın evi de bizim okul genelev mi?" dedim. "Sus Melek, camide böyle konuşma, günah." dedi.

Tülay başörtülü idi. Muhafazakâr ve kendince dindar bir yaşamı vardı. Caminin öyle olmasını normal görüyordu. Bence de normaldi. Asıl anormal olan caminin öyle güzel olması değil, okulun öyle ahır gibi olmasıydı. Dedim ki: "Buradaki insanlar evlerinde de namaz kılıp dua edebilirler ama evlerinde tek başlarına eğitim alabilirler mi?"

İmamı gördük. Rica ettik, çocukları okula gönderin diye minareden duyuru yapmasını istedik. Bundan sonra neler olduğunu daha önce anlatmıştım. O günden sonra çocuklar okula geldi. Ve biz ondan sonra veli toplantılarını bile öğle namazında minareden duyurduk.

Kız çocuklarını okula göndermeyen adamlara, çocukları okula göndermeleri gerektiğini anlatırdık. Yanımızda tamam dedikleri halde göndermezlerdi ama imam söyleyince gönderirlerdi. Biz günlerce uğraştık, bir kişi bile gelmeyen okula, imamın bir anonsuyla tam 120 öğrenci geldi.

Ben, Tülay ve sekiz yaşındaki Maşallah ilk üç gün boyunca benim sınıfta oturduk. İmamla konuştuktan sonra gelen olur diye umutlanmıştık. O kadar heyecanlıydık ki anlatamam. Ben pazar gecesi sevincimden sabaha kadar uyuyamadım çünkü hayalimde şu var: Sınıfa giriyorum, çocuklar ayağa kalkıyor. "Günaydın çocuklar!" diyorum, onlar da "Sağ ol!" diyorlar. Beni görünce herkes ayağa kalktığı için ben kendimi bir şey zannediyorum. "Oturun çocuklar." diyorum. Hepsi oturuyor. Kitaplarını çıkarıyorlar. Ben tahtaya geçip ders anlatıyorum.

O sabah en güzel elbiseleri giydik, süslenip püslendik. Ben İzmir'in topuklu ayakkabılarını bırakıp düz ayakkabılarımı giydim. Servise bindik ve okula vardım. Servisten indim. Bir baktım kapının önünde bir sürü çocuk. Üzerlerinde birer kazak, altlarında yırtık pırtık pantolonlar, kızlarda uzun uzun çiçekli basmadan etekler bizi bekliyorlardı.

Çocukları sıraya sokmaya çalıştım ama çabalarım boşunaydı. Hepsini elimle tutup tek tek sıraya soktum. Birini sıraya sokana kadar diğerleri dağılıyordu zaten. Ben de vazgeçtim. Bırak dağınık kalsın, dedim. Tülay dedi ki "Şimdi İstiklal Marşı'nı okutmamız lazım." "Nasıl yapacağız?" dedim. "Ben okuturum." dedi.

Bayrağa baktım. Direğin tepesinde eski püskü, yer yer delinmiş bir bayrak. İndirmiyorduk çünkü indirince yırtılıyormuş.

Tülay başladı İstiklal Marşımızı söylemeye. Tülay bir cümleyi bitirince çocuklar onu tekrar ediyordu. Oldu mu sana TRT 4 çift ses, hatta çok sesli çocuk korosu! Çocuklar İstiklal Marşı'nı bilmiyordu. Zaten o çocukların "Hakkıdır hakka tapan milletimin istiklal." demesi mümkün değildi. Dilleri dönmüyordu. Tülay çaresizce çırpınırken beni bir gülme krizi tuttu. Ben gülünce çocuklar da güldü. Tülay ciddiyetini daha fazla sürdüremedi. Okuldan İstiklal Marşı yerine büyük bir kahkaha sesi duyuluyordu.

Ama Tülay inadından vazgeçmeyip andımızı okutmaya kalktı. Ben olacakları önceden tahmin edebiliyordum. Ve Tülay başladı:

Tülay dedi: "Türküm!"

Çocuklar dedi: "Türküüü"

Tülay dedi: "Doğruyum!"

Çocuklar dedi: "Doğruyuuu"

Tülay dedi: "Çalışkanım!"

Çocuklar dedi: "Çalışkanııı"

Tülay dedi: "Yasam küçüklerimi korumak, büyüklerimi saymak!"

Çocuklar dedi: "Yasa küçükleri korumaaa, büyükleri saymaaa"

Tülay dedi: "Milletimi"

Çocuklar dedi: "Milleeeetimi"

Son ana kadar kendimi tuttum ama Tülay "Ne mutlu Türküm diyene!" dediğinde çocukların "Ne mutlu türkü yiyene" dediğini duyunca benim kahkahalar çınladı yine. Tabi benimle beraber bütün okul da.

Sonra çocuklar hurraaa sınıfa girdiler. Çok üşümüşlerdi. Hani ben sınıfa girecektim ve çocuklar ayağa kalkacaktı ya…

Çocukların yarısı benim sınıfa diğer yarısı Tülay'ın sınıfına girdi. E, peki kim kaçıncı sınıftaydı, bunu nasıl ayarlayacaktık? Çocuklara sorduk. Kimse ne dediğimizi anlamıyor. Sonra Türkçe bilen imamın oğlundan yardım istedik. "Birinci sınıflar tahtaya kalksın." dedik. Kim kalktı biliyor musun? Geçen senenin birinci sınıfları. "Bu sene ilk defa okula gelenler kalksın." dedik, hepsi kalktı çünkü bugün hepsi okula ilk defa geliyordu. Listelerden yararlanalım dedik, isimleri bulduk. Mesela Mustafa Yılmaz dediğimde farklı boy ve yaşlarda beş kişi birden kalkıyordu. Ve biz yine hangisinin kaçıncı sınıfta olduğunu seçemiyorduk.

Sınıfları belirlemek için tam dört gün uğraştık. Baktık ki olmuyor, muhtardan yardım istedik çünkü 120 çocuğun 119'unun soyadı "Yılmaz"dı. Bir tanesinin farklıydı. İmamın oğluydu o da. Soyadı "Kurtar"dı, zaten o bizim kurtarıcımız olmuştu. O olmasa tek kelime anlaşamayacaktık kimseyle. Tülay daha önceden özel okuldan tecrübeli olduğu için birinci sınıfları aldı. 3-4-5'leri ben aldım. İkinci sınıflar öğlenci oldu.

Muhtar çocukları şöyle ayırdı. Bu çocuk Ali'nin oğlu, bu kızı, bu küçük kızı, bu en küçük oğlu, bu ikinci karısından olan oğlu, bu da onun küçüğü çünkü her evden en az beş çocuk vardı.

Onları ayağa kaldırıyorduk, boy ve yaşlarına göre ayırıyorduk. Sonra e-okul listesine bakıp "Aha bulduk bu kesin dörttedir!" deyip ayırıyorduk. Hepsini yerleştirdik ama üç çocuk açıkta kaldı. Onları eve gönderdik. "Siz seneye gelin." dedik. O üç çocuk ne yaptı biliyor musunuz? Her sabah gelip sınıfın kapısının önünde beklediler. Ben çocuğa, seneye gel, diyorum ya, o yarın gel anlayıp bir daha geliyor.

Tülay'ın sınıfındaki çocukların hiçbiri Türkçe bilmiyordu. Benim sınıfımdakiler de bilmiyordu ama benim bir avantajım vardı. İmamın oğlu Maşallah bendeydi. Ben bir şey söylüyordum o da sınıfa tercüme ediyordu. Çocuk çok yoruluyordu. Sanki öğretmen oymuş gibi anlattıklarımı bir kere daha anlatıyordu sınıfa. Üstelik Tülay da Kürtçe bilmediği için zırt pırt çocuğu çağırıyordu. Çocuk kafayı yemek üzereydi. Bir Tülay'ın sınıfına, bir benim sınıfıma koşuşturup duruyordu. Çocukları teneffüse çıkaramıyorduk çünkü çıkarırsak tekrar içeri alamıyorduk. Sadece çıkışta birbirlerine paydooos diye bağırıyorlardı. Kendimi bir fabrikadaki ustabaşı gibi hissediyordum. Paydoooos.

İmamın oğlunun gelmediği günlerde biz Tülay'la krize giriyorduk.

Adamların karılarının sırtında eksi 30 derecede sadece bir yelek var. Çocukların ayağında devletin verdiği naylon ayakkabı, bacaklarında batıdan yardım olarak gönderilen kullanılmış pantolonlar var ama adamların ayağında en pahalı ayakkabı, ceplerinde tomarla para, ellerinde son model cep telefonu, altlarında en pahalı cipler var. Bu adamlar gece sabaha kadar kaçakçılık yapıp kazandığı parayı ne yapıyorlar biliyor musunuz?

DOĞU'YA KİM GİDİYOR?

Dışarıda bir buçuk metre kar vardı. Bazen hava sıcaklığı en yüksek -15 derece oluyordu. Okula giderken artık 657 sayılı devlet memurları kanunu sökmüyordu. İçimde yün içlik, onun üstünde külotlu kalın çorap, onun üstünde eşofman, onun üstünde siyah kot pantolon, ayağımda dizlerime kadar bot, üstümde kat kat kazak, en üstte kaşe kaban, iki kat atkı, kafamda bere, elimde üst üste üç farklı büyüklükte eldiven, okula gidiyordum. Robot gibiydim, kıpırdayamıyordum. Ben 36 bedenim, 40 beden pantolon ve kaban giyiyordum.

Okula gittiğimde elimde tezek, mazot bidonlarının parçalarını yakmaya çalışırken oluşan yanıklar vardı, saat 10.00'a kadar soba yakmaya çalışıyordum. Çocuklar o saatlere kadar okula gelemiyordu çünkü çok yoğun sis vardı ama ben o siste hiç tanımadığım adamlarla okula kadar gidiyordum. Saat 10.30'dan sonra çocuklar gelmeye başlıyordu. Ben daha ısınmamış oluyordum.

Onların üzerlerine giyecek ceketi bile yoktu. Ayaklarında devletin dağıttığı naylon ayakkabı, sırılsıklam okula geliyorlardı. Bir saat sonra servis geliyordu. O okuldaki öğretmenliğim sobanın başında kaldı. Tahtaya kadar hiç gidemedim çünkü hem ben donuyordum, hem de çocuklar donuyordu.

Doğuya kim gidiyor biliyor musun?

Küçük bir kasaba veya ilçede okumuş, sonra üniversite kazanmış, büyük şehirlerdeki eğitim fakültelerinden birine girmiş, oraya gidince baba, anne, aile, akraba, komşu ve el âlem baskısından kurtulmuş, orada burada gezerek, eğlenerek okul bitiren kızları alıp doğuya öğretmen olarak gönderiyorsun. Oradaki çocukların buradakilerden daha çok bilinçli eğitime ihtiyacı var çünkü buradaki öğretmen sadece öğretmen ama oradakiler öğretmen, anne, baba yeri geldiğinde abla, abi olmak zorunda.

Bilimsel olarak ergenlik çağı 20 yaşında biter, sen gençliğe yeni adım atan bir insanı alıyor ve üniversiteden mezun eder etmez doğuya öğretmen olarak gönderiyorsun. Hani A. Maslow'un İhtiyaçlar hiyerarşisini gösteren bir piramit var ya, işte gönderdiğin öğretmen piramidin üçüncü basamağındayken ondan kendini gerçekleştirmiş bireyler yetiştirmesini bekliyorsun. Yetiştiremeyince de "Senden bir şey olmaz." diyorsun.

21 yaşında sadece giyinmeye, barınmaya, doymaya başlıyor ama sevgi yok, üçüncü basamak sevgidir ya. O sevgiyi ararken etrafında gördüğü ve sevgi zannettiği şeylere tutunuyor. Daha sevgiyi öğrenmeden, annelerinin söz hakkı olmadığı, insan yerine konulmadığı, tüm kardeşleriyle beraber dayak yiyerek büyüyen sekiz yaşındaki çocuklara sevgiyi anlatmaya çalışıyor. Kendi bilmiyor ki. Bulduğu şeylerin sevgi olmadığını anlamanın verdiği hayal kırıklığıyla yeni bir sevgi bulurum diye bir başka dala tutunuyor. Tutunduğu dal da her zaman sağlam bir çınar dalı olmuyor ki. Ona hayatı boyunca öğretilen iki bacağının arasındaki namusunu o dalla beraber kaybediyor.

Sonra ne oluyor sence? Biri de bir, bini de bir diyorlar.

Sonra genç öğretmenlerin bazılarına "ahlaksız" diyorlar, "yeni nesilde aile kavramı yok, şimdi gençlerde terbiye kalmamış" diyorlar.

- Bence bunu diyenlerin kendi kafalarında bir sorun olabilir.

- Bence de.

- Bu durumun doğusu-batısı, kuzeyi-güneyi, köylüsü kentlisi yok. Cehaletin diz boyu olduğu, kişiliklerin gelişmediği, sevgi ve saygı kavramlarının özünü yitirdiği her yerde bu yakıştırmalar var. Şehirde büyümüş, modern giyimli ve kendine bakan bayan öğretmenler farklı olanı hazmedemeyen bazı mutaassıp köylüler tarafından olumsuz etiketlere maruz kalabiliyorlar.

Geçenlerde bir arkadaş anlatmıştı: Ankara'da terbiyesiz bir bürokrat, kocasından ayrılan güzel giyimli bir bayan öğretmene telefon açıp, hocam biz de bir çayını içelim, demiş.

Peki gençlerin çoğu mu yanlış yollara gidiyor?

- Düzgün yetiştirilmişler böyle olmuyor. Ailesinde sevgiyle büyüdüyse normal bir sevgi buluyor, evleniyor, çocuk sahibi olup mutlu bir şekilde yaşıyor. Balık baştan kokar var ya işte öyle. Başta koktuysa tuzlasan da bir işe yaramıyor. Büyürken ailesi ona gerekenleri vermediyse ne yaparsa yapsın gerekenleri bulamıyor. Bulduğunu zannettiği gerekli şeyler de gereksiz çıkıyor. Bu gereksizler de ne kadar yaşarsa yaşarsın bir türlü doymuyor sevgiye ve bir adım ileri gitmiyor.

Doğudaki insanların büyük bir kısmı kendi çocuklarını okutmak için bir şeyler yapmıyorlar.

- Neden?

- Her şeyi devletten bekliyorlar. Devlet okutsun, devlet elbise, ayakkabı, kitap, defter, harçlık versin, devlet ev versin, para versin, devlet hastane yapsın, bedava ilaç versin, elektrik parasını devlet karşılasın. Her şeyi ama her şeyi devlet versin.

- Peki ya kendileri?

- Kendileri hiç bir şey yapmasın ancak yan gelip yatsınlar çünkü biz onların çocuklarını okutmak için çaba gösteriyoruz, bir şeyler yapıyoruz. Devlet onlar için varını yoğunu seferber ediyor ya...

- Haydi diyelim okumamış kesim bir şey yapmıyor, peki ya okumuşları, yöneticileri, onlar ne yapıyorlar?

- Ha onlar mı, onlar bir şeyler yapıyorlar.

- Ne gibi şeyler?

- Oradaki müdür, şube müdürü, banka müdürü, özel idare müdürü gibi yöneticilerin bir kısmı ellerinde pahalı cep telefonları, altlarında son model arabaları ve giydikleri kaliteli elbiseleri ile çocuklarını okutmak için oraya gelen öğretmenleri ayarlamaya, tavlamaya ve kullanmaya çalışıyorlar. Zaten oraya giden memurların çoğu yalnız gidiyorlar, aile ve çocuklarını götürmüyorlar, sürgün gibi gördükleri şark hizmetini bir an önce yapıp oradan kaçmak istiyorlar. Oraya yeni atanan genç öğretmen de, çaresiz, ne yapacağını bilmiyor, ilk defa öyle bir ortam görmüş. Belki birileri ona yardım eder diye tutunacak dal arıyorlar.

Doğudaki kadınlar öğretmenlerin kocalarını ellerinden almak için gönderildiğini zannediyor. Erkekler duvarların içinde kapalı görmeye alışık olduğu kadınlardan farklı olan güzel giyimli öğretmenleri gittikleri pavyonlarda gördükleri kadınlara benzetip, onları yatağa nasıl atabilirim diye bakıyorlar.

Ayrıca büyüyene kadar annesi kapı dışarı çıkamamış, kız kardeşleri daha 13 yaşında evlendirilmiş bu adamlar çalışan kadınların kötü olduğunu düşünüyorlar. Bu adamların karılarının sırtında eksi 30 derecede sadece bir yelek var. Çocukların ayağında devletin verdiği naylon ayakkabı, üzerlerinde annelerinin ördüğü incecik kazaklar, bacaklarında batıdan yardım olarak gönderilen kullanılmış pantolonlar ve sobalarında da devletin ücretsiz dağıttığı kömür var.

Ama adamların ayağında en pahalı ayakkabı, sırtında kaşe siyah uzun palto, ceplerinde tomarla para, ellerinde son model cep telefonu, altlarında en pahalı cipler var. Bu adamlar gece sabaha kadar kaçakçılık yapıp, sabahtan akşama kadar kazandığı parayı gelen körpecik memurları ve öğretmenleri ayarlamak için savuruyor.

Köyde çalışırken, adamın bir tanesi tam 97 bin lira getirdi bana, kendisiyle imam nikâhıyla evlenmem için. Kabul etmedim. Yılmaz'la imam nikâhıyla evlendiğim için şu an 350 bin TL borcum var, mahkeme bittiğinde tazminat olarak ödeyeceğim para.

Bir de oradaki bazı ailelerde ensest ilişkiler var. Bu durum sadece çalıştığım yerde değil başka yerlerde de var ama kimse bunu dile getirmeye cesaret edemiyor. Gelin hamile, kocasından değil, kayınpederinden. Sadece iki odadan oluşan o evde 15-20 kişi yaşıyor. Ensest ilişki ortaya çıktığı zaman bunu yapan değil maruz kalan kadın ortadan kayboluyor, öldürülüyor. Ve devlet sormuyor ki "Bu kadın nerede?" diye çünkü onlar zaten devletin gözünde yok, kimliği yok. Küçücük, ahır gibi bir evde dünyaya gelip, sadece insanlar ona öyle seslendiği için bir isme sahip olan 12-13 yaşındayken, hiç okula gitmeden kendisinden 15-20 yaş büyük bir akrabasıyla evlendirilip, sonra sapığın biri ırzına geçtiği için boynuna ip geçirilip bu toprağın altına sokulan bu kadın hiç gelmemişti ki zaten dünyaya. Hiçbir kayıtta ismi yok. Ne doğdu diye, ne öldü diye. Sonra televizyonda kendi reklamını yapmak için "Haydi Kızlar Okula" diyen, o kadının hayatında hiç giymediği ayakkabıyla gezen kadınlar televizyonda kadınların haklarını savunuyorlar.

İyi ailede büyümüş, okutulmuş, sonra parayla ihtisas yapmış profesörler, doçentler, doktorlar çıkıp eziyete uğrayan kadınların yaşadığı zulümlerle ilgili yorum yapıyorlar. Oysa onun tanıdığı en büyük zulme uğrayan kadın, işyerinde terfi alamadığı için hakkı yenmiş kadın, öyle değil mi?

O konuşan profesörler oradaki kadınların ne yaşadığını biliyor mu? O, tanıyor mu öz dayısı tarafından tecavüze uğrayıp hamile kalan kadının, doğurduğu bebeği elinden alınıp köprüden atılırken "Sen de boynuna ip takıp intihar edeceksin." diye zorlandığını. Nereden bilecek? O kızın kimliği var ama şimdi kendisinden beş sene sonra doğan kardeşinde. O kızın öldüğüne, ablasını kaybettiğine üzülmek yerine artık var olduğunu kanıtlayan bir kimliği var diye sevinen kardeşinde.

Kadınları işyerinde şef, müdür yapmadılar diye isyan edip konuşan profesörler önce ülkemizde insan yapılamayan ve var olmayan kadınların insan olması için isyan etsinler ama nerdeee?

Oralarda ahır gibi evlerde yaşayan kadınların insan gibi yaşaması için bir kuruş harcamayan devlet, oradaki ahırlarda yaşayan ineklerin daha güzel yaşaması için, kaloriferli ahırlar yapmak için milyonlarca lira teşvik veriyor.

Batıda, kocam bana elbise almadı, doğum gününde tek taş almadı, evlenme yıl dönümümüzü unuttu, tatile götürmedi diye problem çıkaran kadınların olduğu ülkemizde bir başka tarafta şöyle bir şey var:

Bir gün okulda oturuyorum. Köydeki kadınlar bazen benden sigara istemeye gelirlerdi. Bir kadın geldi. Üzerinde uzun gıcır gıcır, göz kamaştıran bir kadife elbise vardı. Kadına dedim ki "Hayırdır çok şıksın?" Gülümseyerek,"Düğünümüz var." dedi. Ben de abisinin düğünü var sandım. "Kimin, abinin mi?" diye sordum. "Yok abimin değil, benim kocamın düğünü." deyince şaşırdım. Hani ben eğitimciyim ya. "Böyle bir şeyi nasıl kabul ediyorsun?" dedim. Kadın gözlerime şaşkın bir ifadeyle bakıp "Niye öyle diyorsun hocam, bak kocam bana bu yeni elbiseyi aldı. Beni çok seviyor." dedi.

Onların bir elbiselik sevgiye bile ihtiyacı vardı fazlasıyla. Durum orada böyleyken batıda çıkan problemlere bakıyorum da…

Biz öğretmenliğe yeni başladığımızda köyde ev ev dolaşıp çocuk topluyorduk. Öğretmen arkadaşlardan bir tanesi de kendi köyünde çocuk toplamak için evleri gezerken kapıyı çalıyor ve kapıyı açan çocukla arasında şöyle bir konuşma geçiyor:

- Annen evde mi?

- Hee evdedir.

- Çağırsana.

- Annem Türkçe bilmiyor.

- Baban yok mu?

- Hee vardır.

- O zaman babanı çağır.

Çocuk içeri dönüyor. "Baba orospu geldi, seni çağırdı." diyor. O çocuk o kelimenin ne demek olduğunu bilmiyor ama öğretmenlerden evde öyle bahsettikleri için isminin öyle olduğunu sanıyor.

Bizim arkadaş ağlayarak okula dönüyor.

Sınıfımda öğretmenliğimin ikinci yılında bir gün çocuğun biri yanıma gelip "Öğretmenim orospu ne demek?" diye sordu.

- Neden sordun?

- Babam sana orospu diyor.

- O zaman gidip babana sor!

- Tamam öğretmenim, deyip gitti.

O gün kendi kendime "Aferin sana Melek, okudun da ne oldu, ola ola bir orospu oldun!" dedim. Yani lisede üzerime yapıştırılan orospu etiketi okunmaya devam ediyordu.

Mesela öğretmenliğimin yine ikinci yılında ailemizi tanıyalım ünitesinde çocuklara ödev verdim. Anneleri okuma bilmediği için babalarıyla ilgili ödevler verirdim. Babaları okuma biliyor diye. O ünitelerde ailenizin çocukluğunu araştırıp yazın ödevi vardı. Dedim ki, babanıza sorun çocukluğundaki olayları anlatsın yazıp gelin. Ertesi gün çocuklar geldi. Yırtık defter sayfasına yazılmış ödevler de geldi. Bir kaçını aşağıya yazıyorum:

"Sevgili hocam, öncelikle benim çocukluğumu merak ettiğin için çok teşekkür ederim sana. Daha önce hiçbir hoca bana çocukluğumu sormadı. Benim dokuz kardeşim vardır. Okuyamadık tabi. Askere gitmeden nişanlandım. Dönünce evlendim. Ellerinden öperler, yedi tane çocuğum var. Senin sınıftaki kaçıncısı bilmiyorum. Aşağıya telefonumu yazıyorum. Askerliği de merak edersen ara, ben yazayım yollayayım."

"Hocam, sen benim çocukluğumu niye merak ettin? Eğer önemliyse çocuğumla haber yolla, geleyim, anlatayım."

"Hocam, hayırdır devletin yeni bir şeyi mi çıktı? Para falan mı verecekler acaba?"

Sonra gene o yıl okulun ihtiyaçlarını karşılamak için müdür çocuklardan birer lira toplamamızı istedi. Ben çocuklara söyledim. Ertesi gün, ders sırasında bir adam elinde aha bu kadar sopayla sınıfa daldı. Tabi ben korktum adamı elinde sopayla görünce. Bana "Senin maaşın yok mu? Bir de bizden para istiyorsun. Zaten bir sürü orospuluk yapıyorsunuz!" diye bağırmaya başladı. Ben kıpırdayamadım bile. O sırada yan sınıftan sesi duyan öğretmen arkadaş koşarak geldi. Adamı alıp sınıftan çıkardı. Müdürün odasına götürdü. Müdür "Ne yaptın abi sen, o emniyet âmirinin sevgilisi." demiş. Adam koşarak kaçıp gitti.

Adam haklıydı. 13 çocuğu var 12'si okulda. Birer liradan 12 lira ediyor. Bu devirde kolay mı köyde? O sırada benim oğlum, aylık 500 liraya anasınıfını bitirmiş, birinci sınıfa başlamıştı ve başlarken okula yardım olsun diye 1000 lira para vermiştik. Bizim çocukları biz okutmak zorundaydık, onların çocuklarını gene biz okutmak zorundaydık. Kolay mı biz devlettik.

Bir keresinde 23 Nisan törenleri için program ve hazırlık yaptık. Çocuklar için elimle özel kıyafet diktim. Bütün aileleri çağırdık. Kadınlar bir yana, erkekler bir yana. Haydi bakalım saygı duruşu. Biz çocuklarla İstiklal Marşımızı söylüyoruz. Kadınlar kendi aralarında, erkekler kendi aralarında sohbet ediyor ama sesleri bizden çok çıkıyor.

Tören sırasında sahnede oynayıp dans eden çocukları alkışladık ama ben, Tülay ve dans eden çocuklar kendi kendimizi. Velilerden çıt yok. Ellerini ya dizlerine koymuşlar ya da göğsünde bağlamışlardı. Çiçek olmuşlardı.

Tören boyunca baktım ses, soluk, alkış, katılım yok. Sona doğru dedim ki "Halay havası açın." Aman Allah'ım bütün köylü, kadın erkek halay çekmeye başladı.

Al sana 23 Nisan.

Benim onları anlamam çok zor oldu. Onların da beni anlaması.

- Üniversite birikiminin sana bir faydası olmadı mı?

- Ben üniversitedeyken okuma-yazma öğretimi dersi cümledendi. Öğretmenliğe başladığımda ses temelli olmuştu. Ben tümden gelimi biliyordum. Bana tüme git dediler. Tabi ben yolumu kaybettim. Sonra ceza aldım zaten çünkü sınıftaki çocukların sekizi okumaya geçemedi.

Ben kötü öğretmen olsaydım diğerleri ilk ayda okumaya geçebilirler miydi?

Belki de ben öğrenme stillerini bilmediğim için onlara ulaşamadım.

Okula ilk başladığımızda bir ay sonra devlet bize üç adet bilgisayar, bir adet projeksiyon, bir adet fotokopi makinesi, bir adet yazıcı gönderdi. Biz de Tülay'la paylaştık. Ben bana düşenleri kendi evime, o öğretmen evinde kendi odasına götürdü. Aradan bir süre geçti, okula müfettiş geldi. Tabi bizim okuldaki elektronik malzeme yok. "Nerede?" diye sordu. "Evde." dedim. Adam bağırıp çağırdı. "Devlet onu size okulda kullanın diye gönderiyor, evinizde değil." dedi.

Adama dedim ki:

"İyi de fişi Tülay'a mi, bana mı sokacağız?"

Müfettiş şunu bilmiyordu. Okulumuzun bilgisayarı vardı, fotokopi makinesi vardı, projeksiyonu vardı, yazıcısı vardı ama ne yazık ki elektriği yoktu. E biz de cihazları elektrik olan yere götürdük.

Şimdi biz suçlu muyduk?

Sonra Osman elektrik çektirdi de cihazları okula geri götürdük ama müfettiş benim dediğim lafı hiçbir zaman anlamadı. Devlet batıdaki gibi düşünüp her şeyi gönderiyordu. Ya gerisi?

O an ona kapıyı açtığımda içeri giren adamın bir gün o kapıdan geri çıkarken evimi yıkacağını bilememiştim. Ona kapıyı açtığımda evim vardı, param vardı, oğlum vardı. Boşanmak üzere de olsam bir kocam vardı. O, o kapıdan çıktığında elimde sadece valizim vardı.

Benim kapısını açtığım şey evim değil, hayatımmış bilemedim.

OĞLUM DA TERK ETTİ BENİ

Sonra biz Tülay'la sınıftaki kokuya dayanamadık. Ben günde bir şişe çocuk kolonyası bitiriyordum. Gidip boyacıdan boya aldık. Çocuklarla sınıfı boyadık. Annem, ben ve Tülay evde boncuklu perdeler diktik. Bir de masaların üstüne lastikli çingene pembesi örtüler diktik. Mobilyacıya gittik. Halıfleks aldık. Sınıflara halı kaplattık, tüm okula yani. Sobaları değiştirip kovalı soba aldık. Cami kadar olmasa da okulu bir hayli güzelleştirdik. 2500 TL borca girdik. Hani velilerden alacağız ya… Ben bir sene o borcu taksitle ödedim, kendi cebimden.

Kapının önüne dolap koyduk. Gelen çocuklar ayakkabılarını girişte çıkardı. Terlik getirin demiştik, patik getirdiler. Patiklerini giyip içeri girdiler. Anneleri öğretmenler gününde bana da göndermişti. Biz Tülay'la ponponlu terlikle ders anlatıyorduk. Okulumuz çok güzel olmuştu.

Eve geldiğimde üzerimdekileri çıkarınca yerde elbiselerimden küçük bir tepe oluşuyordu. O sırada annemle oğlum evin içinden dışarı hiç çıkmadan yaşamaya çalışıyorlardı. Bunalıma girmişlerdi. Bir gece telefonları kapattık çünkü babam arayıp sürekli olarak anneme gel diyordu çünkü evde kendi yemeğini bile yapamıyordu çünkü babam hiçbir zaman tek başına kalmamıştı. Annem babamın kendisi olmadan yaşayamadığını sanıyordu. Oysa babam hizmetçisi olmadan yapamıyordu.

Telefonu kapattığımız günün sabahında telefonu açtığımda arka arkaya mesajlar geldi. Komşular mesaj atıyordu. Babam içmiş içmiş evin kapısını açamayınca kırmış, o sırada evde kardeşimin nişanlısı uyuyormuş ve korkuyla fırlayıp kalkmış. Komşular polis çağırmış. Babam sürekli sarhoş ya "Benim karım Van'da, siz benim neler çektiğimi biliyor musunuz?" diye polislere ağlamış. Komşular gelinimizi alıp evlerine götürmüşler. Telefonda anneme bunlar anlatıldı. Annem, kocası onsuz yapamıyor diye geri dönmek istedi. Oysa babam sarhoş değildi, kapıyı da açabiliyordu. Babam, kapıyı açıp içeri girseydi annem geri dönmek istemezdi. Babam bunu bildiği için olay çıkarmıştı. Annem de onun zarfına gelmişti. Ben biliyordum çünkü ben babamı tanıyordum.

Aklım ereli biz apartmanın sorunlu ailesiydik. Bir tıkırtı olsa komşular "Hayırdır gene bir şey mi oldu?"

diye bizim kata inerlerdi. Ya babam sorun çıkarırdı ya da ben. Garibim annem de her sıkıntıyı çeken kişiydi.

Annem beni hep mükemmel bilir. Kendi ayakları üzerinde duran, duramasa da bunun için çaba harcayan, para kazanan, kimseye eyvallah etmeyen, direnen, pes etmeyen, çok güçlü biri olarak bilir.

- Bugüne kadar yaşadıklarının çoğunu hiç bilmiyor belki de...

- Çoğunu değil, hiçbirini bilmiyor.

- Sence annen seni neden mükemmel zannediyor?

- Annem beni olduğum gibi görmedi, bende kendini gördü. Daha doğrusu kendi yapamadıklarını yapan biri olarak. Beni bir tek annem anlamaya çalıştı, o da kendi kafasında yarattığı algıya göre anladı.

Annem giderken oğlumu da götürdü. Havaalanında onları uğurladım. Oğlum uçağın merdiveninden el salladı bana. Annem ilk defa uçağa biniyordu. Heyecandan beni bile gözü görmüyordu. Gittiler.

Hani hamileyken herkes beni terk etse bile oğlum beni terk etmeyecek demiştim ya, o da terk etti.

Şimdi diyorum ki, onlar o gün beni orada terk edip gitmeselerdi ne olurdu acaba? Ya da babam kendi başına çamaşır yıkayıp yemek yapabilseydi ne olurdu acaba? Bütün bunları yaşar mıydım?

- Neleri?

- Bundan sonra anlatacaklarımı...

Ben lojmanda kalıyordum. Tülay, öğretmen evinde. Lojman dediğim ilçede bulunan kaloriferli, bize insan olduğumuzu hatırlatan tek apartmandı. Tülay'ın yanına gidip geliyordum öğretmen evine. Tülay'ın oda arkadaşları vardı. Gülbahar ve Sevim.

Hani belediye başkanının sekreteri vardı ya onunla da arkadaşlık etmeye devam ediyordum. Sekreterin eşi polisti. Bir gün belediyenin bir yemeğine gideceğini söyledi. Benden de yanında gitmemi istedi. Van'a gidecektik. İlçede çok sıkılmıştım. Benim için de iyi bir fırsattı. Belediye başkanının özel aracı gelip bizi aldı. Van'ın en lüks otelinin restoranına gittik. Belediye başkanı ve yanında bir adam bizi karşıladı. Oturduk masaya. Ben, ne olduğunu anlamaya çalışıyordum. Yemekleri söyledik. Daha yemekler gelmeden sekreter tuvalete gitti. Başkan da arkasından gitti. Sonra geri gelmediler. Masadaki adama "Sen kimsin?" diye sordum. Başkanın kardeşiydi, evliydi ve altı çocuğu vardı. Daha 30 yaşındaydı.

Ben daha ne olduğunu anlamaya çalışırken o olayı çözmüştü. Evliydi fakat Antalya'da âşık olduğu ve beraber olduğu bir kız vardı. Eşinden ayrılıp onunla evlenmeye çalışıyordu. Sekreterle başkan böyle bir plan yaparak onun aklını benimle çelmeye çalışıyorlardı. Oysa biz olayı çözmüştük bile. Gece saat bire kadar sohbet ettik. Bana kız arkadaşını ve ona olan aşkını anlattı. Daha önce hiçbir erkeğin birine bu kadar âşık olduğunu görmemiştim.

Bir anlaşma yaptık, sevgili gibi davranacaktık. Otelden çıktık, ilçeye gittik. Ertesi günden itibaren sürekli Osman'la telefonla konuşuyorduk. Pastanede buluşuyorduk. Okulun elektriği yoktu, adam gönderip elektrik çektirdi. Yükseltici aldı. İlçede yaptığım her şeyi Osman'la beraber yapmaya başlamıştık. Nereye gidiyorsam onunla gidiyordum.

İlçede bir dedikodu furyası başlamıştı bile. Ben evliydim, Osman evliydi. Herkesin gözünde biz sevgiliydik.

Bir gün Osman aniden Antalya'ya gitti. Neden mi?

Osman'ın annesi ve babası onun evliliğini kurtarmak için Antalya'ya, Meltem'in evine gidiyorlar. Meltem de köyde yaşıyor. Köyün muhtarını bulup diyorlar ki "Burada bir kız var, evli ve altı çocuklu oğlumla düşüp kalkıyor, bir yuvanın yıkılışına sebep olacak." Muhtar diyor ki "Meltem böyle bir şey yapmaz." Bu dedikodu köyde yayılıyor. Meltem'in babası kızını dövüp eve hapsediyor. Meltem'le Osman günlerce birbirine ulaşamadılar. Osman benim evde deliriyor ve sürekli ağlıyor.

Meltem eve gelip giden bir kız arkadaşının telefonundan Osman'ı aramak istiyor ancak telefonunu elinden aldıkları ve numarayı da ezbere bilmediği için çaresiz kalıyor. Sonra Kral TV'de müzik programına mesaj yazdı. Ben görür görmez Osman'a haber verdim. Hemen geldi. Ne yapalım diye düşündük. Ben "Bir tane cep telefonu al, Meltem'in evindeki bahçe duvarının herhangi bir yerine koy." dedim. Sonra Kral TV'ye mesaj attık. "Yarın Antalya'ya geleceğim, bahçe duvarına telefon koyacağım. Seni seven Osman."

Tabi Meltem bunu görüyor.

Osman kalkıp Antalya'ya gitti telefonu duvarın bir yerine bıraktı. Meltem o telefonu aldı. Osman da sürekli beni arayıp her şeyi anlatıyor. Meltem demiş ki gel babamla konuş. Osman beni aradı, ne yapacağım diye. Dedim "Git bir takım elbise al, sonra al eline çiçeğini, çikolatanı ve evine git."

Babasının nasıl karşılayacağından korkuyordu. Dedim o zaman ayrıl. "Ölürüm ayrılmam." dedi. "O zaman öldürseler de ayrılmazsın." dedim. Osman gitti. Kızın babasına her şeyi anlattı, olay tatlıya bağlandı. Osman karısına boşanma davası açtı.

İlçede çıkan dedikodular yüzünden artık esnaf, idari âmirler, müdürler peşimi bırakmıyordu. Gecenin bir yarısı bile telefonlar geliyordu. Hastalandım. Okula gitmedim. Evde yatıyordum. Rapor almasak da Tülay'la birbirimizi idare ediyorduk.

Bir gün sabah saat 11.00'de telefonum çaldı. Bilmediğim bir numara. Açtım "Melek Hocam merhaba." dedi. "Merhaba." dedim. "Ben İlçe Milli Eğitim Müdürü Niyazi." dedi. Ben de "Haydi oradan lan, dalga geçme!" dedim. "Hocam ne biçim konuşuyorsunuz benimle?" dedi. Ben o anda onun gerçekten de müdür olduğunu anladım. Özür diledim. "Hocam raporunuzu alıp hemen yanıma gelin." dedi. Eyvah ne yapacağım şimdi, raporum yoktu. Hemen taksiyi aradım. Raporu kendi ilçemden alamazdım çünkü devlet hastanesinde saat yazıyordu. Yakın bir ilçede özel poliklinik vardı. Taksiye bindim. oraya gittim ve rapor aldım. Dönüşte öğlen saat 12.00'yi geçmişti, öğle arasıydı. Artık rahattım. Bir buçuğa kadar vaktim vardı ama telefonum çaldı. "Hocam nerede kaldınız, sizi bekliyorum." dedi. Şaşırdım. Öğle arası milli eğitim müdürü beni niye bekliyordu ki?

Milli eğitim müdürlüğü beş katlı bir binanın en üst katıydı. Girişte karakol, birinci katta âmirlik, 2.de Kaymakamlık, 3.de Özel İdare, 4.de de Milli Eğitim Müdürlüğü. Geldiğimde kapıda polisler beni bırakmadı.

- Ne işin var?

- Milli eğitime geldim, müdür bey beni bekliyor.

- Öğle arası müdür seni niye beklesin?

- Evrak istedi onu getirdim.

Zar zor bıraktılar beni. Aslında polisin sorduğu soru çok mantıklıydı. Ben bu sorunun cevabını birkaç ay sonra öğrendim.

Yavaşça gittim müdürün kapısını çaldım. Bana hakkımda çıkan dedikoduları sordu. Ben de dedikodular yüzünden yaşadığım sıkıntıları anlattım. Bana karşı tavırlı konuşunca "Verin kâğıdı istifa dilekçesini yazacağım." dedim. "Saçmalama." dedi. Sinirden ağlamaya başladım. Ben ağlarken kapıdan bir adam girdi. Karşıma oturdu. Neden ağladığımı sordu. Kafamı kaldırıp baktım. Gri pantolon, çizgili gömlek, üzerine oturan bir ceket giymişti. Daha önce ilçede gördüğüm kimseye benzemiyordu.

Ben bir şey yapmadığım halde hakkımda bir sürü şey söylediklerini anlattım.

Sonra konuyu değiştirip polis gecesi için beraber tiyatro hazırlamayı teklif etti. Kabul ettim. Adını bilmiyordum. Sadece polis olduğunu biliyordum. "Pazartesi sabahtan yanıma gel, çalışmaya başlayalım." dedi. "Okul!" dedim. Müdür hemen atlayıp "Ben hallederim." dedi. Kimse benden raporu istemedi. Ben eve döndüm.

Günlerden 16 Mart Pazartesi. (Hayatımı mahvetmeye bir adım daha attığım o kahrolası gün) Sabah erkenden kalktım, giyindim, süslendim. İçimde garip bir huzur vardı. Saatin 10.00 olmasını beklemedim. Karakola gittim. İyi de, ben kimi arıyordum. Milli eğitim katına çıktım, müdürün sekreterine müdürün yanında gördüğüm bıyıklı adamın kim olduğunu sordum. "Yılmaz Âmir mi?" dedi. "Sanırım." dedim. "Âmirliğe bakacaksın, o emniyet âmiri." dedi.

Odasına girdim. Koltuğunda oturuyordu. Karşısına oturdum. "Bir şey içer misin?" dediğini duyamamışım. Yanımdan geçerken duyduğum kokusunun etkisindeydim. Çay söyledi. Ben daha önce hiç çay içmemiştim. İçtim. Kendinden bahsetti, benden bahsetti, ilçeden bahsetti. Öğretmen evinde kaldığını, ev tutacağını, benim alt katımı tutmak istediğini ancak kaymakamın o evin anahtarını kaybettiği için daha o eve bakamadığını söyledi. Ben de "Benim evin aynısı, benim eve bakın." dedim. "Akşam gelsem olur mu?" dedi. "Olur." dedim. Saat sekiz için sözleştik. Tam kapıdan çıkacaktım ki "Gelirken film getireyim mi?" dedi. "Oluur." dedim. Çıkıp eve gittim. İçimde garip bir mutluluk vardı. Daha yanından ayrılalı beş dakika olmamıştı ama onu özlemiştim.

Akşama sekiz saat vardı. Nasıl geçecekti? Benim çok erkek arkadaşım oldu. Sevdim dediğim insanlar da oldu ama hiç böyle bir duygum olmamıştı. Bütün evi temizledim. Duşa girdim. Saçlarıma fön çektim. Hazırlandım. Saat 8.00 oldu. Gelmedi. 8.30 oldu gelmedi, 9.00 oldu, 9.30 oldu gelmedi. Ve saat 10.00'da geldi.

O an ona kapıyı açtığımda içeri giren adamın, bir gün o kapıdan geri çıkarken evimi yıkacağını bilememiştim. Ona kapıyı açtığımda evim vardı, param vardı, oğlum vardı. Boşanmak üzere de olsam bir kocam vardı. O, o kapıdan çıktığında elimde sadece valizim vardı.

Benim, kapısını açtığım şey evim değil, hayatımmış bilemedim.

İçeri girdi. Ayakta duramıyordu, sallanıyordu. Kanepeye oturdu. Gidip ona kahve yaptım. Soda limon hazırladım. Baktım ayılmıyor. Demli çay yaptım. Çayı içer içmez lavaboya koştu. Geri geldiğinde biraz açılmıştı. O ana kadar gördüğüm en masum adamdı.

Kanepeye uzanmış televizyon izliyordu. Ben de yanındaki tekli koltukta oturuyordum. Bana orada çok yalnız olduğunu, onu çok üzdüklerini anlattı. Sonra "Elini tutabilir miyim?" dedi. Uzattım tuttu. Bana "Sen ne kadar iyi bir kızsın." dedi. Sonra "Ben nerede uyuyacağım?" diye sordu. Ben de odaya götürüp yatağı gösterdim. Yattı. "Sen nerede uyuyacaksın?" dedi. "Yatağımda." dedim. Pijamalarımı giydim, onun yanına uzandım. "Beni burada sakın yalnız bırakma olur mu?" dedi. "Olur." dedim.

Daha sonraki günlerde benim canımı yaktıklarında onunki de yanar sanıyordum ama umurunda bile olmadı.

Sabah 5.30'da ben işe gittim. "Sen kapıyı çarpar çıkarsın." demiştim. Geldiğimde evdeydi. Akşama kadar televizyon izledik, beraber yemek yaptık. Ertesi sabah ben gene işe gittim. "Sen kapıyı çarpar çıkarsın." dedim. Geldiğimde gene evdeydi. Üç gün evden çıkmadı.

Ayın 20'si benim kimlikteki doğum günümdü. Ben yemekler hazırladım, balık pişirdim. Hayatımda elime almaya cesaret edemediğim balığı temizledim, unladım. Tavaya koyup kızarttım. Akşam geldi. Beraber balık yedik, içtik, sohbet ettik. Bana yine şarkılar söyledi. Bana kalpli bir kolye almıştı. "Bunu hiç çıkarma." dedi. Bir de küçük ayıcık almıştı. Kapağını açınca "I love you diyordu." O ayıcık hâlâ yatağımın başucunda duruyor. O gün önce o ayıcık, sonra da o, "Seni seviyorum." demişti bana.

Hayatım boyunca hiçbir imama inanmayan ben, gayr-i meşru bir şekilde birlikte yaşadığım adama beni helal saydığı için o akşam ona tüm ruhumla inanmış ve yürekten teşekkür etmiştim

O YAZ BOŞANDIK

Ben Van'a gittiğim günden itibaren kaloriferli bir okulda görevlendirme istedim. "Yapılamaz." dediler. Defalarca dilekçe verdim. "Olmaz." dediler. Yılmaz, sabahları erkenden yanından kalkıp gitmemem için müdüre beni iyi bir okula vermesini söyledi ve anında oldu.

Ertesi gün ilçe merkezinin en güzel okulunda öğretmenlik yapmaya başladım.

Acaba milli eğitimde işler böyle yürüyor, diye uzun süre düşündüm.

Yılmaz'la çok mutluyduk. Tanıştığımız günden itibaren her gün bende kaldı. Bazen bir hafta hiç evden çıkmıyordu. Bazen sebepsiz yere beni bile okula göndermiyordu. Bütün arkadaşlarımla konuşmamı yasakladı. Babamın hiçbir sözünü dinlemeyen ben Yılmaz'ın hiçbir sözüne itiraz etmeden yerine getiriyordum.

Eve geldim. 10 dakika sonra Yılmaz geldi. Onun sinirli yüzünü ilk defa o gün gördüm. Bana söylemediği söz kalmadı. Sebebini anlamamıştım. Bana, "Belediye başkanı bugün toplantıda beni kaymakamlık lojmanının üçüncü katında çok sık gördüğünü söyledi." dedi. Ardından "Ben böyle devam edemeyeceğim." diye ekledi. "Ayrılalım." dedim. Odaya gidip yattım. Ağlarken yanıma geldi. "Ben sensiz yapamam." dedi, sarıldı.

Sonra hakkımızda hep böyle laflar çıktı. Biz kavga ettik, hem de defalarca. Laflar dışında hiçbir problemimiz yoktu. Ben eş durumundan tayinim çıksın diye boşanamıyordum ama benim evli olmam ilçede bize huzur vermiyordu. Ağustos ayında özür grubu atamaları vardı. Önümde iki seçenek vardı. Ya Yılmaz'ı orada bırakacak ve tayin olup gidecektim, ya da Erol'dan boşanıp orada kalacaktım.

Gidemedim. O yaz boşandım ve orada kaldım.

Bir gün halsizlikten yerimden kalkamadım ve okula gitmedim. Okul müdürünü arayıp "Hastayım, gelemeyeceğim." dedim. Müdür de, "Tamam." deyip izin verdi. Ardından milli eğitim müdürünü arayıp benim okula gelmediğimi ve haber de vermediğimi söylemiş. Zaten bizim okul müdürü manyağın tekiydi. Sabah izin verir, öğleden sonra unuturdu izin verdiğini. Niyazi müdür de onun bu durumunu bildiği için hemen beni aradı, iyi olup olmadığımı sordu.

Ertesi gün okula müfettiş gelmişti. Ben stajyer öğretmen olduğum için bana teftiş yoktu. Müfettiş geldiğinden de haberim yoktu. Müdürün odasına gidip görevlendirmemin iptali, aksi taktirde istifamın kabulü diye dilekçe verdim. Yaşadıklarım beni çok yormuştu. İstifamı kabul etselerdi umurumda bile olmayacaktı. Odada dört-beş adam vardı. Kim olduklarını bilmiyordum. Okul müdürü onların yanında dilekçeyi alıp yırttı. "Ben öğretmenimden vazgeçmem!" dedi. Ben de şaşırdım. Bizim müdüre ne olmuştu da birdenbire böyle melek kesilmişti.

Öğleden sonra dersteyken bir adam sınıfa girdi. Ben milli eğitim müfettişlerinden bilmem kim dedi. Defteri imzaladı. Bana "Neden istifa ediyorsunuz?" diye sordu. "Ailevi sebeplerden dolayı." dedim. Biraz havadan sudan konuştuk. Sonra numarasını verdi. "Bir ihtiyacın olursa buradan ara." dedi. Cuma günü Yılmaz, Niyazi, Sibel ve ben evde yemek yerken telefon çaldı. Açtım, yine "Ben müfettiş bilmem kim." dedi. Elim ayağım birbirine dolaştı. "Hocam müsaitseniz Van'a gidip yemek yiyelim." dedi. O korkuyla "Eşimle oturuyoruz." dedim. "Kusura bakmayın." deyip kapattı ama Yılmaz konuyu sabaha kadar kapatmadı. Eşyalarını topladı, evden gitmeye kalktı. Öncesinde yemek masasını kafamıza geçirdi zaten. Sabaha kadar bana demediği laf kalmadı. Bana "Farların açık geziyorsun." dedi. Çok zoruma gitti. Sabaha kadar ağladım.

Yaz tatili gelmeden Van'daki evde Yılmaz bana sürpriz yaptı. Celal abinin de şahitlerimizden biri olduğu imam nikâhımızı kıydık.

Hayatım boyunca hiçbir imama inanmayan ben, gayr-i meşru bir şekilde birlikte yaşadığım adama beni helal saydığı için o akşam ona tüm ruhumla inanmış ve yürekten teşekkür etmiştim.

Sonra tatil geldi. Herkes memleketine gitti. Ben Yılmaz'a telefon açamıyordum. Ailesinin yanında oluyordu. Ondan habersiz hiçbir yere gidemiyordum. Bu arada benim dava sonuçlandı ve Erol'la boşandık.

Benim için önemli olan tek şey vardı: Yılmaz. Sinirli olsam da, kızgın olsam da, üzgün olsam da o yanıma geldiğinde hiçbir şey yokmuş gibi davranırdım. Uzun zaman sonra bir gün Sibel, Yılmaz'a "Melek seni gördüğü zaman hep oyun oynardı." demiş. O da onu sevmediğim halde çok seviyormuşum gibi rol yaptığımı ve oynadığımı zannetmişti. Oysa tek derdim onu mutsuz etmemekti. Yani Sibel aslında onu mutlu etmek istediğimi, çok sevdiğimi anlatmaya çalışmıştı. Yılmaz da tam tersini anlamıştı.

Kadınlarını, kızlarını seçime getirmeyen bu adamlar evde yatalak olan bir ihtiyar erkeği alıp getirmişlerdi. Saat 14.00'te oy verme işini bitirdim. 14.30'da sayımı bitirdim. Kazanan muhtarı bekleyenlere açıkladım. Zaten herkesin gözünün önünde saymıştım. Sonra gidip merkeze teslim ettim. "Neden erken geldiniz?" dediler. "Saldırıya uğradım." dedim.

BÖYLE SEÇİM OLUR MU?

Bir keresinde köydeki muhtarlık seçimlerinde beni okulda sandık başkanı yaptılar. Gelen bazı erkeklerin elinde 9–10 tane kimlik vardı. Onları bana uzatıp "Bu benim karı, bu benim öbür karı, bu benim büyük kız, bu da benim karı, bu benim ikinci kız, bu büyük gelin, bu küçük gelin." diyerek onların yerine oy kullanmaya kalktılar. İzin vermedim. Bağırıp çağırdılar, hakaret ettiler. "Daha önce böyle kullanıyorduk sen nasıl izin vermezsin." dediler. Biri silah çekti. Jandarmayı çağırdım. Adamı dışarı çıkardılar.

Seçim saat 16.00'da bitiyordu. Saat 14.00 olunca baktım gelen giden yok. Erkekler ellerinde bir demet kimlikle dışarıda oy kullanmalarına izin vermemi bekliyorlar. Dışarı çıkıp kendilerine sordum.

- Karılarınız oy kullanmaya gelecek mi?

- Yok, gelmeyecek.

- Bak seçimi bitiriyorum ha, gidin getirin.

Gitmediler.

- Benim karı evde ekmek yapıyor, nasıl gelsin?

Kadınlarını, kızlarını seçime getirmeyen bu adamlar evde yatalak olan bir ihtiyar erkeği alıp getirmişlerdi. Saat 14.00'te oy verme işini bitirdim. 14.30'da sayımı bitirdim. Kazanan muhtarı bekleyenlere açıkladım. Zaten herkesin gözünün önünde saymıştım. Sonra gidip merkeze teslim ettim. "Neden erken geldiniz?" dediler. "Saldırıya uğradım." dedim. Jandarmadan aldığım silahlı tehdide maruz kaldı kâğıdını verdim. Çekip eve gittim.

Gece seçimler ve oy sayımı bittikten sonra Yılmaz geldi. Kaybeden muhtar hem de beni babamdan emanet alan o muhtar gece beni arayıp tehdit etti. "Asarım, keserim seni, yok ederim." diyerek aklınca beni korkuttu. Sonra ona demişler ki, "Sen deli misin, ne yapıyorsun öyle, bu kadın âmirin nanayı." Adam korkmuş olmalı ki, bir daha da bana bulaşmadı. Zaten hemen sonra da görevlendirme ile tayinim ilçe merkeze alındı.

Annesi Yılmaz'a sürekli kız buluyordu. Bakmaya gidiyorlardı. Yılmaz'la tanıştırıyorlardı. Biliyordum ama susuyordum. Ağustosta ramazan vardı. Yılmaz'ın izni bittiği için ilçeye dönecekti. Ankara'ya gittim. O yaz Yılmaz ilçede eve çıkmıştı. Ankara'da buluşup beraber Van'a gittik, eve girdik. Ramazan başladı. Eylül'ün birine kadar kimseye görünmemem gerekiyordu. Tam 20 gün camdan bile dışarı bakmadan evde oturdum. Ona iftar yemeği hazırladım. Eve iftardan sonra gelen kaymakam, hâkim, savcı vesaire olduğunda yatak odasında saatlerce sessizce oturdum.

Yılmaz ilk defa o ramazanda beni Van'da evli bir arkadaşının evine iftara götürdü. Tabi evden çıkma yasağım bittikten sonra. Yusuf abi ve Meryem. Meryem kendini dine adamış, başı kapalı, dini kurallara göre yaşayan dünyanın en tatlı kadınıydı. Yusuf abi de içinde zerre kadar kötülük olmayan, hayatı karısı ve işi olan muhteşem bir insandı. Sonradan anladım Yılmaz'ın bana en büyük hediyesi onlardı. Artık her hafta sonu Meryemlere gidip kalmaya başladık.

Müdürün Van'a tayini çıktı. Sibel de onu terk etti. Sibel bu arada benim evimde kalıyordu. Kirayı paylaşıyorduk. O bende kalıyordu, ben Yılmaz'da kalıyordum. Yılmaz, müdürün ısrarı üzerine Sibel'e onunla barışması için ısrar ediyordu. "Niyazi iyi adamdı, niye böyle yapıyorsun?" dedi. Sibel da "O iyi dediğin adam senin karına asıldı!" dedi. Yılmaz yüzüme bile bakmadan evden çıkıp gitti. Defalarca aradım açmadı. Mesaj attım. "Git Niyazi'nın koynuna gir!" diye cevap geldi. Sibel'e "Ne halleri varsa görsünler!" demiş.

Eşyalarımı topladım. Telefonla bilet aldım. İzmir'e Gönül'ün yanına gidecektim. Uçak bir gün sonra olduğu için Edremit'teki bir arkadaşımın yanına gittim.

Sibel, Yılmaz'a benim gittiğimi söylemiş. Yılmaz bana mesaj attı. "Niyazi'nin yanına gidip hemen onun koynuna girmen için seni bırakmam mı lazımdı." diye. Ben de Edremit'te arkadaşımın yanında olduğumu söyledim. "Çabuk geri döneceksin!" dedi. Sabah ilk arabayla geri döndüm.

Evde dönerli koltuğumuz vardı. Bir köşesine ben oturdum diğer köşesine Yılmaz oturdu. "Ben şerefsizin tekiyim, çok adi bir adamım, böyle bir şeyi, senin bu yaptığını affetmemem gerekiyor ama kahretsin sana âşığım." dedi ve ağladı. Aynı yatakta yatmamıza rağmen 15 gün boyunca yaklaşıp hiç bana dokunmadı. Gece saat 11.00'den önce eve gelmedi. Aklınca bana tavır yapıyordu. 11.00'e kadar âmirlikteki odasında annesinin bulduğu kızla internet üzerinden konuşuyordu. Benim bilmediğimi sanıyordu ama ben onun şifresini biliyordum ve girip bakıyordum.

Kız ona "Hobilerin ne?" diye sorduğunda "Yüzmek." yazmıştı. Oysa Yılmaz yüzmekten nefret ederdi. Yılmaz 15 gün içinde Gülşen'den ona gelen mesaja cevap yazmıştı. Aklınca benden intikam alıyordu ama ben görmeyeyim diye de elinden geleni yapıyordu. Yani o intikamı kendi içinde, kendi beyninde alıyordu.

Sonra barıştık. Her şey yoluna girdi. Çok mutluyduk ama ben artık Sibel'le görüşmüyordum. Eşyaları Yılmaz'ın evine taşımıştım. Yılbaşında Sibel'den

Yılmaz'a mesaj geldi. "Abiciğim dilediğin gibi temiz ve namuslu bir kız bulup evlenebileceğin bir yıl olması dileğiyle." Yılmaz ona hiç tepki vermedi. Beş dakika sonra Gülşen'den mesaj geldi. "Yılmaz bey, bana karşı olan gereksiz inadınızı kırıp beraber olabileceğimiz bir yıl diliyorum." Gülşen Yılmaz'la aynı evde kaldığımı ve imam nikahlı olduğumu biliyordu. Sibel da biliyordu. Dayanamayıp Gülşen'i geri aradım. Ne hakla Yılmaz'ı aradığını sordum. O da "Sana ne?" dedi. "Allah hepinizin belasını versin!" diyerek kapattım.

Yılmaz "Öyle bir kadınla nasıl muhatap olursun?" diyerek kıyameti kopardı. Masada ne var ne yok yere fırlattı. Gitti odaya yattı. Hiç sesimi çıkarmadım. Yerdeki her şeyi topladım, temizledim ve sabaha kadar oturup ağladım. Yeni yıla ağlayarak girdim. Doğruymuş söylenenler. O yıl hep ağladım. Bir yıla nasıl girersen hep öyle gidermiş. Sabah kalkıp hiçbir şey olmamış gibi barıştık. Ve gayet güzel hayatımıza devam ettik.

Yılbaşından sonra her şey yolunda gidiyordu. Her şey yolunda giderken, ömür boyu ayrılmayacak, ayrılırsak ölecek kadar mutlu bir çift olmuştuk.

Yılmaz bazı geceler eve çok geç geliyordu, olayların yoğun olduğu zamanlar birkaç gece gelmediği bile oluyordu. Uzun süre karakolda kaldığı için psikolojisi bozulmuştu. Benimki ondan da bozuktu. Geldiğinde bana sarılıp "Allah ikimizi de bu lanet yerden kurtarsın." demişti. Gece sabahlara kadar silah ve köpek sesleriyle uyumaya çalıştığımız gecelerde hep böyle dua ederdim.

"Allah ikimizi de bu lanet yerden kurtarsın."

Okuldan dönerken hiçbir yere uğramadan eve gelmem gerekiyordu. Bir yere uğramama Yılmaz izin vermiyordu. Bu yasak yüzünden kimseyle görüşemiyor ve bunalıma giriyordum, sanki esir hayatı yaşıyordum.

Benim psikolojim bozulduğu için birkaç günlüğüne Burdur'a geldim. Yılmaz da Ankara'ya gitti. Antalya'ya uçak bulamadığım için İstanbul'a gitmiş, hazır gitmişken orada olan Gönül'ü de görmek istemiştim. Ertesi gün otobüsle Burdur'a geçecektim. Daha İstanbul havaalanına indiğimde Yılmaz arayıp "Seni çok özledim." demişti. Ben de gerçekten beni özlediğini düşünmüştüm ama şimdi anlıyorum ki benim aklımı birilerinin çelmesinden korktuğu için ve akşam ailesinin onu tanıştıracağı kız konusunda sıkıntı çıkarmamam için bana şirinlik yapıyordu.

Akşam Gönül'le çiçek pasajına gittik. Fasıl dinledik, içip eğlendik. Telefonu tamamen kapattım. Sabaha kadar Gönül'le o bar benim bu bar senin gezdik. Sonra Gönül'ün kaldığı yere gidip uyuduk. Aklımca ben de Yılmaz'dan intikam aldım.

Sabah olup uyanıp aklım başıma gelince bindim otobüse. Burdur'a doğru. 10 gün boyunca Burdur'da kaldım. Yılmaz'ı aradım. Özür diledim. Sonunda affedildim ve Van'a döndüm. Döndükten iki gün sonra Yılmaz'ın Ankara'da olduğunu söylediği günlerde Bursa'da olduğunu öğrendim. Yılmaz günden güne değişmeye başlamıştı.

16 Mart tanışma yıldönümümüzdü. Yılmaz'ın daha önce kimseden almadığı ve bir daha da alamayacağı bir hediye vermeyi düşledim. Şiir yazdım, besteledim. Gitarla çaldım, kaydettim. Beraber yemek yerken açtım ve dinlettim. Çok mutlu olmuştu. Aradan yarım saat geçti, konu nasıl açıldı bilmiyorum, benimle sonunun olmayacağını, evleneceği kadının ilk defa kendisiyle beraber olmasını ve gene ilk defa kendisinden anne olmasını istediğini söyledi. Sabaha kadar ağladım.

Yılmaz sanıyordu ki ilk defa anne olmakla son defa anne olmak arasında fark var.

O günden sonra ben Yılmaz'ın gideceğini kabullendim görünüşte... O gidince ilçede kalmamak için THY'ye hosteslik için başvurdum. Yılmaz'la beraber İstanbul'a mülakata gittik. Boyuma göre kilom az olduğu için elediler ama İstanbul'da ilk defa Yılmaz'la el ele sokaklarda gezdim çünkü ne Van'da ne de ilçede böyle bir şansım vardı. Ben ona olan sevgimi, ilişkimi sadece dört duvar arasında geçirdim. İstanbul'da bütün camileri gezdik. Yılmaz hepsine girip namaz kıldı. Sonra Van'a döndük.

Haziran ayı gelince Yılmaz tayin başvurusu yaptı. Artık yavaş yavaş gideceği gün yaklaşıyordu. Kendi kurtuluşum için Erol'u aradım, rica ettim. Formalite evlenmeye razı oldu. Erol'un o güne kadar bana yaptığı her şeyi o gün affettim. Ben onu aldatmıştım, başka bir adam uğruna bırakmıştım. O adam beni ortada bıraktığı için istediğim yardımı Erol kabul etmişti. Burdur'a geldim. Erol'la nikahlandım. Belgeleri Yılmaz'a gönderdim, o da milli eğitime teslim etti ama ben okul döneminde rapor aldığım için müfettişler soruşturma başlatmıştı ve beni geri Van'a çağırdılar. Yılmaz, Niyazı'nın yerine gelen ve benim hiç görmediğim milli eğitim müdürünü arayıp konuşmuş. Adam, "Gelsin, savunma yazsın yeter." demiş. Müdürle ne konuştuğunu o gittikten sonra öğrendim.

Geri dönüp geldim.

Gidip başkasıyla evlendim ve dönüp 10 gün daha Yılmaz'ın evinde kaldım. Okul bitti. Seminerleri Burdur'da alacağım için Van'dan ayrıldım. Havaalanının kapısının önünde arabaya binerken ona "Hayatın boyunca pişman olacağın ve benim hayatımı mahvedecek kararlar almadan önce iyi düşün." dedim. Üç gün sonra kararını verdi. Beni sevdiğini söylemesine rağmen ayrılmaya mecbur olduğunu ifade etti. Beni terk etti, evin içindeki bütün eşyaları sattı ve gitti.. Kafasında kurallar vardı ve o kurallara uyması gerekiyordu.

Ben de gitmesini, annesinin gösterdiği ya da kendi bulduğu kızlara bakmasını, gerekirse evlenmesini ama bir gün bana "Ben sensiz yapamıyorum." deyip geri dönerse bekliyor olacağımı söyledim. Gözleri ışıl ışıl parladı ve sarıldı bana. Sonra gitti.

Benim tayinim çıkmadı. Karşıma karar vermem gereken iki seçenek daha çıktı. Ya ilçeye dönüp bana yapılacak her harekete ve söylenecek her lafa katlanacaktım ya da istifa edecektim.

Yılmaz gittikten sonraki duyduklarım ve bana kendi söyledikleri olmasaydı bekliyor olacaktım çünkü ben onu çok seviyordum.

Ben onunla hiç beraber fotoğraf çektiremedim. Aynı karede hiç fotoğrafımız yok.

Bir süre Burdur'da, Antalya'da iş aradım. Bulamadım. Yılmaz bana "İzmir'de iş bulsam çalışır mısın?" dedi. Ben acaba neden Ankara değil de İzmir, diye düşündüm. Oysa o yolunu çizmiş. Benimle beraberken benden habersiz görüştüğü kızla evlilik planları yaptığı için benim Ankara'da olmam planları bozardı. İş bulamadım. Yılmaz beni arayıp bir kızla tanıştığını, kısmet olursa evleneceğini söyledi. Benimle iki yıl beraber yaşarken bir kere bile evlilik lafını ağzına almayan adam bana daha iki gündür tanıdığı kadınla evleneceğini söyledi. Bu adam için istifa etmeye değer miydi?

- Buraya kadar anlattıklarından şunu anlıyorum ki, Yılmaz seni sevmekten çok tutunacak bir dal olarak görmüş.

- Haklısınız sanırım, ilçeye geldiğinde yalnızlıktan sığınacak bir insan aramış. Önüne gelenle denemiş. Sonunda bende karar kılmış. Öncekilerle birlikte olup olmadığını bilmiyorum. Bana daha önce kimseyle birlikte olmadığını söyledi. Zaten olduysa da benden öncekiler olduğu için fazla kurcalamadım. Onunla aramızdaki fark da buydu. Ben onun geçmişini hiç kurcalamadığım halde o benden çok sürekli benim geçmişimle yaşadı.

Ben onun gözlerine bakardım sadece, o benim hakkımda konuşanların sözlerine baktı. Ben onu sevdim, o geleceğini sevdi. Daha hiç tanımadığı, bilmediği bir kadınla evlenmek için beni pisliklere attı. O kadın için benimle defalarca kavga etti.

Yılmaz akademiyi bitirince Bursa'da göreve başlamış. Orada iki yıl çıktığı bir kız varmış. İkinci yılın sonunda "Senin benden önce sevgilin olmuş." diye kızı bırakıyor. Sonra yeni tanıştığı bir kızla evleniyor. Evliliği 40 gün sürdükten sonra ayrılıyor. Anlattığı kadarıyla kız ve ailesi manyakmış. Boşanabilmesi üç yıl sürüyor. Kızın babası yokmuş. Annesi ve anneannesi beraber yaşıyorlarmış. Falla, büyüyle uğraşıyorlarmış. Kız annesinin sözünden hiç çıkmıyormuş. Annesi çağırınca kız hemen çekip gidermiş. Yılmaz'ın ailesine gitmek istemezmiş. Yılmaz da evi terk edip gitmiş. Benim fikrim, terk ettiği önceki kızın ahı Yılmaz'ın evliliğinin huzurlu olmasını engelledi.

Yılmaz ayrıldıktan sonra boşanma davası sürerken Mersin'e tayin olmuş. Orada da bir kızla çıkmaya başlamış. İki yıl çıkmışlar. Kız daha önce başkasıyla beraber oldu diye onu da bırakmış. Sonra da Van'a tayin oldu. İlçeye iki aylığına sürgüne gönderiliyor. Benimle çıkmaya başlıyor. İki yıllık doğu görevini benimle bitiriyor. Aynı adam ben daha önce başka biriyle evlenmiş olduğum için beni de bıraktı.

Yılmaz'ın ailesi muhafazakâr ve mutaassıptı. Annesinin ve beş ablasının başı örtülü. Hiçbiri okumamış. Küçük yaşta evlenmişler. Sorunlulardı. Yılmaz, beş kızdan sonra gelen ilk erkek. Annesinin iyi, uslu, saygılı, terbiyeli ve itaatkâr çocuğu rolünü oynadı hep. Bırakın içki, kumar, karı, kız olaylarını ailesi onun sigara bile içmediğini zannediyordu.

Gecelik giydirmezdi. Ona göre geceliği kötü kadınlar giyerdi. Göreve ilk başladığında yabancılar şubesinde çalışmasının karakteri üzerinde etkisi olduğunu düşünüyorum. Emniyette asayiş şubesinde çalıştığı için kötü ortamlarda bulunmuş.

Yılmaz'da sürekli bir güvensizlik vardı.

- Kendine mi, başkasına mı?

- Görünüşte başkasınaydı ama bence asıl sorunu kendine olan güvensizliğiydi.

Van'a dönerken uçakta başıma gelecekleri tahmin edebiliyordum ama bu kadarını değil.

Her sabah 06.00'da öğretmen evinin kapısında üst makamdan bir müdür, bazen iki müdür karşılaştıklarında birbirleriyle didişe didişe beni servise kadar götürmeye kalkışıyorlardı. Düşünsene 50 yaşındaki koca koca adamlar kapının önünde beni bekliyorlardı. Onların o hali bana çok komik geliyordu ama ben bu durumdan sıkıldım, hem de çok...

YİNE TACİZ, YİNE TACİZ, YİNE TACİZ

Van'a iner inmez önce Meryem'lere gittim. Bir gece onlarda kaldım. Yusuf abi benim tek başıma ilçeye gidip ilk şoku yaşamamı istemedi. Arabayla götürdü. Öğretmen evine bıraktı. Biraz durmak istedi. Ben ilçedekiler konuşup laf ederler diye onun daha fazla kalmasını istemedim ve onu gönderdim.

Elimde bir tane valiz vardı. Resepsiyona giriş yaparken şube müdürüyle karşılaştım. "Hocam hayırdır sizi burada görmek şeref." dedi çünkü biliyordu. Benim ilçeden dışarı çıkmam, hele hele öğretmen evinin önünden geçmem yasaktı. "Âmir nerede?" diye dalga geçtiler. Ben de "Ruhuna fatiha." dedim. Eşyaları odaya çıkardım, sonra da Sibel'in yanına gittim. Anlattıkları karşısında hâlâ nasıl nefes alabiliyorum diye hayretler içinde onu dinledim.

Yılmaz benim evlenmek için gittiğim zaman polislerin birinin evine gidiyor. Polis, Yılmaz, bir kız ve Gülşen sabaha kadar evde oturup muhabbet ediyorlar.

Daha bunu sindiremeden Yılmaz'ın Sibel'i daha biz ayrılmadan internette sevgilisiyle tanıştırdığını, hatta bütün polislerinin yanında aşkım diye konuştuğunu, beni soranlara defolup gittiğim şeklinde el hareketi yaptığını anlattı. Önce inanmadım ama Sibel'i tanıyordum. Salaktı ve böyle bir konuda yalan söyleyemezdi.

İki gün sonra milli eğitim müdürlüğüne gittim. Kapıda bir sene önce çalıştığım okul müdürüyle karşılaştım. Yılmaz'ı sordu, "Ayrıldık." dedim. "İyi yapmışsın." dedi. "Ben sana söylemedim ama senin okula gelmediğin bir gün Yılmaz'la karşılaşmıştık. Seni sorunca bana, gecenin bir saatine kadar uyanık olduğumuz için, anlarsın sen onu, sabah Melek de kalkıp gelemedi, idare et, demişti."

Yılmaz çok tutucuydu. Yaşadıklarımızı ve ilişkimizi benimle bile konuşmazdı. Söylenenler karşısında yavaş yavaş aklımı kaçırıyordum galiba. Milli eğitime çıktım. Yeni gelen müdürle karşılaştık. Beni odasına çağırdı. Çay söyledi. Yılmaz'la ilk konuştuğum odadaydık. Bana Yılmaz'ı sordu, bittiğini söyledim. "İyi olmuş." dedi. "O adam zaten seni sevseydi beni arayıp, benim tayinim çıktı gideceğim, o da kendini kurtarmaya çalışıyor, şu soruşturmadan vazgeçseniz, diye lakayt bir şekilde konuşmazdı." dedi. Karşımdaki idari âmirimdi. Sesimi çıkaramadım. Kendimi, tek savunma mekanizmam olan ve olanlara tahammül etmemi sağlayan içkiye verdim. Her gece odada sabaha kadar içiyordum.

Milli eğitim müdüründen, rahatsızlığım nedeniyle kaloriferli bir okulda görevlendirilmemi istedim. Daha ilk haftadan şube müdürü, özel idare müdürü ve diğer şube müdürleri öğretmen evinden çıkmaz olmuştu. Sürekli benimle konuşup iletişim kurmaya çalışıyorlardı. Bana asılmalarından çok Yılmaz'ı kötüleyip durmaları sinirlerimi bozuyordu. Gecelerim sabaha kadar içip ağlamakla geçiyordu.

Bir gün milli eğitime görevlendirme isteğimin ne olduğunu sormak için gittim. Artık sekreterle ve çalışanlarla muhatap olmuyordum. Direk müdürün odasına gittim. Zaten binanın kapısında şube müdürleri karşılayıp oraya kadar götürüyorlardı. Orada iki kız vardı. Müdürün hemşehrileriydi. Müdür bana "Bu kızlar sana emanet, dikkat et onlara." dedi. Öğretmen evinde onlarla beraber kalmaya başladım. Gece gündüz beraberdik. Tabi ben sürekli içiyordum. Ben artık Yılmaz'dan önceki gibi, yani İzmir'deki Melek gibi giyiniyordum. Askılı, kısa kollu, tayt, mini etek. Yani Yılmaz'ın yasakladığı her şeyi giyiyordum. Sanki akli dengemi kaybetmiştim.

İki gün sonra şube müdürü beni çağırdı. "Hocam gözün aydın müdür yardımcısı oldun." dedi. Şaşırdım. "E artık bunu bir kutlarız." dedi. "Hee kutlarız." dedim. Herkesi dalgaya alıyordum. Onun odasından çıktığımda milli eğitim müdürünü gördüm. "Hocam müdür yardımcısı olmuşsunuz, gözünüz aydın." dedi. "Sağ ol." dedim. "E artık bunu bir kutlarız." dedi. Az ileride diğer şube müdürünü gördüm. "Hocam gözün aydın." dedi. "Sağ ol." dedim. "E artık bunu bir kutlarız." dedi. "Hee kutlarız." dedim. Merdivenden aşağı inerken özel idare müdürünü gördüm. "Hocam gözün aydın." dedi. "Müdürüm sus, sen söyleme ben söyleyeyim, e artık bunu bir kutlarız." dedim.

İki gün sonra sabah işe gitmek için öğretmen evinden çıkarken sabahın saat 06.00'sında müdürler aşağıdaydı. Müdür yardımcılığımın ilk gününde beni yalnız bırakmak istememişlerdi. Servise kadar bindirdiler. Aklımı kaybetmek üzereydim ama ben resmen hepsiyle dalga geçiyordum.

Odaya gönderilen çiçeklerin, şişe şişe viskilerin, pastaların, tatlıların haddi hesabı yoktu. Ben viski sevmezdim. Diyorlardı ki, sana viski yakışır. Hiçbirini terslemeden kabul ettim ve arkadaşlarıma dağıttım.

Her sabah 06.00'da öğretmen evinin kapısında üst makamdan bir müdür, bazen iki müdür karşılaştıklarında birbirleriyle didişe didişe beni servise kadar götürmeye kalkışıyorlardı. Düşünsene 50 yaşındaki koca koca adamlar kapının önünde beni bekliyorlardı. Onların o hali bana çok komik geliyordu ama bu durumdan sıkıldım, hem de çok…

Sibel'e gittim. Bana yapılanlar acımı yaşamama engel oluyordu. Yılmaz'a olan nefretimi artırıyordu. Oysa benim sevgiye ihtiyacım vardı. O yüzden Sibel'in yanına gitmek bana iyi geliyordu. Hani Yılmaz, ben ve o, beraber çok şey yaşadık ya o yüzden. Sibel bana sanki mutlu günlerin tek hatırasıymış gibi geliyordu.

O gün sevgilisi geldi. Yanında da bir adam. 50 yaşlarında kel, göbekli bir adam. Yılmaz'ın yerine geçici olarak gelen âmirmiş. Ben gitmek istedim ama Taner salmadı. Adam, sürekli bana asılıyordu. Taner'le Sibel'in umurunda bile değildi. Adam, bana iki yıl orada olacağını, istersem beraber bu iki yılı çok mutlu geçirebileceğimizi söyledi.

Adam, elindeki anahtarlığı bana verdi. Âmirliğin, öğretmen evindeki odasının ve arabasının anahtarı vardı. "Bunlar sende kalsın." dedi. "İstersen kalbimin anahtarını da veririm." dedi.

Sonraki 15 günüm o âmirden kaçmakla geçti. Herkesle haber gönderdi.

Ben günden güne kötüye gidiyordum. Her sabah beni okula götürmek için gelen müdürlerden kurtulmak için kredi çekip araba aldım. Ehliyetimin dosyası elimdeydi. Burdur'a gidip kartı çıkarmam gerekiyordu ama bu koşulda gitme şansım olmadığı için ehliyetsiz kullanıyordum. Okula arabayla gidip gelmeye başladım.

Sık sık Van'a gidiyordum. Meryemlerde kalıyordum. Meryem ve onun samimi arkadaşlarıyla sabaha kadar sohbet edip başıma gelenleri anlatıyordum. Yerimde hiç duramıyordum. Bir gün orada, bir gün burada, bir gün şurada. Altımda araba var ya. İşe gidip gitmemem de kimsenin umurunda değildi zaten.

Bir gün ben, Yılmaz, Niyazi, Sibel evde yedik, içtik, eğlendik, oynadık. Ben de telefona kaydettim. Biz bizeyiz diye. Sonra telefonu sattım. Telefoncu da başkasına satmış. Görüntüler, Yılmaz'ın mesajları içinde. Aman Allah'ım telefonu alan görüyor o görüntüleri. Telefoncuya gelip görüntüleri gösteriyor ve "Bunları ne yapayım?" diyor. Telefoncu telefonu geri alıp Yılmaz'ı arıyor. Böyle böyle, diyor. Ve ben o görüntüleri sildim diye ekliyor. Yılmaz çok kızdı bana, "Hayatımızı mı mahvedeceksin?" dedi.

Yılmaz'la ayrıldıktan sonra bir partinin ilçe başkanı beni aradı. "Görüntüler elimde ya benimle birlikte olursun ya da bunları emniyete göndereceğim." dedi. Yılmaz'a bir şey olmasın diye kabul ettim.

Beni aldı, Van'da bir otele gittik. Görüntüleri bana gösterdi. Yemeğe oturduk, havuz başında. Adam bir ara tuvalete gitti. Telefonu masadaydı. Hemen telefonu aldım, o görüntüleri sildim. Oturmaya devam ettik. Arkadaşlara demiştim ki, beni arada bir arayın gittiğim yerden. O sırada telefon geldi. "Çok acil bir şey çıkmış hemen dönmemiz lazım." dedim. Döndük.

Sonra o adam bakmış görüntüler yok, beni aradı. Yahu sen ne biçim insansın da, işte beni kandırdın da, bana yalan söyledin de, bu yaptığın doğrumu da, benden habersiz görüntüleri silmen dürüstlüğe sığar mı da. Beni tehdit edip benimle yatmak isteyen adam bana doğruyu öğretiyordu. Dedim ki: "Şimdi sen bana sapıkça yaklaşıyorsun, benimle yatmak için özel görüntülerimi alıp beni tehdit ediyorsun, ben de senin bu ahlaksızlığından kurtulmak için o görüntüleri siliyorum. Şimdi sen dürüst, karakter sahibi, adam gibi görünen siyasi bir lider oluyorsun; ben de yalancı, karaktersiz, yalancı ve ahlaksız oluyorum öyle mi?"

Benimle yatmak için beni tehdit eden o adam bile cezaevi günlerimde beni yalnız bırakmadı da, iki yıl birlikte aynı evde sevgilisi olarak, eşi olarak, hizmetçisi olarak yaşadığım ve sahip olduğum her şeyi paylaştığım adam beni bir kere bile aramadığı gibi "Ne hali varsa görsün!" dedi.

Onlara çarpmamak için direksiyonu panikle sola kırdım. Baktım karşıdan güçlü bir lamba. Berna'ya dedim ki sağa bak o tarafa geçeyim. Ben de gayri ihtiyari başımı sağa çevirip aynaya baktım. Ve gümmm diye bir ses duydum. Ön cam patlamıştı. Ne olduğunu anlamadım. Korktum. Elim, yüzüm, kucağım, arabanın ön göbek kısmı, hep cam parçalarıyla doldu. Gaza bastım. Hız 140-150 olmuştu.

KORKUNÇ KAZA

Bir gün yine Meryemlere gittim. Zile bastım. Her zamankinden uzun bir zaman sonra kapı açıldı. Meryem'in gözleri kıpkırmızıydı, belli ki ağlamıştı.

- Hayrola canım, bir şey mi oldu?

- Yok Melek yok, bir şey olmadı.

- Gözlerin kızarmış, ağlamışsın sen.

- Evet, çok ağladım.

- Meraklandırma beni kötü bir şey mi var?

- Kötü değil, aksine iyi bir şey var. Sen zile bastığında bir kitap okuyordum. Orada anlatılanlardan çok etkilendim, bazı bölümleri sanki beni anlatıyordu, bazılarına da çok üzüldüm, ondan ağladım.

Meryem'le oturup sohbet ettik, her zaman olduğu gibi geç saatlere kadar konuştuk. Kalkmaya yakın kitabı sordum.

- Seni bu kadar etkileyen kitabı merak ettim doğrusu.

- Vereyim de oku istersen, zaten son bölümüne gelmiştim.

- İçinde benlik bir şey var mı?

- Bir başla, sonra görürsün senlik bir şey olup olmadığını...

Eve döndüğümde başladım okumaya. Bir öğretmen yazmıştı. Anlattığına göre, öğrencileri evlerinde ziyaret ediyor, aileleriyle tanışıp sorunlarıyla ilgileniyor, çocukların yüreklerine dokunuyor, hayal kurduruyor ve ders çalışmaya heveslendiriyordu. Öğrenciler de öğretmenin evine geliyorlar, kütüphanesinden kitap alıp okuyorlardı. Birçok öğrenci de mektup yazıyordu.

İşte kitap, o öğretmenle öğrencileri arasındaki mektuplaşmalardan oluşuyordu. Yazar, insanları buzdağına benzetiyordu. Buzdağının dışarıdan görünen küçük bir bölümü suyun dışında, dışarıdan görünmeyen büyük bir bölümü suyun içinde.

İnsanların başkalarına gösterdikleri yüzlerinin güldüğünü ancak ağlayan, üzülen, inleyen ve sessiz çığlıklar atan taraflarının içte kaldığını yazıyordu.

Aslında kitap bana ve benim gibilere ayna tutuyordu.

Ben de çok etkilendim, hiçbir şeye kolay kolay ağlamayan ben, o kitabı okurken hıçkıra hıçkıra ağladım.

O gece uyuyamadım, kabuslar görerek uyanıyordum. İçimde yanardağlar patlıyordu sanki. Ertesi sabah uyandığımda kendimi ve öğrencilerimi düşündüm. Hiçbir öğrencimin evini ziyaret etmemiştim, hiçbirine mektup yazmamıştım, telefon edip hatırını sormamıştım, bir mesajla veya maille bayramlarını, doğum günlerini kutlamamıştım.

O kitaptaki öğretmenin yaptığı öğretmenlikse, benim yaptığım neydi, benim yaptığım öğretmenlikse, o yazarın yaptığı neydi?

- Anlaşılan çok etkilemiş seni.

- Hem de nasıl.

- Ben de merak ettim o kitabı.

- Hani konferanstan sonra size sizinle ilgili ilginç bir şey anlatacağımı söylemiştim ya...

- Evet.

- Okula gelen konferans yazısında adınız yoktu, dolayısıyla biz konuşmacının kim olduğunu bilmeden geldik. Sunucu adınızı söyleyip sizi sahneye çağırdığında beynimde bir şimşek çaktı. Duyduğum isme inanamadım ve arkadaşıma teyit ettirdim. Evet o yazar sizdiniz ve okuduğum kitap sizin "Bunları Kimseye Anlatamamıştım" kitabınızdı.

O gün bir karar verdim. Kendime ve hayatıma bir çeki düzen verip her şeye yeniden başlayacaktım. Bundan sonra kimseye kendimi kurban vermeden ve harcatmadan arabamı satıp parasıyla Burdur'da kendime anaokulu açacaktım. Buradan istifa edip gidecektim. Müdürüme arabamı satacağımı söyledim. Sadece 20 gün binmiştim arabaya. Hatta kredinin ilk taksitini bile ödememiştim. Müdürüm de bana, arabamı birinin satın almak istediğini, yarın akşam için Erciş'te bir restoranda oturup yemek yiyip konuşacağımızı söyledi. Arabayı satmaya ve oradan bir an önce gitmeye o kadar odaklıydım ki "Neden yemek yiyerek konuşacağız?" diye sormadım bile.

Ertesi gün okuldan döndükten sonra milli eğitime gittim. Evrak teslim ettim. Ben arabayı aldıktan iki gün sonra müdürün bana emanet ettiği kızlarla ev tutup eve çıkmıştık ama ev sahibi rahat vermiyordu. O gün eve gittim. Kızlar çarşıdaydı. Ev sahibi geldi, "Evden çıkın!" dedi. "Neden?" dedim. Bizim bekâr olduğumuzu bilmiyormuş. Ben de "Sen hiç sormadın ki söyleyelim." dedim. Biz seni eski âmirin karısı diye biliyorduk." dedi. Yılmaz'ın adını duyunca sinirim bozuldu. "Defol git!" deyip kapıyı kapattım. Polise gitmiş, evimden çıksınlar, yoksa savcılığa vereceğim, demiş adam.

Taner beni aradı. Ev sahibinin ona söylediklerini duyduğumda çıldırdım. Dedim ki "Hepinizin anasını belleyip, öyle gideceğim buradan!"

Savcılığa gittim. Savcı yoktu. Milli eğitime çıktım. Müdürün odasına girdim. "Ya bize sahip çıkacaksın, ya da ben bunların hepsini tek tek öldüreceğim." dedim. Adam nereden geldiğini şaşırdı. Savcılığa inip şikâyet edeceğimi söyledim. Müdür beni sakinleştirdi.

Gece araba kullanırken hastalanıyordum. O yüzden Erciş'e giderken arabayı okul müdürüm kullandı. Restorana girdik. Adam orada oturuyordu. Masasına oturduk. Bize "Ne içersiniz?" diye sordu. Ben "İçmeyeceğim." dedim. Israr ettiler, bir bardak rakı söyledim. Bir yudum aldım, kaçaktı. Midemi bulandırdı. İçmedim. Millet içiyordu, oynuyordu, eğleniyordu. Daha arabadan bahseden yoktu. Sonra "Ne zaman arabadan konuşacağız?" dedim. "Konuşalım." dedi adam. "Ne kadar istiyorsun?" diye sordu. 25 bin lira istedim. "26 bin verdim, aldım." dedi.

10-15 dakika sonra kızlara "Haydi kalkalım." dedim, kalkmadılar. Ben haydi kalkalım, dedikçe onlar oturmaya devam ediyordu. Adamın kulağıma eğilip "Âmir seni nasıl bıraktı bu güzellikle? Bir he desen seni baş tacı ederim." deyip elini omzuma atmasına kadar tuttuğum sinirleri bırakıverdim. Çantamı aldım "Ben gidiyorum." dedim ve fırlayıp çıktım. Berna, Nilsun ve Kadir arkamdan koşup geldiler.

Bir sigara yaktım. Arabayı çalıştırdım ve gaza bastım. Araba hızlandı. Adamın arabası da bizi takip etmeye devam ediyordu. Yol, sola doğru biraz virajlıydı. Öndeki sol kapının camı açıktı. Rüzgârın etkisiyle elimdeki sigara kucağıma düştü. Külotlu çorabım yandı. Ben başımı öne eğip sigarayı aldım. Kafamı kaldırıp yola bakmamla beraber önümde dizili olan kocaman dubaları gördüm. Onlara çarpmamak için direksiyonu panikle sola kırdım. Baktım karşıdan güçlü bir lamba. Sonradan öğrendim, otobüsmüş. Berna'ya dedim ki sağdaki dubalara bak o tarafa geçeyim. Berna sağdaki aynaya baktı. Ben de gayri ihtiyari başımı sağa çevirip aynaya baktım. Ve gümmm diye bir ses duydum. Ön cam patlamıştı. Ne olduğunu anlamadım. Korktum. Elim, yüzüm, kucağım, arabanın ön göbek kısmı, koltuklar hep cam parçalarıyla doldu. Gaza bastım. Kendimi kaybetmişim. Hız 140-150 olmuştu.

Berna'nın "Dur Meleeeek!" haykırışları arasında durdum. Kapıyı açıp inmeye çalıştım. Bacaklarım tutmuyordu. Ve inerken diz kapaklarımın üzerine çakılıp kaldım. Berna Kadir'i aradı. "Ön cam patladı. Biz galiba bir şeye çarptık." dedi. "Evet dubaya çarptınız, olduğunuz yerde bekleyin geliyorum." dedi Kadir.

Arkadaki araba geldi. Kadir benim arabayı aldı, ben ve Berna arkadaki arabaya geçtik, bizi takip eden o adamın arabasına. Adam bizi götürüp eve bıraktı. Kadir, benim arabayı başka yere bırakmış. Sonra Nilsun geldi. "Arabayı bırakıp geldik. O adam yarın yaptırıp gelecek. Korkacak bir şey yok." dedi.

Benim bacağımdaki yaraları sardı. Yattım, gece elim ayağım hep titredi. Sabaha kadar çığlıklar atmışım.

Sabah uyandım. Saat 11.00 olmuştu. Telefonum çaldı. Arayan jandarmaydı.

- Arabanız nerede?

- Bilmiyorum, Van'da herhalde. Niye sordunuz?

- Sizin arabanızla kaza yapılmış.

- Ne olmuş?

- Yüz yüze konuşalım, hemen karakola gelin.

- Tamam, saat 13.30'da geliyorum.

Arabanın asıl sahibi, yani üzerine kayıtlı olan kişi aradı o sırada.

- Melek kaza yaptınız mı?

- Ne oldu ki?

- Bizim arabaya benzeyen bir arabayla kaza yapılmış.

- Ne olmuş?

- Askere çarpmış.

- Ölmüş mü?

- Evet.

- Ben değilim, deyip kapattım.

Şoktaydım. Eşyalarımı alıp teslim olacaktım. Eve gittim, üstüme kalın bir şeyler giydim. Karakola gittim. Kapıda Taner'i gördüm. Telefonla konuşmuştuk zaten. "Ne yaptın sen?" dedi acıyarak.

- İçki içtin mi?

- Ne zaman?

- Birkaç gündür.

- Evet.

- O zaman başka karakoldan gelip seni alıncaya kadar sürekli su iç ve tuvalete git, dedi. Nedenini anlamadım.

İçeri girdiğimde bir polis ordusu beni bekliyordu. Hepsini tanıyordum. Onlar da beni. Yılmaz'ın odasına soktular. Masanın üstünde benim Yılmaz'a aldığım kalemlik duruyordu. Gelen soru soruyordu, giden soru soruyordu. Ne sorduklarını bile bilmiyordum. Taner geldi.

- Melek ben Yılmaz'ı arayacağım.

- Hoparlörünü açık tut, son kez sesini duyayım, dedim.

- Âmirim merhaba, Melek kaza yaptı.

- Nasıl?

- Erciş'ten, otelden dönerken askere çarpmış, adam ölmüş.

- Yanında kim varmış?

- Rahmi Kaplan.

- Allah belasını versin, beni bir daha o orospu için aramayın, deyip telefonu Taner'in yüzüne kapattı.

Taner yüzüme baktı. Sadece baktı.

Sonra geldiler, gittiler. Tekrar gelip çantamı kurcaladılar. Arabanın anahtarını arıyorlardı. Bende değildi ki. Komutanlardan biri üstüme yürüdü.

- Yalan söyleme çabuk anahtarı ver!

- Bende değil.

Başka bir ilçeden bir grup polis beni almaya geldi. Kolumdan tuta tuta arabaya bindirirlerken özel idare müdürünü gördüm. Karakola gelmişti. Bizi arabaya bindirdiler. Polisin biri bağırdı. Gidene kadar birbirimizle konuşmamız yasak. Zaten bizim birbirimizle konuşacak halimiz yoktu ki. Sorulan sorulara bile zor cevap veriyorduk.

Karakolun önüne geldik. "İndirmeyin, darp raporu lazım." dediler. Bu sefer oradaki hastaneye götürdüler. Raporu alıp geri geldik. Karakolun içinde bir polis bağırdı:

- Melek kim?

- Benim.

Beni bir odaya aldılar. Sordular anlattım. Bağırdılar. Sonra başka bir odaya aldılar. Bu sefer başka polisler sordular, yine anlattım. Başka bir odaya götürürlerken odanın birinde milli eğitim müdürü, Burhan hoca, özel idare müdürü, iki parti başkanı ve birkaç adam gördüm. Milli eğitim müdürünü orada görünce içimdeki korku geçti. Beni görmeye çalışıyordu, göstermiyorlardı ama sesini duyuyordum. Bir polisin üzerinden atlayıp beni gördü. "Merak etme Melek biz buradayız." dedi. Zaten herhangi bir merakım yoktu o anda. O sıralarda Yılmaz'ın az önce telefonda benim için söyledikleri kafamda dönüp duruyordu.

Baş komiser geldi, beni odaya götürdü. "Baban arıyor." deyip telefonu uzattı. Aldım.

- Babacığım merak etme sana orada bir şey yapamazlar, korkma.

- Korkmuyorum, iyiyim.

Aldılar telefonu elimden. Beni çıkardılar. Sonra yine her gelen soru sordu. Anlattım defalarca. Nezarete indirdiler. Nilsun'la Berna vardı. Ağlıyorlardı. Ben gülüyordum. "Niye ağlıyorsunuz?" dedim. "Hayatımız bitti, ne olacak bize?" diye ağlıyorlardı. "Bir şey olmayacak. Sabah savcılıktan sonra çıkacaksınız. Ben kalacağım." dedim. "Sen ne biçim insansın, insan biraz korkar." dedi Berna. Güldüm. İçimden: "Ben bugüne kadar korkan ölü görmedim." dedim.

Ben kendimi, Yılmaz bana, "Allah belasını versin." dediğinde tutuklayıp, cezaevine sokmuş ve idam etmiştim zaten. Artık ne yapsalar fark etmezdi benim için.

Orada benden birkaç yaş küçük bir polis vardı.

- Abla annenle konuştun mu? Ben arayıp iyi olduğunu haber vereyim mi?

Numarayı verdim. Beş dakika sonra geri geldi. Annemle konuşmuş. "Kızım size emanet." demiş annem ve eklemiş: "Onu çok sevdiğimi söyleyin."

Yapılacak işlemler bitince bayan gardiyan "Haydi gidiyoruz." dedi. "Ben buradan bir daha çıkamayacak mıyım?" dedim. "Mahkemen açılınca çıkarsın." dedi. Bir sürü kilitli demir kapıdan geçtik. Sanki açılıp kapanan her demir kapı bana çocukluğum, gençliğim, üniversite hayatım, evliliğim, öğretmenliğim, oğlum gibi geldi. Geride bıraktığım her kapı onlar gibiydi.

ASKERİMİ ÖLDÜREN VİCDANSIZ SEN MİSİN?

Dizimdeki yaralardan dolayı hastanede bana iğne vurmuşlardı. Onun etkisiyle olacak ki nezarette uyumuşum. Gece saat 03.00'te "Kalk kalk!" diye bağırarak uyandırıp baş komiserin odasına götürdüler. Baş komiser de bağırarak, "Adam öldürdün, bir de utanmadan uyuyorsun!" dedi. "İğne vurdular ondan uyudum." dedim. Önüne gelen bağırıp duruyordu. Artık sesimi çıkarmıyordum. Baş komiser biraz daha fazla bağırdı. Sinirlenirsem sinirle onların istediği gerçeği söylerim sanıyorlardı. Sanki benim gizlediğim bir gerçek vardı da söylemiyordum.

Benim anlattıklarımla onların yazdığı şeylerin aynı olmadığını ve bazı değişikliklerin olduğunu ertesi gün savcılıkta gördüm. Baş komiser hâlâ bağırmaya devam ediyordu.

- Suratına tükürsem yapışmayacak, insan bir üzülüp ağlar.

- Ağlarsam bırakacak mısınız?

- Bırakmayacağım!

- O zaman beni rahat bırakın! dedim. O ise bağırdı. "Götürün şunu buradan."

Beni alıp yan tarafa geçirdiler. Bu sefer komiser sordu. Ben anlattım. Bir kâğıdı imzaladım. Beni tekrar nezarete indirdiler. Oturduğum yerde uyumuşum.

Sabah 06.00'da "Kalk, kalk, kalk!" diye yeniden kaldırdılar. Kolumdan tutup dışarı çıkardılar. Dışarıda bir çok asker vardı. Bana "Vicdansız katiiil!" diye bağırıyorlardı. Beyaz bir arabayı gösterip "Geç direksiyona." dediler. Bir tur atıp geri geldik. Sonra bir odaya geçtik. Araba kullanmasında sorun yoktur, diye tutanak tuttular. Beni nezarete geri götürdüler. Aradan birkaç saat geçti. Yukarıda bir odaya çıkardılar.

Komutan, "Askerimi öldüren vicdansız sen misin?" dedi. Cevap veremedim. Bağırmaya devam etti. "Sizin gibi sarhoşlar gelip çarpsın diye göndermiyorlar anababalar çocuklarını askere!" dedi. "Siz oralarda orospuluk yaparken biz bu vatanı koruyoruz!" dedi. Oysa beni o güne kadar hiç korumamıştı o adam. Ben bu vatanın evladı değildim sanki.

"Dokuz tane askerim yoldaydı, sekizini içeri çekmiştim. Eğer çekmeseydim senin yüzünden dokuz şehidim olacaktı. Ölen çocuğun babası beni aradı, Kürt mü, Türk mü, diye sordu."

O anda anladım ölenin babası, oğlunun Kürt olduğu için öldürüldüğünü sanıyordu. Sonra bana döndü. "Beni bu durumda bıraktın ya Allah en fazla iki gün içinde sana evladının ölüsünü öpmeyi göstersin." dedi. Oğlumu ağzınıza almayın diyecektim. Daha bir şey söyleyemeden "Melek cevap verme, sana çok kızgınız." dedi. Baş komiser bana söylenenlere dayanamadı sanırım ve, "Söyleyeceğiniz başka bir şey yoksa ben Melek'i çıkarayım." dedi.

Çıkardılar beni. Nezarete değil, odanın birine koydular. Arkadaşlarımı da getirdiler. Ellerimizi arkadan kelepçelediler. Hani biz adam öldürdük ya. Kelepçe takarak kaçmamızı engellediler. Birçok askerimizi öldürüp sonra da, "Özür dileriz." diye geri dönen sekiz terörist elini kolunu sallaya sallaya bu ülkede gezerken sadece bir anlık dalgınlıkla arabanın kontrolünü kaybettiğim için, kazayla istemeden ölümüne sebep olduğum ve vicdan azabıyla kendimi bile savunamadığım halde ellerime kelepçeyi takıp dışarıda bekleyen basının önüne çıkardılar. Savcılığa götürdüler. Kelepçelerimizi çözdüler, savcının önüne çıkardılar.

"İfadem aynen geçerlidir." dedim.

Savcı ifademi yanındaki sekretere yazdırmaya başladı. Söylediklerinin bana ait olmadığını anladım ama kendimi savunacak halim yoktu. Bırak içeri cezaevine girmeyi, darağacına çıkarsalar umurumda değildi. İçimdeki acının tarifi yoktu. Bir taraftan söylediklerinden dolayı Yılmaz'a, bir taraftan komutana, bir taraftan da kendi vicdan azabıma yenik düştüm. Hâkimin önüne çıkardılar. "İfadem aynen geçerlidir." dedim. Sekretere yazdırdı. Sonra bana döndü.

- Pişman mısın?

- Anneyim.

- Anne olup olmadığını değil, pişman olup olmadığını soruyorum!

- Başka bir annenin çocuğunu öldürdüm, pişman olmaz mıyım?

- Beraatını mı istiyorsun?

- Hayır, 20 yıl içeri soksanız şu anda razıyım.

"Sanığın tutuklanıp Van cezaevine götürülmesine..." diye biten kararı okudu. Çıktım oturdum banklara. Kızlar yüzüme baktı: "Bir şey olmadı, tutuklandım." dedim. İki polis beni aldı. Adliyenin kapısından çıkarmaya çalışırken asker kıyafetli iki adam üstüme saldırdı. Polisler tuttu. "Allah belanı verecek. Gittiğin yerde rahat bırakmayacağız. Yatacağın yere haberin gitti bile, görürsün sen!" dedi bir tanesi.

Adliyenin kapısından çıkarken Burhan Hoca elime bir poşet tutuşturdu. Beni sivil bir arabaya bindirdiler.

Yanımdaki üç polisle Van'a doğru yola çıktık. Poşetin içinde iki beden büyük bir eşofman takımı, iki çift çorap ve ninelerin giydiği atlet külot vardı. Bir de 400 lira.

Sonradan öğrendim ki beni tehdit eden o partinin ilçe başkanı ben içeri girince giyecek bir şeyim olsun diye Burhan Hoca'yla beraber o eşyaları almışlar. İçine de para koymuşlar. Hani her kötünün içinde bir iyi, her iyinin içinde bir kötü vardır diye bir söz var ya, doğru olan o söz müydü, yoksa benim iyi sandıklarım kötü, kötü sandıklarım iyi mi çıkmıştı bilemedim.

Van'a doğru ilerlerken arabada bunları düşünüyordum. Öndeki polis, evi aramak ister misin, diye telefonu uzattı. Annem telefonu açtı. Anne beni götürüyorlar, birkaç gün bana ulaşamazsınız, dedim. Oğlumu istedim. Anneciğim burada çok kar yağıyor. Telefonlar çekmiyor. Ben seni arayana kadar bana ulaşamazsın, dedim. Annemi tekrar telefona aldım. Anne ben kimsenin çocuğunu öldürmedim, derken ağladım. Annem, biliyorum kızım, ben kızımı biliyorum, dedi.

Van'a vardığımızda polisler bana yiyecek bir şeyler aldılar. Önce savcılığa, oradan da cezaevine götürdüler. Kocaman bir giriş kapısından girdik. Ben adliyede bağıran askerin haklı olduğunu düşündüm. Sonra bir bahçe boyu ilerledik. İçeride bir kapıdan daha girdik. Turnikelerden geçtik. Beni soyunma kabinine aldılar, üstümü aradılar geri çıktık. Başgardiyanın odasına götürdüler. Bir tane bayan gardiyan geldi. Formları doldurduk. Korktuğumu bildikleri için bana o kadar iyi davrandılar ki, o an içeridekilerin dışarıdakilerden daha insan olduğunu gördüğüm ilk andı. Beni bırakıp giden polise her şey için teşekkür ettiğimde bana dolu dolu gözleriyle "Merak etme, bitecek." dediğini hiç unutmadım.

Yapılacak işlemler bitince bayan gardiyan "Haydi gidiyoruz." dedi. "Ben buradan bir daha çıkamayacak mıyım?" dedim. "Mahkemen açılınca çıkarsın." dedi. Bir sürü kilitli demir kapıdan geçtik. Sanki açılıp kapanan her demir kapı bana çocukluğum, gençliğim, üniversite hayatım, evliliğim, öğretmenliğim, oğlum gibi geldi. Geride bıraktığım her kapı onlar gibiydi.

Koğuşa giren kapı açıldığında sıra Yılmaz'a gelmişti. O kapı defalarca açılıp kapandı.

Dışarıdaki insanlar birbirlerine çelme takıp düşürmeye, ayağını kaydırmaya, yok etmeye, zarar vermeye çalışırken; cezaevindeki gardiyan, psikolog, görevli, aşçı, eğitim uzmanı, müdür kısaca herkes tutuklu ve hükümlülerin psikolojisini düzeltmek, yaşam sevincini artırmak, mutlu olmalarını sağlamak ve dışarıya daha iyi bir durumda çıkmalarına katkıda bulunmak için çalışıyorlardı.

CANAVAR ÖĞRETMEN HAPİSTE

İçeri girdiğimde gördüğüm, küçük bir mutfak tezgâhı, üstünde bardaklar, köşesinde elektrikli çay makinesi, ortalıkta bir sürü masa. Sandalyelerde oturan farklı yaş gruplarında, saçları ıslak, gözleri kıpkırmızı kadınlar. Yerde topuyla oynayan iki yaşında bir bebek ve koşuşturan down sendromlu bir çocuk vardı.

"Hoş geldin." diye sarılıp öperek beni karşıladılar. Benim ismimi bana söylediler. Nereden bildiklerini sorduğumda ellerindeki gazetede "Canavar Öğretmen!" başlığı altında elim kelepçeli fotoğrafımı bana gösterip "Burada yazıyor." dediler. "Ehliyetsiz ve alkollü canavar öğretmen Melek Güneş, otelde katıldığı eğlenceden dönerken dur ihtarına uymayıp bir askeri şehit etti. Olay yerinden kaçıp saklandı. Emniyet güçlerinin üstün gayretleriyle yaptıkları aramalar sonunda ele geçirildi." yazıyordu.

Bana havlu ve şampuan verdiler. Önce bir duş al dediler. Çıkışta sigara verdiler. Yatak gösterdiler. Sonra herkes üst kata çıkıp yattı. Cezaevi dubleksti. O gece sabaha kadar hiç uyumadım. Adliyede asker bağırmıştı ya, odadakilerden biri bana zarar verir korkusuyla uyuyamadım, iç dünyama bir yolculuk yapıp saatlerce o güne kadar yaşadığım olayları düşündüm.

Anladım ki içimde eksik kalan bir şeyler vardı. Özellikle babam, evet evet babam yoktu içimde. Bedensel olarak karşımda duran babamın yüreğindeki sevgiyi iç dünyamda hiç yaşamamıştım. İçimde baba sevgisizliğinin oluşturduğu o büyük boşluğu doldurmak için nelere yapışmamıştım ki: Lisede fizikçiye, yatılıda sigara ve şaraba, üniversitede sevgililere, onlar terk edince içkiye... Aslında içtikçe rahatlıyor gibi görünsem de içimdeki boşluğun derinliği artıyormuş ve bunun sonucu olarak da tacize ve tecavüze uğradım. Babamdan alamadıklarımın eksikliğini tamamlama isteğinin beni hep başka erkeklerin kucağına atığını fark etmek, içimi o kadar çok acıttı ki anlatamam. Sonra Erol'da, Yılmaz'da, ne bileyim babamın olmadığı her yerde aramışım içimdeki o derin huzursuzluğun çaresini.

- Belki huzuru bulabileceğin yerlere bakmak da aklına gelmedi.

- Babam benim hayatımı mahvetti, ben de babamın hayatını mahvettim. Sonra o, mahvolan hayatımı tekrar mahvetti ve ben bilinçaltımda ondan intikam alırcasına onun hayatını yine mahvettim. Ben onun hayatını mahvetmeseydim babam gidip sevgiyi bir başka kadında aramayacak ve yıkılmayacaktı. O yıkılmasaydı biz aile olarak daha güçlü bir şekilde ayakta durabilecektik.

Babam, bizim hayatımızı bir kadın uğruna perişan etti.

Ben, aşk zannettiğim birçok ilişkiyle kendi hayatımı mahvettim. Çimentosu eksik kalan bir bina gibi, sevgi çimentosu çalınmış bir genç kız olarak özgüvenli bir şekilde ayakta duramadım, yıkılıp parçalandım. Annemin zannettiği mükemmel biri, başkalarının beklediği güçlü biri olarak poz verirken aslında o kadar yorulmuşum ki, sonunda bir suçlu olarak bu cezaevine kadar düşmüşüm.

Aslında babamın yaptığı bütün hataları tekrar etmişim. Babam bana, git kendini içkiye ver, git 20 yaşında evlen, git 21 yaşında anne ol, demedi. O elimi tutup üniversitenin kapısına kadar götürdü. Bulduğum sevgili evli çıktıysa bu onun şerefsizliğiydi. Onun şerefsizliğinin üzerine başka biriyle benim şerefsizlik yapmam da benim hatam ya da seçimimdi. Yılmaz'ın yaptıklarıysa onun adiliğiydi, karaktersizliğiydi.

- Belki de sen sana âşık olduğunu sandığın için peşinden koştuğun Yılmaz'a odaklanıp hayatını onun rahatı için feda ederken, sadece kendi hayatını mahvetmekle kalmadın, seni bekleyenlerin hayatını da eksik bıraktın.

- Kimlerin?

- Bence en çok da öğrencilerinin.

Melek Öğretmen sustu. Gözleri yine sabit bir noktaya takıldı ve dalıp gitti. Yanaklarından aşağıya süzülen gözyaşları iç dünyasında çağlayan nelerin dışa taşmasıydı bilemedim. Bir süre öylece kaldık.

- Ertesi günden itibaren oradaki herkesle arkadaş olmaya başladım. Hikâyelerini dinledim. Tam 54 gün boyunca her gece Elvan'la beraber sabaha kadar oturdum. Akşama kadar da, gittiğim kurslardan kalan vakitlerde uyudum. Hayatımda yaşadığım her şeyi sorgulama şansım oldu. Oradaki kadınların hikâyelerini dinledikçe kendimi şanslı hissettim. Çaresizliği orada gördüm.

Beni gazetede gören ya da televizyonda seyreden Türkiye'nin değişik illerindeki cezaevlerinde tutuklu ve hükümlü erkeklerden mektuplar gelmeye başladı. Beni gazetede görüp beğenmişler, üzülmüşler. Arkadaş olmak istiyorlardı. Evlenme teklif edenler bile vardı. Bir tanesinin hikâyesi çok ilginçti.

Mektubu yazan kişi İstanbul'da bir üniversitede doçentti. Bir kavga sırasında birini bıçaklamış, dört sene ceza almış ve cezaevine girmiş ancak anne babası dışında hiç kimse onun cezaevinde olduğunu bilmiyordu. Yurtdışına göreve gittiğini sanıyorlardı. Doçent cezaevinden çıktıktan sonra hayatına kaldığı yerden devam edeceğini yazıyordu. Oysa sabıkalı olacaktı ama bunun farkında değildi.

Gelen mektuplarla oyalanıyordum.

Sevgi abla, 30 yaşında olduğunu söyleyen ama 40 yaşında görünen sapsarı saçlı ve makyaj yapmadan dolaşmayan bir kadındı.

- Makyaj mı, cezaevinde yani?

- Evet, cezaevinde beşinci yılını dolduruyordu. Sürekli başı ağrır ve sürekli hastaneye götürülürdü. İçeriye nasıl girdiğini sorduğumda soğukkanlı bir şekilde "Kocamı öldürdüm." deyişi beni korkutmuştu ama hikâyesini dinleyince "İyi yapmışsın!" dedim.

Sevgi abla dikiş-nakış öğretmeniymiş. Halk eğitimde öğretmenlik yapıyormuş. Çok severek, âşık olarak evlenmiş. Kocası, kızları doğduktan sonra değişmiş, sürekli içki içip Sevgi ablayı dövmeye başlamış. Doğuda boşanma öyle kolay olmadığı için Sevgi abla katlanıyormuş. Sonra kızları ilkokula giderken Sevgi abla eve geldiğinde kocasının kızıyla beraber porno film izlediğini görmüş. Kocası zaten geceleri izliyormuş ama kızına izlettiğini görünce kavga çıkarmış. Dayak yemiş, almış kızını babasının evine gitmiş.

Kocası silahlarla ve akrabalarıyla beraber Sevgi ablanın babasının evine gelmiş. Sevgi abla olay çıkmasın, birine bir şey olmasın diye dönmüş evine. Birkaç ay yine aynı şekilde geçmiş. Okuldan eve geldiğinde kızını kocasının kucağında çıplak görünce cinnet geçirmiş. Kavga etmiş, bağrışıp çağrışmışlar. Adam Sevgi ablaya kavga esnasında tecavüz etmeye kalkmış, o da kaçarken mutfaktan bıçağı alıp saplamış. Kızını alıp baba evine gitmiş. İçeri girmeye korkmuş. Bahçede oturmuş. Birkaç saat sonra polisler gelip yakalamış. 20 sene ceza almış. İndirimler, affettirici sebepler derken 10 sene cezası kesinleşmiş. İçeride beşinci senesini geçiriyordu.

"İyi yapmışsın!" dedim ben de.

Sevgi ablanın iyi lafını duyması, milletin "İyi yapmışsın!" demesi 10 senesine mal oldu. Al sana adalet!

Elmas, 15 yaşındayken evlendirilmiş. Sürekli kocasından dayak yemiş. Kocası eve kadın getirirmiş. Zorla arkadan beraber olurmuş. Bir gün kavga esnasında canının acısıyla eline aldığı bıçağı saplamış kocasına. Adam ölmemiş, böbreği alınmış. Ölüme teşebbüs olduğu için önce iki ay tutuklu kalmış. Bırakmışlar. Antalya'ya gitmiş orada akrabalarında kalırken yanında çalıştığı avukat tecavüz etmiş. Sonra "Karımı boşayıp seni alacağım." diye kandırmış. Elmas hamile kalmış, herkesten habersiz doğurmuş. Avukat, çocuğu daha hastanedeyken alıp gitmiş. Sonra Elmas hastaneden çıkmış adamın iş yerine gitmiş. İş yeri yerinde yok! Adamın evine gittiğinde şoke olmuş çünkü ev bomboşmuş, çocuğu da alıp ortadan kaybolmuşlar.

Elmas onları bir müddet her yerde aramış. Meğer adamın karısının çocuğu olmuyormuş. Elmas'la ilişkisinden haberi varmış ve Elmas'a tuzak kurmuşlar. Amaç çocuğu alıp kendi çocukları olarak kaçırmakmış. Galiba yurtdışına gitmişler. Elmas'ın akrabalarının hiçbir şeyden haberi yok ya Elmas çaresizlik içinde Van'a geri dönmüş. Muhasebede çalışmaya başlamış. Ailesiyle kalıyormuş. Bıçaklı olaydan 7 sene sonra işyerine polisler gelmiş. Elmas'ı alıp cezaevine getirmişler. Beş sene ceza aldığı ve indirimlerle 2.5 sene karar çıktığı için bir gün alıp getirmişler buraya. Mahkeme sürecinden Elmas'ın hiç haberi olmamış.

Sonra cezaevindekiler suçlu, onları cezaevine düşüren dışarıdakiler suçsuz oluyor.

Kocası dışarıda başka biriyle evli olarak geziyordu ve adamın çocuğu bile vardı.

Lütfiye teyze, 65 yaşında hiç Türkçe bilmeyen, sürekli örgü ören bir kadındı. Bu kadın Erzurum'un bir köyünde yaşıyordu. Yaşarken çocukları hep evli. Lütfiye teyzeye 110 lira kaçak elektrik cezası geliyor. İyi de Lütfiye teyze okuma bilmiyor. Aradan bir sene geçiyor. Polisler geliyor. Lütfiye teyzeyi alıp mahkemeye çıkarıyorlar. Sonra cezaevine getiriyorlar. Beş yıl ceza, iki yılı kesin karar. 110 lira için iki yıl içeride yatıyor. Çocuklarıysa dışarıda yaşamaya devam ediyordu.

Bir de Hacer ablamız vardı, yanında da down sendromlu çocuğu. Kocası eroin kullanan ve satan bir adam. Üç dört tane büyük çocuğu var. Onlar dışarıda. Kaçakçılık yaparken Hacer ablayı da kullanırmış. Hacer abla hamile kalmış. Hamile kalınca kaçakçılık sırasında kendilerini ihbar etmiş. Amacı kocasını içeri alırlarsa eroini bırakırmış güya. İyi de onu da almışlar içeri. Kocası 12 yıl, Hacer abla yedi yıl ceza almış. İhbar ettiği için beş yıl indirim olmuş. Aynı cezaevinde kocası da kalıyordu. Süslenip püslenip görüşe gidiyordu. Birbirlerine, aşkım, diye hitap ederek mektuplar yazıyorlardı. Gardiyanların ispiyoncusuydu. Kimse onu sevmiyordu ama o herkesi çok seviyormuş gibi davranırdı. Bütün kavgaları o çıkarırdı. Herkesi birbirine düşürür, gardiyanların geldiğini görünce barıştırırmış gibi yapardı.

Kocası uyuşturucu kullanırken hamile kaldığı için oğlu hem down sendromlu, hem de kalbi delikti. Bütün hayatı oğluydu. Çocuk hapiste doğmuş ve beş yaşına orada gelmişti. Konuşamadığı için sürekli bağırıyordu çocuk. Diğerleri de çocuğun sesinden rahatsız olup sustur diye Hacer'e bağırıyordu. Al sana kavga.

Gülten, 17 yaşındaydı ama kimlikte 23 olduğu için bizimle aynı koğuşta kalıyordu. İki tane annesi vardı. Gülten'in annesi hırsızdı. Gülten da hırsız olmasına rağmen içeri gasptan girmişti. Yasalara göre hırsızlığın suçu az ama hırsızlık yaparken darp varsa çok. Hırsızlık yaparken bıçak çekmiş. İki yıl ceza almış. Gülten sürekli kendini kesiyordu. Kollarını, bacaklarını. Ben sadece hırsızlıktan giren birinin neden bu kadar sorunlu olduğunu sonra anladım. Gülten cezaevine girdiğinde beş aylık hamileymiş. Ablasının kocasından hamile olduğu için cezaevi yetkilileri tarafından hamileliği saklanmış.

Dışarıdaki insanlar birbirlerine çelme takıp düşürmeye, ayağını kaydırmaya, yok etmeye, zarar vermeye çalışırken; cezaevindeki gardiyan, psikolog, görevli, aşçı, eğitim uzmanı, müdür kısaca herkes tutuklu ve hükümlülerin psikolojisini düzeltmek, yaşam sevincini artırmak, mutlu olmalarını sağlamak ve dışarıya daha iyi bir durumda çıkmalarına katkıda bulunmak için çalışıyorlardı.

Dışarıdakiler birbirlerini içeri düşürmeye uğraşırken...

Oradaki görevliler içeridekileri suçlu olarak görmüyorlardı. En ufak bir çıkış ümidine sarılıyorlar, müjdeyi veriyorlar, destekliyorlardı dışarı çıkışı. Dışarıdakiler de en ufak bir hatada içeri sokmak için uğraşıyorlardı.

Birileri duyar da Gülten kendini kötü hisseder diye cezaevindeki görevliler onun bu durumunu herkesten saklamışlardı ama bir gece aniden Gülten'in kanaması oluyor ve beş aylık çocuğu düşürüyor. Herkes o zaman öğreniyor durumu.

Gülten yaşının verdiği çocuklukla süslenir püslenirdi sürekli. Herkes beni eziyor, kimse beni sevmiyor diye yakınır, durmadan intihar girişiminde bulunurdu. Mesela biz birkaç kişi oturup sohbet ederken, Gülten sen de gel, demezsek hemen odaya çıkar, beni kimse sevmiyor, aralarına almıyorlar, diye intihara kalkışırdı.

Sabriye, nam-ı diğer Sabriş. Gel Sabriş, git Sabriş. Sürekli gülen, her işi yapan, okuma-yazma bilmeyen, her sohbet edenle oturup söyleyecek bir şeyi olmadığı için sadece dinleyen Sabriş. 22 yaşındaydı. Ağırlaştırılmış müebbet almıştı. Yani en az 36 yıl. Altıncı yılıydı ama dışarı çıkmak için hiç hevesi yoktu çünkü artık onu bekleyen ne anası, ne babası, ne kocası, ne akrabası, ne de çocuğu vardı. Ne de geleni gideni.

Dışarıdan para yatıran hayırseverler olurdu. Cezaevi idaresi o paralardan Sabriye'ye de verirdi. Sabriye 15 yaşında bir akrabası tarafından tecavüze uğramıştı. Hamile kalmıştı. Hamileliğini gizleye gizleye kendi başına doğum yapmıştı. Yengesi durumu öğrenince Sabriye'ye çare olarak çocuğunu öldürmesini söylemişti. O da çocuğu önce boğmuş, sonra da gömmüş. İki gün sonra yengesi vicdan azabına dayanamayıp ihbar etmiş. Sabriye yakalanmış, içeri girerken annesi, babası, akrabaları ona lanet okumuş. Artık kızımız değilsin, ceza almaz da çıkarsan seni öldürürüz, demiş. O yüzden Sabriye'nin çıkmaya hiç niyeti yoktu. Ağırlaştırılmış müebbet almıştı ama davası yargıtaydaydı. Hani yasa çıktı ya, beş sene davası sonuçlanmayanlar serbest bırakıldı. Sabriye de dışarı çıktı. Sonra ne oldu bilmiyorum. Onu öldürmek için çıkışını bekleyenlerden kurtulabilirse tekrar içeri girecek.

Ben cezaevinde onları dinlerken önceden tatil köylerinde bikiniyle denize girdiğim zamanlar aklıma geldi. O sırada televizyonda profesörler, çağdaş kadınlar, bol makyajlı yüzleri, şapkaları ve koyu güneş gözlükleriyle kadın hakları diye gösteri yapıyorlardı haberlerde.

21 yaşındaki Elvan'ın hikâyesini dinlerken diğerlerinden daha şanslı olduğunu düşünüyordum. Tabi hikâyesini bitirince vazgeçtim.

Elvan, büyüüük bir aşkla Ercan'a bağlıydı ama Elvan'ı amcasının oğluna sözlemişlerdi. Sonra Elvan, Ercan'la kaçmıştı. Öldüreceklerdi. Ercan, Elvan'ın teyzesinin torunuydu. Dolayısıyla akraba olduğu için büyükler öldürülmelerine engel olmuştu. Elvan'ın babası ve ailesi Elvan'ı reddetmişti evlatlıktan. Ercan adam yaralamaktan aranıyordu. Sahte kimlik kullanıyordu. Dolayısıyla resmi nikahla evlenme şansları yoktu. İmam nikahıyla evlenmişler. Şimdi biri dört, diğeri iki yaşında çocukları vardı. İki yıl önce daha yeni doğum yaptığında hırsızlıktan tutuklanmıştı Elvan.

Elvan içerideyken Ercan bir kavga sırasında öldürülmüştü. Elvan cezaevinde iki ay kalmıştı. Kocasının öldürüldüğünden haberi olmadığı için çıktığında onu bekleyenler arasında olmadığını görünce Ercan'a bir şey olduğunu anlamıştı. Durumu öğrenince oracıkta yıkılmış, tam 15 gün hastanede tedavi gördükten sonra kocasının mezarına götürülmüştü. İki çocuğu vardı. Kuyumculardan altın çalarak geçiniyordu. Kayınvalidesinde kalıyordu. Tam yedi farklı kimliğe ve GBT'de 21 sicile sahipti.

Şimdi tek derdi para biriktirip Ercan'ı öldürenleri cezaevinde öldürtmekti. Oysa büyüklerin derdi Elvan'ı Ercan'ın kardeşlerinden biriyle evlendirmekti çünkü Elvan hırsızlıktan çok para kazanıyordu. Çeşit çeşit arabası vardı ama hepsi kocasının kardeşlerindeydi. Onlar olmadan bakkala bile gidemiyordu.

İçeriden çıkınca yeni bir hayata başlayacağına dair bana söz verdi. Beraber hayaller kurduk. Artık hırsızlık yapmayacaktı. Arabaları satacaktı. Ona başka bir şehirde güzellik salonu açacaktık. Ben de oraya tayinimi isteyecektim. Ben hem öğretmenlik yapacaktım hem de salona ortak olacaktım ama hiçbiri olmadı.

Elvan çıktığında evlendirilmeye razı olmayınca kaynı onu vurdu, içeri girdi. Elvan kendini suçlu hissettiği için kayınvalidesinin yanında kaldı. Hırsızlığa devam etti. Daha sonra defalarca içeri girip çıktı. İçeri giriş çıkışlarından birinde içeride bulunan uyuşturucu kaçakçısı bir kadınla beraber oldu. Çıkınca aynı eve taşınıp beraber yaşamaya karar verdiler. Elvan telefonda bana bunları anlatınca garipsedim ama yorum yapmadım. Sonra düşündüm Elvan hep birilerinin himayesinde kalmış ve tek başına çocuklarıyla devam etme gücü olmayan bir konuma gelmişti. Tekrar evlenmesi törelere göre mümkün değildi. Erkek arkadaşı olması öldürülmesine sebep olurdu. O da yalnız kalmama yolunu bir kadınla birlikte olmakta bulmuştu.

Elvan çocukluğundan itibaren hep birilerinin dediklerine, yönlendirmelerine göre yaşamıştı. İlkokuldan beri hırsızlık yaptırılıyordu. Babası büyük hırsızdı. Annesi bohçacı hırsızdı. Abileri evlere giren hırsızlardandı. Elvan da kuyumcu hırsızı olarak yetiştirilmişti. Küçükken her yere abisi ya da babası tarafından götürülüyor, o hırsızlık yaparken aile dışarıda gözcülük yapıyordu.

Sanki orada her erkek her kadını sınırsız dövme hakkına sahipti. Şöyle ki, Elvan'ın kocası, yengesini bile rahatlıkla dövebiliyordu. Elvan çocukluktan itibaren hem dayak yiyor, hem çalıştırılıyordu. Üstelik akşam olduğunda çaldığı paralar ailesi tarafından elinden alınıyordu. Kalanlar da kocası tarafından alınıyordu.

Orada sistem şöyle çalışıyordu: Çocuklar ilkokula gönderiliyor, beşinci sınıftan sonra okuldan alınarak bir akrabasıyla sözlendiriliyor, bu sırada kocaya hazırlamak için evde dövülüyordu. Çocuklar bu dayaktan kurtulmak için kendisinden 15–20 yaş büyük biriyle bile evlenmeyi kurtuluş olarak görüyorlardı. Evlendirildikten sonra da tüm dayak hakları koca tarafına geçiyordu. Kendi ailesinde kendi başına hareket edemeyen, karar veremeyen, hiçbir söz sahibi olmayan kızlar bu sefer de koca evinde aynı durumu yaşamaya başlıyorlardı. Sanki bir ildeki cezaevinden başka bir ildeki cezaevine nakloluyorlardı.

Bu çocuklar kendi başına ayakta durmayı, bir iş yapmayı, karar vermeyi bilmiyorlar. Kazandıkları para akşam ellerinden alındığı için para harcamayı da bilmiyorlar. Sonra birinin kocası öldüğünde yalnız kalıyor ve şaşırıp kalıyorlar. Mesela Elvan'ın yedi arabası vardı ama o araba kullanmayı bilmiyordu.

Mahkemeye gitmekten çok korkuyordum. Bir gece, mahkemeye ailesinin geleceğini ve psikolojik olarak kendimi buna hazırlamamı söylediler. Hazırlayamamıştım. Hiçbir şeyden korkmuyordum. Sorunum güvenlik değildi. Ya ben kendimi savunurken çocuğun annesi karşımda durursa... Onun gözlerinin içine baka baka nasıl "Ben suçsuzum." diyecektim.

EN UZUN GECE

Cezaevindeyken babamlar ilk üç gün gelememişti. Gardiyanlardan biri pazartesi yani üçüncü gün sabah babamla haberleşmiş, babamın uçakla yola çıktığını söylemişti. Benim babam 50 yaşındaydı. Hayatta en çok neyden korkarsın, deseler, uçak, derdi. Hiç uçağa binmemişti ve ben binip nasıl gelebileceği konusunda şaşkındım. Öğleden sonra, aban gelmiş Van'daymış, dediler. Bekledim gelmedi.

Ertesi gün saat 11.00 gibi "Akşama keşif var hazırlan." dediler. "O ne ki?" dedim. "Olay yerinde ifade vereceksin." dediler. Gardiyana "Sen de geleceksin değil mi?" dedim. "Geleceğim." dedi çünkü mahkûmların bayan gardiyan olmadan bir yere gitmesi mümkün değildi. Babamı sordum. Savcılıktan izin alamadığı için çarşamba günü olan görüşte gelebileceğini öğrendim. Babam Van'ı bilmezdi, tanıdığı da yoktu. Karşı tarafın ona zarar verme ihtimali vardı. Ve babam Van'daydı. Onun Van'da olduğunu bilmek benim artık yalnız olmadığımı düşünmeme sebep oluyordu. Hem korkuyordum, hem de burada diye seviniyordum.

Akşam olduğunda, "10 dakikaya çıkacaksın, hazırlan." dediler. Hazırlandım. Gardiyanlar beni aldı o demir kapılardan geçtim. Gardiyan benimle beraber arabaya doğru geldi. Jandarma onun çıkış iznini istedi fakat başka bir ilçeye gideceğimiz için izin yoktu. Beni o demir yığınının içine bindirdiler. Çakmağımı aldılar, kafesi kapattılar. Bir de demir bir sürgü vardı onu kapattılar. Dört asker sürgünün arkasına bindi, kapıyı kapattılar. Araba hareket etti. Karşımda yırtık pırtık bir koltuk, altımda yırtık pırtık bir koltuk. Arabanın iki tarafında elimin içi kadar ikişer tane cam vardı.

10 km kadar gittik. "Sigara içmek istiyorum, çakmağımı verin." dedim. "Sen sigarayı ver." dediler. Ben kafesten sigarayı uzattım onlar yakıp geri verdiler. Asker görmeye tahammülüm yoktu. Çarptığım çocuk aklıma geliyor ve kafayı yiyecek gibi oluyordum. Sigarayı içerken aniden arabanın ışıkları söndü o anda tamam dedim. Bunlar beni öldürecek! Hani ben onlardan birini öldürdüm ya. "Işıkları yakın ben korkuyorum." dedim. Askerin biri "Abla korkma ışıklar bozuldu. Biz buradayız merak etme." dedi.

Art ardına yol boyu bir pakete yakın sigara içtim. Hem astım, hem panik atak olduğum için o karanlıkta hastalanmayayım diye iki şişe su içtim. Sprey sıktım.

Korktuğumu bilen askerlerden biri yol boyu "Abla korkma buradayız." diye bana şarkı söyledi. Sonra araba durdu kapılar açıldı. Elinde çelik yelekle baş komiser bindi. Ailen burada, dedi. Amacı bana biraz daha acı çektirmek miydi yoksa üstüme giydirdiği yeleği çıkarmamam için miydi bilmiyorum.

O sıra kapının arasından adliye kapısını gördüm. Sonra kapılar kapandı. Biz gene yola çıktık. Durduk, ben adliyenin önündeyken baş komisere "Tuvaletim geldi." demiştim. O da "Burada olmaz." demişti. Tekrar durduğumuzda artık tutamayacak kadar tuvaletim vardı. Kapılar açılınca askere söyledim. "Bekle." dedi. Camdan dışarı baktım. Gördüğüm manzara karşısında dehşete düştüm. Karşıda Jandarma Komutanlığı yazan bina vardı. Binanın önünde kocaman bir bayrak binadan yola doğru tam 17 tane asker vardı. Sağlı sollu sıralanıyorlardı. Yola doğru bir çok polis vardı. Bana yakın olan tarafta rütbeli askerler vardı. Arabanın tam önünde de altı tane rütbeli polis vardı.

Sonra askerin üstüne kulağına bir şey dediğini gördüm. Sonra bir üst, sonra bir üst... derken dört kişi, sonra komisere gitti. Baş komiser, âmire, müdüre ve en son savcının izin vermesiyle izin alma fısıltısı döndü dolandı yine bana geldi. "Tuvalete gideceksin hazırlan." dediler. Ben daha önce tuvalete gitmek için hazırlanmamıştım. Ne yapılırdı ki tuvalete hazırlanmak için? Bu arada yol boyu elim hep kelepçeliydi.

Sonra kapılar kapandı, biraz gittikten sonra tekrar açıldı. Ortada ben, sağımda baş komiser, solumda komiser, arkamda üç polis, onların arkasında bir sıra daha polis, önümde beni getiren askerler ve komutan olduğu halde köyün camisinin tuvaletine girdim. Önce her yeri kontrol ettiler, sonra kelepçeyi çözdüler. Üstümdeki çelik yeleği çıkardılar. Kabinlerden birini gösterip, gir, dediler. Girdim. Beni cezaevinden getiren askerler ve baş komiser çıktığımda kapıdaydılar. Sonra baş komiser kelepçeyi taktırmadı. Yeleği giyecekken "Bir kızı da koruyamayacaksak..." dedi ve yeleği de giydirmedi. Beni arabaya soktular. Yeleği de yanıma koydular. Onlar kapıyı kapatırken ben kendi kendime çelik yelek giydiriyordum. Korkumu düşün artık. Sonra olay yerine geldik. Aradan iki saat geçti. Sırayla önce o akşam orada olduğunu söyleyen askerlerin ifadeleri alınmış. Sonra beni indirdiler. Koruma ordusuyla çevrili olarak savcının yanına götürüldüm. Savcı sordu.

- Kaza yeri neresiydi?

- Van nerede, ne tarafta?

- Kızım adam gibi cevap ver!

- İyi de ben neredeyim bilmiyorum ki...

- Kaza yaptığın yerdesin.

- Van ne tarafta?

Savcı, eliyle Van'ın olduğu tarafı gösterdi.

- Ben kazayı burada yapmadım, burayı hatırlamıyorum.

- Sarhoş muydun?

- Hayır burası böyle değildi.

İfademdeki olayı bana anlattı ve tutanağı bana imzalattı. Tekrar arabaya bindirildim. Bir müddet sonra kapılar kapandı. Askerin biri "Abla nasıl öldürdün?" dedi. "Kaza yaptım." Sustular. Sonra düşmemek için tutuna tutuna uyumuşum arabada. Araba durunca uyandım. Kapılar açıldı. Bayan gardiyan beni bekliyordu. Herhalde annemi görsem ancak o kadar sevinirdim. "Beni bir daha dışarı bırakmayın." dedim. Koğuşa gittim. Kimse uyumamıştı. Merak içinde beni bekliyorlardı. Saat gecenin üçüydü. Anlattım onlara ve uyudum.

Ertesi gün görüş günüydü. Sırayla ziyaretçisi olanları çağırdılar. Sonra ben çağırıldım. Ben babamı görünce koşup boynuna sarılacağımın hayalini kuruyordum. Kızlar bunu fark edince camın arkasından konuşacağımı o yüzden büyük beklentiyle gitmememi söylediler. Görüş yerine girdim. 1. bölme doluydu. 2. bölme doluydu. 3. bölme de doludur diye düşünürken babamı gördüm. Babam beni görünce ağlamaya başladı. Ben de başladım. Elimi cama koydum, babam da koydu ama iki cam arasında o kadar çok mesafe vardı ki. Konuşuyorduk ama birbirimizi duymuyorduk. Sonra yan kabindekiler telefonları kaldırmamızı söyledi. Konuştuk babamla.

Babam korkmamam gerektiğini, avukat tuttuğunu, herkesin benim kasıtlı olarak o genci öldürmediğimi bildiğini, yakında mahkeme açılacağını ve mahkemede çıkacağımı, annemle Hüseyin Barış'ın iyi olduğunu, selamları olduğunu söyledi. Babama "Baba ben iyiyim merak etmeyin." dedim. 10 dakika sonra telefon kesildi. Babam giderken Sevgi ablayla Elmas'ın aileleri babamın yanındaydı. Karşıdan çıkışlarını gördüm. El salladım. O da salladı. O anda artık kurtulacağımı biliyordum çünkü babam gelmişti. O geldiyse beni kurtarırdı.

Dışarıdayken dışarıda olan herkes gibi içeridekilerin dünyanın en kötü olan insanları olduklarını düşünürdüm. İçerideyken onların dünyanın en çaresiz insanları olduklarını anladım, ve en ümitli... Dışarıda başına saçma sapan ufacık bir sıkıntı geldi diye karaları bağlayan insanlar ümitsizliğe düşerken, içeride her sabah uykudan "Rüyamda gördüm, görün bak bugün af çıkacak." diye ümitle uyanan insanlar vardı. Ben 54 gün kaldım. 54 gün boyunca her gün birinin rüyasında af çıkıyordu. Çay bardağından ipe kadar her malzeme fal bakmaya müsaitti. Ve bütün fallarda af çıkıyordu. Bebeklere "Önce kim çıkacak?" diye soruluyor, bebeğin gösterdiği kişi sevinçten havalara uçuyordu.

Herkesin içinde hep bir ümit vardı. Oradan çıkılacak!

54 günün sonunda 21 gün önce açılan mahkemeye sabah 9.00'da götürüleceğim söylendi. Geri dönecektim

çünkü avukatım basının geleceğini ve muhtemelen baskıdan dolayı hâkimin tutukluluğun devamını isteyeceğini söylemişti.

Akşam yemekte balık vardı. Sabahtan, "Akşama kadar gelemezsem bana balık ayırın." diye kızları tembihledim. Bir gece önce sabaha kadar hiç uyumamıştım. Sabah 9.00'da gelen olmadı. Saat 11.00 oldu, gelen olmadı. Sebebini kızlara soruyordum. Can güvenliği sorunu varsa mahkemenin gıyaben görüleceğini, bu yüzden gelmemiş olabileceklerini söylediler.

Zaten mahkemeye gitmekten çok korkuyordum. Bir gece, mahkemeye ailesinin geleceğini ve psikolojik olarak kendimi buna hazırlamamı söylediler. Hazırlayamamıştım. Hiçbir şeyden korkmuyordum. Sorunum güvenlik değildi. Ya ben kendimi savunurken çocuğun annesi karşımda durursa... Onun gözlerinin içine baka baka nasıl "Ben suçsuzum." diyecektim. Benim istemeden ve de kaza ile bile olsa öldürdüğüm çocuk o kadının sevgiyle 20 yıl büyütüp emek verdiği canının, kanının parçasıydı. Benim kaza ile sebep olmam onun için bir şey ifade etmezdi ki. Hafifletici sebep değildi yani.

Ben bunları düşünürken geldiler, beni aldılar. Araca bindirdiler, adliyeye götürdüler. Kapı açıldı. Yol boyu çift taraflı polis koruması vardı. Onların arasından mahkeme salonuna soktular. Hâkim gelince ayağa kalktım. Hâkim, maktulün baba ve amcasını getirin, dedi. Onları arka köşeye oturttu. İfadeyi verdim. Sonra şahit olduklarını söyleyen askerler sırayla mahkeme salonuna alındı. Hiçbirinin ifadesi birbirini tutmuyordu. Sonra babaya sordular "Şikayetçi misin?" diye. Yüzüme baktı "Şikayetçiyim! Arayıp bir özür bile dilemedi. Vicdansız olduğu buradan belli. En ağır ceza ile cezalandırılmasını istiyorum." dedi.

Hâkim bana, söyleyecek bir şeyin var mı, dedi. İfadelerde çelişkiler var, o askerler orada değildi, dedim. Babasından özür dilemek için onu arama şansım olmadığını, ailemi bile haftada bir kez 10 dakika arayabildiğimi söyledim. Çok üzgün olduğumu, evladını kaybetmiş bir babanın karşısında kendimi savunmak zorunda olduğum için çok utandığımı fakat anne olduğum için ve oğlumun bana ihtiyacı olduğu için buna mecbur olduğumu söyledim.

Hâkim, kararı okurken yaklâşık altı saat boyunca hiç kımıldamadan ayakta durmaktan dolayı belimdeki ağrıyla mücadele ediyordum. Hâkimin tahliye dediğini duymadım. Avukat gülümsedi. Askerler bağrışarak dışarı çıktı. Baba ve amca polislerle çıkarıldı. Ben başımdaki komutana, Ne oldu, dedim. Tahliye oldun, dedi. O sırada bana emniyette beddua eden komutan yanımdan geçerken, ben dışarı çıkıp askerleri sakinleştireyim yoksa bunu linç ederler, diyerek çıktı. Hâkim, adliye boşalana kadar adliyeden çıkarılmamamı söyledi. Arabaya bindim. Tam dönüp polislere teşekkür edecektim ki beni cezaevinden getiren asker, gir içeri, diye bağırıp beni itti. Kapıyı da üstüme çarptı. Yol boyu "Arkadaşımızı şehit eden insana sigara vermem." diye bana sigara vermediler.

Cezaevine vardım. Beni ilk gün karşılayan bayan gardiyan kapıdaydı ve yine o beni karşıladı. Herkes seni bekliyor, beş dakikan var, çabuk hazırlan ve çık, dedi. Koğuşa gittim. Alkışlar ve çığlıklar arasında karşılandım. Hepsine sarıldım. Söz verdiğim kıyafet ve yiyecekleri almışlardı. Geri kalanları çöp poşetlerine doldurup elime tutuşturdular.

Koğuşumuzun bebeği haklı çıkmıştı. İlk ben çıkıyordum. O, onlara bir umut oldu. Çocuğun adı da Umut'tu zaten. Beni ilk gün karşılayan başgardiyan ve bayan gardiyan son günde de uğurladılar. Aslında o yaşıma kadar kendimi özgür zannettiğim ama mahkûm gibi yaşadığımı buraya girince anladığım, özgürlük zannettiğim kendi hayat hapishaneme çıkarken ben artık eski ben değildim.

Dışarıdayken bana asılan, nefret ettiğim, kötü dediğim, dalgaya alıp alay ettiğim birçok insan ben içerideyken haber gönderdiler. İyi olup olmadığımı sordular, para ve eşya yolladılar. Benimle ilgilendiler. Hiç beklemediğim insanlar beni yalnız bırakmadılar.

Bana bir sohbetten çok fazlasını verdin. Bir çocuğun ailede yaşadığı sevgisizliğin sonuçlarını, lise ve üniversitelerdeki eğitimin durumu, evlilikte yaşanan sorunları, milli eğitim sistemimizdeki aksaklıkları, en çok da kimsenin anlatmaya cesaret edemeyeceği gizli bir dünyayı anlattın. Bir toplumun köşede kalmış insanlarının sessiz çığlıklarını fısıldadın şimdi.

YARALI MELEK

Melek Öğretmen sustu. Gözleri nemlendi. Hayalinde yine uçup gitti yanımdan. Gözyaşları dudaklarının kenarına kadar indiğinde derin bir nefes aldı.

- Ama sen, asıl yalnız bırakmaması gerekeni bekledin değil mi?

Buğulu gözlerini bana çevirdi. Başını evet anlamında hafifçe öne doğru eğerken nefesi sıklaşmaya ve göğsü daha hızlı inip kalkmaya başladı.

- Belki yanılabilirim ama bir şey söyleyeceğim Melek.

- Buyurun hocam.

- Sendeki duygular onu özlemekten başka bir şey. Bedeninden fışkıran duygular sevgiden öte, öfke ve kin taşıyor gibi. Sanki yoğun bir nefret tüm benliğini sarmış.

- Evet. Ben onu çaresizlikler arasında sevdim. Ben onu; silahlara, köpeklere, kendini insan sanan hayvanlara rağmen sevdim. Ben onunla sanki hayatıma yeniden başladım. Sildim geçmişi, acıları. Elimden tut dedi, tuttum. Bırak dedi, bıraktım. Öl deseydi ölürdüm ama öl demek yerine beni öldürmelerini söyledi başkalarına. Oysa öl deseydi acısız olurdu. İçim bu kadar acımazdı. O bana söz vermişti, gitse de, bitse de beni hep sevecekti. Başka çaresi yoktu. Beni çaresizliğe terk etti. Diliyle, bu pisliklerden kurtul git derken, gerçekte beni pisliklerin içine itti.

Ben ona çok yalvardım, çok ağladım ve çok direndim daha ayrılmadan. Ben onu, bir gün gideceğini bile bile severken, o gidince ölürüm sanıyordum. Ölmedim ama içimde öyle bir yara var ki o yaranın kanamaması için onun ölmesi, kapanması için benim ölmem gerekiyor. Ayrılacağımız günü ölüm gibi bekledim. Yaranın kapanacağı günde ölüm. Yani bu zulmün bitme şansı yok.

- Farkında mısın bilmiyorum bu yara onu değil seni zehirliyor ve istediğin huzuru yaşamanı engelliyor.

- Sadece Yılmaz'a değil nefretim, öfkem ve kinim. Fizikçiye, babama, okul müdürüne, Murat'a ve anneme de kızıyorum. Söndüremediğim bir intikam ateşi içimi yakıp duruyor.

- Bu intikam ateşi onlara ulaşmıyor ama şimdi senin yapabileceğin tüm güzellikleri buharlaştırıp yok edebiliyor. Bakma sen bu güzelliğinle güzel ve cici pozlar verdiğine. İçindeki zehirli duygular ve düşünceler peşini bırakmaz, seninle her yere gider hatta seni yürüyen yanardağ haline bile getirebilir. En ufak bir izde, geçmişi hatırlatan bir sözde, resimde, ipucunda seni sarsar.

- Konferanstan sonra çay içerken bir ara kilitlenmiştim ya, hani benzim sararmıştı ve siz ne oldu diye sormuştunuz.

- Evet.

- O sırada yanımızdan kim geçti biliyor musunuz?

- Kim?

- Lisedeki fizikçi. Sanırım o da sizin konferansa katıldı.

- Demek o an birdenbire durgunlaşmanın nedeni oydu?

- Onu görünce içimdeki ateş yeniden alevlendi ve sanki bir yanardağ gibi patladı.

- Eskiden hayatını zindan eden bir insanı bir kere gördüğünde böyle sarsılıyorsan, bugüne kadar yaşadığın birçok olumsuzlukla karşılaştığında, onları hatırlatacak bir şey gördüğünde, ya da hayalinde bile düşündüğünde ne hale geleceğini düşünebiliyor musun?

- Bugüne kadar yüzüm gülmedi zaten.

- Yürek yanarken yüz güler mi?

- Gülmez, gülüyormuş gibi yapar, benim gibi yani.

- ...

- Hocam siz yorulmadınız mı, kaç saattir beni dinliyorsunuz, ben anlatırken yoruldum.

- Sen sadece anlatmadın ki, adeta yeniden yaşadın her şeyi.

- İlk defa yaşadıklarımı birine bu kadar açık ve ayrıntılı anlatıyorum.

- Teşekkür ederim.

- Beni hiç suçlamadan, yargılamadan, ayıplamadan, sözümü kesmeden dinlediğiniz için ben çok teşekkür ederim. Şu an çok rahatladım.

- Bu geçici bir rahatlama. Sıkıntı ağacının yapraklarını döktün, yakında o ağaç yeniden yeşerecek çünkü kökleri duruyor. Ruhunun ve yüreğinin en ücra köşelerine kadar uzanmış o kökleri bulup çıkarmamız gerekir.

- Bunu nasıl yapacağız?

- Umarım yolun düşer de Ankara'ya gelirsin. Seni güzelce bir bakım ve onarımdan geçirmemiz lazım.

- Gelene kadar ne yapacağım, bu sıkıntıları yaşamaya devam mı edeceğim, yoruldum artık.

- Şimdiye kadar yaşamışsın zaten. Konferansta imzaladığım kitaplardan ikisini okuyabilirsen sana katkı sağlar.

- Hangileri? Önce, **"Sen Hiç Kendini Yaşadın mı?"** adlı kitabı oku. Orada, geçmişte yaşadığın üzücü olayların sende bugün yarattığı tüm acıların izini silecek uygulamalar var. O uygulamaları yaparsan içindeki çamuru temizlersin. Ardından da **"Yüreğime Dokunan Eller"** adlı kitabı oku. Yaşadığın sevgisizlikten dolayı uyuyakalmış Melek'i ayağa kaldırıp yürütür ve şahlandırırsın inşallah.

- Tamam okuyacağım, konferansta almıştım zaten.

- Ben şunu merak ediyorum Melek, cezaevinden çıktıktan sonra neler oldu? Buraya nasıl geldin, Yılmaz'a neler oldu, mahkemen tamamen bitti mi, hikâyelerini anlattığın cezaevindeki kadınlar ne oldu, hâlâ görüştüklerin var mı?

- Ankara'ya geldiğimde uzun uzun anlatırım hocam, çok daha ilginç olaylar oldu, ben gelip anlatana kadar siz düşünüp tahmin edin.

- O zamana kadar merak etmeye devam edeceğim yani?

- Ben de şunu merak ediyorum hocam, buraya kadar ağzınızı açmadan dinlediniz. Peki siz benim hakkımda ne düşünüyorsunuz? Yaşadıklarım hakkında bir yorum ya da hayatım hakkında bazı tahliller yapmayacak mısınız?

- Yapacağım hatta yaptım bile. Ankara'ya geldiğinde uzun uzun anlatırım yorumlarımı. Çok ilginç tahlillerim ve çok şaşıracağın tespitlerim oldu. Ben anlatana kadar sen düşünüp tahmin et bakalım.

- O zaman karşılıklı olarak meraklaşmaya devam edeceğiz.

- Evet, aynen öyle.

- O zaman ben şimdi müsaadenizi isteyeyim, çok geç oldu, oğlum da uyuyakalmıştır.

- Bana bir sohbetten çok fazlasını verdin Melek. Bir çocuğun ailede yaşadığı sevgisizliğin sonuçlarını, lise ve üniversitelerdeki eğitimin durumu, evlilikte yaşanan sorunları, milli eğitim sistemimizdeki aksaklıkları, en çok da kimsenin anlatmaya cesaret edemeyeceği gizli bir dünyayı anlattın. Bir toplumun köşede kalmış insanlarının sessiz çığlıklarını fısıldadın şimdi.

Bugünden sonra bu çığlıkları konferanslarda, televizyon programlarında ve yazacağım kitaplarda tüm yetkililerimize ve liderlerimize haykırmak boynumun borcu olsun.

- Çok teşekkür ediyorum, hoşça kalın.

- Hoşça kal, yaraları iyileşmeye başlayan melek.

AH MELEK ÖĞRETMENİM AH

O gece başımı yastığa koyduğumda karmakarışık duygular ve üzüntüler içerisindeydim. Melek'in hayatından çok etkilendim. Aslında onun yaşadıkları birçok insanın yaşayıp da anlatmaya çekindiği hayatların bir özeti gibiydi. Nereden mi biliyorum? Biliyorum çünkü güzel ülkemi karış karış gezmiş ve insanlarımızın aslında güzel olmayan ama el âleme karşı güzelmiş gibi gösterdikleri yaşamını az-çok gözlemlemiştim.

En çok da yağmur bekleyen kurumuş toprağın susuzluktan kavruluşu gibi, yaşadığı karanlık dünyayı aydınlatacak, etrafını çevreleyen ve yeni dünyalara gitmesine engel olan dağların arasında yol ve tüneller açarak kendisini hayallerine ve hedeflerine taşıyacak, elinden tutup daha güzel, daha modern, daha çağdaş bir hayata taşıyacak öğretmenleri beklerken sevgisizlikten kavrulup, ilgisizlikten solup giden çocuklar geldi gözümün önüne.

Ah Melek Öğretmenim ah...

Hayatında bu kadar zorluk yaşayan, aşkların için bu kadar mücadele veren sen, öğretmen olmak için engel tanımayan sen ama Van'da verdiğin mücadelenin içinde eğitime dair hiç bir faaliyeti olmayan sen. Neden ki?

Sevgi açlığını doyurmak için sana sunulan ve senin sevgi zannettiğin yemeklerin, seni doyuruyor gibi görünürken aslında seni nasıl zehirlediğini anlayamamışsın, belki anladığında de iş işten geçmiş.

İnsan bir bebekken veya küçük bir çocukken ihtiyacı olduğu halde verilmeyen sevginin boşluğunu, büyüdüğünde üzerine binlerce ton yağsa da o boşluğu dolduramıyor.

Yine gördüğüm kadarıyla birçok öğretmen adayı öğretmenliği nasıl yapacağını öğrenmek için gittiği üniversitede, eğitimin dışında etkinliklere daha çok zaman ayırırken eğitimle tanışmaya bile fırsat bulamadan mezun olup gidiyor. Mesela neler mi yapıyor; okey oynuyor, tavla atıyor, dans ediyor, şarkı söylüyor, süslenip nüfusun kalabalık olduğu yerlerde geziyor, bahar şenlikleri düzenliyor, eğleniyor, aşk yaşıyor, hatta aşklar arasında kayboluyor...

Bunları yaparken atanacağı köydeki bir öğrencinin yüreğine giden yolu gösteren bir haritayı eline alıyor mu, yolunu gözleyen öğrencilerin beynini besleyecek bilgileri donanıyor mu, internetle dünyaya açılan bir öğrencinin ufkunu açabilecek birikimi ediniyor mu, bırak ufuk açmayı, kendini çok iyi geliştiren bazı öğrencilerin ufkuna ulaşabiliyor mu?

Yüreğin sevgisizliğin açlığıyla inim inlerken, beyninde çok güzel bilgi tomurcukları açamamış, susuz kalan yüreğin, beyninin bilgi üretmesine imkân vermemiş.

Bazı öğretmenler girdikleri gönüllerde kolay kolay unutulmayacak kara bir "is" bırakır, bazılarıysa ömür boyu sevgiyle hatırlanacak güzel bir "iz". Sen yapabileceğin harika bir öğretmenlikle o köydeki çocukların hayallerini tutuşturup o masum gönüllerde tatlı izler bırakabilecekken, aşk zannedip yaşadığın yanlış ilişkilerden arta kalan pisliklerle o çocukların tertemiz dünyasında lekeler bırakmışsın.

Gittiğin o köydeki çocuklara ulaşmak için köpekleri bile aşabilmişsin ancak çocuklara ve ailelerine ulaşabileceğin engellerini aşamamışsın ve iletişim köprüleri kuramamışsın çünkü yıllarca ilgisiz, bilgisiz ve sevgisiz bırakılmış o masum çocuklar bir öğretmen olarak senin yolunu beklerken, sen açlığını çektiğin sevginin kırıntılarını bulabilir miyim diye, sevgilinin yolunu beklemişsin.

Sen ulaşamayınca, ilk gün kapısına kadar gittiğin, iki metre yaklaştığın, aynı sınıfta buluştuğun halde ellerini tutamayınca o çocuklara ne oldu biliyor musun?

Kendilerini kötü yollara çekebilmek için çağdaş iletişim yöntemlerinin en etkili ve cazip olanlarını kullanan küresel güçler, medya ekranıyla evlerin en güzel köşelerine kuruldular ve o yavruları sundukları büyülü dünyaya fareli köyün kavalcısı gibi sürükleyip götürdüler.

Hani Kadir Tapucu'nun bir şarkısı vardı ya 'gidişim suskun olmuştu ama dönüşüm muhteşem olacak' diye.

Senin de Van'a gidişin muhteşem olmuş ama dönüşün tam olarak nasıl oldu bilemiyorum.

Anladığım kadarıyla sevgilin gittikten sonra sen de sarardın, soldun, kurudun ve kaybolup gittin. Şimdi, filizlenip yeniden yeşerme ve önce yüreğini, sonra da çevreni sevgi bahçesine çevirme zamanı...

Sen cezaevinden çıktıktan sonra hayatında neler olduğunu senden dinlemek için merakla bekliyorum...

Bir dahaki buluşmamıza kadar sevgiyle kal Melek Öğretmenim...

... devamı geliyor...

İçindekiler